真 实 打 动 世 界

# 如此打工30年

占有兵 著

人民东方出版传媒
东方出版社

图书在版编目（CIP）数据

如此打工30年 / 占有兵著. -- 北京：东方出版社，
2025.7. -- ISBN 978-7-5207-4477-5

Ⅰ.J25

中国国家版本馆CIP数据核字第2025HSV833号

如此打工30年

RUCI DAGONG 30 NIAN

| 作　　者：| 占有兵 |
|---|---|
| 特约策划：| 北京真故传媒有限公司 |
| 策划编辑：| 鲁艳芳 |
| 责任编辑：| 岳明园 |
| 特约编辑：| 果旭军　邵博文 |
| 封面设计：| 麦克茜 |
| 出　　版：| 东方出版社 |
| 发　　行：| 人民东方出版传媒有限公司 |
| 地　　址：| 北京市东城区朝阳门内大街166号 |
| 邮　　编：| 100010 |
| 印　　刷：| 北京市十月印刷有限公司 |
| 版　　次：| 2025年7月第1版 |
| 印　　次：| 2025年7月第1次印刷 |
| 开　　本：| 710毫米×1000毫米　1/16 |
| 印　　张：| 20.75 |
| 字　　数：| 215千字 |
| 书　　号：| ISBN 978-7-5207-4477-5 |
| 定　　价：| 79.00元 |
| 发行电话：| （010）85924663　85924644　85924641 |

版权所有，违者必究

如有印装质量问题，我社负责调换，请拨打电话：（010）85924602　85924603

目录

## 序章
## 我的来路

| | |
|---|---:|
| 我的家乡 | 002 |
| 曲折的路途 | 005 |
| 我做过的工作 | 012 |
| 摄影与打工人 | 022 |

001

## 第一章
## 奔向新生计的人

| | |
|---|---:|
| 路上的记忆 | 034 |
| 找工作的难 | 047 |

033

| | | |
|---|---|---|
| 当保安那些年 | | 063 |
| 保安见闻录 | | 080 |
| 打工关键词 | | 087 |

115　第二章

# 中国制造的背面

| | |
|---|---|
| 密集与"飞机拉" | 116 |
| 出租屋与集体宿舍 | 132 |
| 吃饭，是场快速打完的硬仗 | 152 |
| 发工资这一天 | 170 |
| 看病是件奢侈的事 | 176 |

181　第三章

# 娱乐、爱情和发财梦

| | |
|---|---|
| 业余活动也没啥意思 | 182 |
| 逛街，在晚上 10 点以后 | 190 |
| 网吧，精神自留地 | 196 |
| 通信的变迁：打工人与家里的沟通 | 198 |

| | |
|---|---|
| 工业区的爱情 | 208 |
| 我写给妻子的信 | 220 |
| 打工人的发财梦 | 230 |

237

第四章
# 人为什么活着

| | |
|---|---|
| 女工的QQ空间 | 238 |
| 女工阿琴的20年 | 251 |
| 工友访谈录 2010—2011年 | 256 |
| 工友访谈录 2024 | 286 |
| 人为什么活着 | 306 |

序章

# 我的来路

## 我的家乡

我叫占有兵，52岁，在广东打工30年，喜欢摄影，拍了150多万张记录我和工友们打工生活的照片。

1973年，我出生在鄂西北的庙滩小镇，我的祖祖辈辈都生活在农村。

20世纪七八十年代，鄂西北还比较落后。那时，我们家住着茅草屋，墙是玉米秆糊泥巴砌的，床上垫着稻草当"席梦思"，屋顶上用篾席子挡着，每天晚上，老鼠在篾席子上进行跑步比赛。

从小学到初中，我都很喜欢读书，成绩也很好。1989年，我第一次去县城，因为我考上了谷城一中——县里最好的高中。

读书时，我最期望的是吃饱饭。每天上午，到了最后一堂课，我总是在和饥饿做斗争，不停地用手揉肚子，但"咕咕、咕咕"的叫声不断地分散我的注意力。

每个月10元生活费，每天1斤粮食，穿着姑父给的解放鞋，吃着姑姑腌制的咸菜，我每天都梦想着跳出农门。

三年后，千军万马过独木桥，我高考失利，没能实现鲤鱼跳龙门的梦想。

1992年年底,我参军到武警四川总队,成了一名驻守在康巴高原的武警战士。我每天起早摸黑,练功、读书、执勤,希望能考上警校,可阴差阳错再次失利。打好背包、摘除警衔和警徽,穿着旧军装退役回到庙滩镇,我仍旧是一个农民。

老家属于山区,地不多,分布在左山右坡、屋前村后,东一块,西一块,我不知道家里有多少地,更不清楚每块地在何处。从小到大,我只干过一些收谷、割小麦之类的粗活,不懂得季节和节气,耕地、育种、播种、施肥、除草之类稍微有点技术含量的农活则完全不会。

上高中时,我特别羡慕吃商品粮的人,他们不用种地,还有每斤一角四分二的精米供应。我不会种地,也不愿种地,又向往上班拿工资的生活,因此,退伍回到农村后,外出打工是我唯一的选择。

我记起,还在康定当武警时,在深圳市宝安区沙井镇打工的妹妹给我写信描述她工作的地方:"这里处处是工厂,电线杆上都贴着招工广告,厂房一幢接着一幢,每天晚上12点工业区还灯火通明。工厂旁边什么都有,大排档、杂货店、快餐店、小食堂、书店,随处可见。"

于是,在离开部队回到家的第7天,我就决定了自己一生的命运:到广东打工。

那时,体弱多病的父亲没钱给我做路费,我带着退伍时领的一点补助费,背上残留着酥油味的背包,和战友少军一起前往广东,带路的是少军的表哥孙三,他已经去过广东三次了。

那是1995年12月,我22岁。

湖北省1992年高等学校招生

考生类别 农应　　准　考　证　　报考类别 理科

姓　名 占有兵　　性别 男　　准考证号 10625O168

考试地点 谷一中　　考何种外语 英语

第二

| 统一考试时间表 | 日期 | 七月七日（星期二） | 七月八日（星期三） | 七月九日（星期四） |
|---|---|---|---|---|
| | 上午 | 9:00—11:30<br>语　文 | 9:00—11:00<br>数　学 | 9:00—11:00<br>物理、历史 |
| | 下午 | 3:00—5:00<br>化　学<br>地　理 | 3:00—5:00<br>外　语 | 3:00—5:00<br>政　治<br>5:30—6:30<br>生物、农技<br>5:30—6:00<br>英语听力测试 |

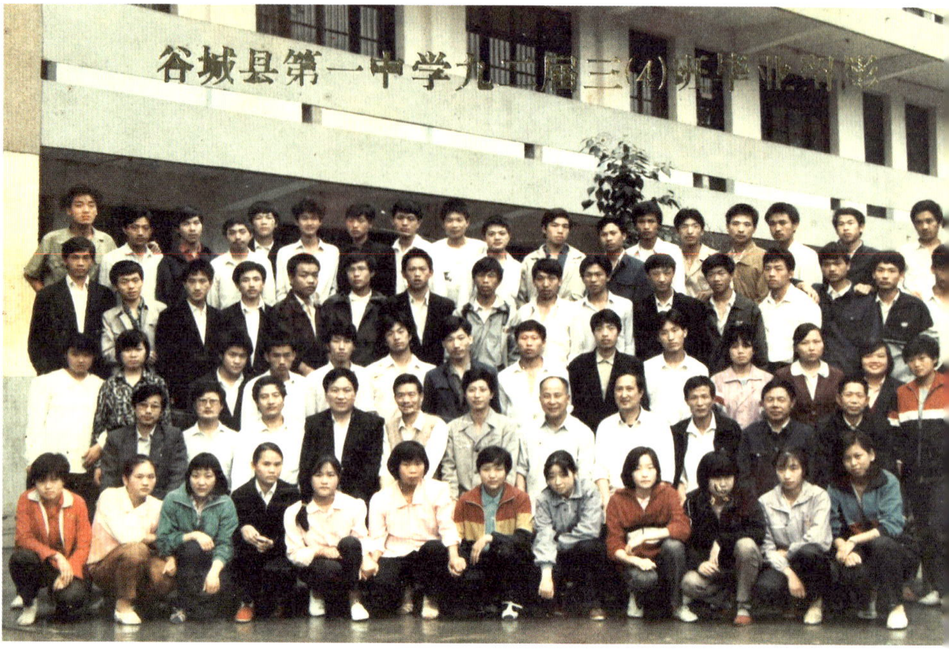

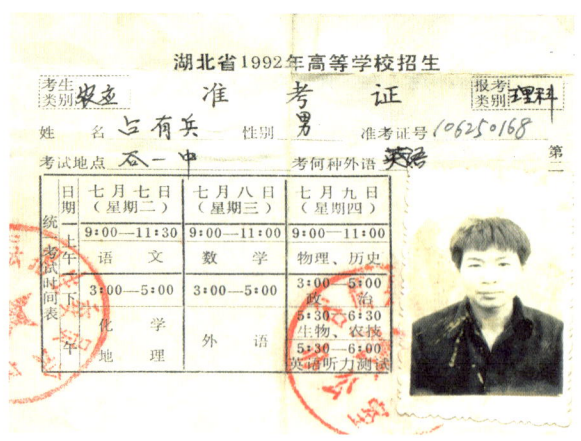

（上）1992 年 7 月，摄于湖北省谷城县第一中学。我当时学的是理科，班里有男生 42 人，女生 18 人。那年高考，10 人考上了大学，6 人被汽配厂委培上了大专，1 人复读后考上大学，3 人去当兵，另外 40 个人不再继续上学，选择出去打工或走上其他道路。

（下）1992 年 7 月，我的高考准考证。当年高考是 7 月 7—9 日，理科要考 7 门，分别是语文、数学、外语、物理、化学、生物和政治。

## 曲折的路途

当时,从湖北到广东只有火车,还没有直达的长途汽车。为了买到火车票,我们提前一天从家里出发,先乘汽车到襄阳,再从襄阳乘火车到武汉,然后买火车票来广州。

那一次,我们花了3天时间,转了6次车,才到东莞。

从武汉到广州的列车,被南下的人群塞得密不透风。我们没有座位,站了近20个小时。列车驶离武汉,穿过长沙,过了衡阳,不久就进入广东境内。虽然这期间我没喝一口水,只吃了一个苹果,但当心中期盼的广东出现在眼前时,我还是觉得很兴奋,透过车窗努力地搜索那个还不确定的、即将上班拿工资的工厂。

走出广州火车站的那一刻,我见识了高楼,看到了立交桥,旋即就汇入如潮的人流中。虽然孙三提前就叮嘱我们,下车后不要走散了,但火车站附近川流不息的人群,还是时不时地把我们隔开。

当兵之前,我没出过县城;当兵的时候,又驻守在人迹罕至的甘孜监狱。当时的我,对大城市的一切都充满了好奇,不停张望着这个可能要落脚生存的地方……直到听见孙三的叫声,我才发现已经和他们拉开了很长的距离,急忙三步并作两步,在人群中左冲右突,才赶上他们。

虽然孙三之前三进广东,但最长的一次也只在一家工厂做过3个月,最短的一次来了一个星期就打道回府了，因此对广东各地的情况也不十分了解。我们到了省汽车站，直接面临的问题是：买票去何处。

少军在部队时，家里人曾给他介绍了个女朋友，他女朋友在东莞塘厦镇一家工厂打工，他这次是来投靠女朋友的；我妹妹在深圳宝安区沙井镇JB工艺厂打工，我可以先到她那里；孙三曾在宝安区松岗镇做过事，那里有几个熟悉的老乡可以投靠。离开部队后第一次出远门，我们希望仍像在部队一样，战友之间在一起可以互相照应，所以最后决定先到塘厦，看看少军女朋友所在的工厂招不招男工。

就在我们准备到售票窗口买票时，一名男子过来套近乎，说他有公交车发往广东省内各处，他举的小牌子上也写着东莞、惠州、珠海之类的字样。我们就问他到塘厦要多少钱，他说20元。

孙三说这个价格便宜，于是我们就跟着拉客的男子走出汽车站，回到火车站广场附近，绕过一大排商铺，又过了几条巷子，才见到几辆大客车。陆续有和我们一样带着行李的人被带到了这里。

我们三人被安排上了一辆去东莞的大客车，立即有人要我们买票。买好票后，我们在车上等了近两个小时，车还停在原地，我们问什么时候可以走，也没人回答，只是时不时有带着行李的人被带上来。我们又等了两个半小时后，大客车才慢慢发动。

没多久，车在一个收费站前停了下来，随车售票的男子说，每人要交10元过路费，就开始从后排依次收钱。我们三个和售票的男子理论，被他用广东话骂，车内同时还有三个男子站起来向我们的座位走来，说不交过路费就下车。我们请他们退票，他们说没门儿，还准备动手打人，孙三怕出事，就先帮我们交了30元。

交完钱走了20公里，车又停了下来，售票的男子让我们下去转车。

下车的地方是荒凉的野外，前不着村，后不着店，等在那里的车，是之前那辆车的同伙，我们只能再次掏钱买票，才能上车。

后来，我才知道，在广东，这种事叫"卖猪仔"，以后我也多次遇到过。到了新塘镇后，我们先乘车到东莞总站，再转车前往塘厦镇。到塘厦168工业区时，已是下班时间，凭着信封上的地址，我们一个接一个地问路过的行人，好不容易才找到少军女朋友所在的工厂。

问门口的保安，他说厂里有几千人，无法找。那时还没有手机，只有BP机，卖得也很贵，普通打工人根本买不起，少军的女朋友阿燕只是一名普通员工，也没有BP机。我们只能撞大运，在厂门口不停地问走出来的人是否认识阿燕，无数次的"不认识"也没有让我们失望。终于，一个听口音是老乡的人主动走过来，答应到厂内帮我们找找。

千等万盼，阿燕终于出来了，她说今天刚发工资，晚上不用加班，先带我们到厂门口的大排档吃饭。每人一大份炒米粉加鸡蛋2元，外加一个青菜3元，这是我们两天来的第一餐，真是太香了，虽然近30年过去了，那香味让我至今记忆犹新。

饭后，阿燕到工厂去找了他们的老大——车间主管，主管答应第二天找人事部帮忙，把少军介绍进厂，少军就跟阿燕去了。

我和孙三还没有去处，那时暂住证查得很严，抓到了要被扣留，我们刚到，自然没有暂住证，天黑了我们也不敢逗留。

孙三说先到深圳龙岗区布吉镇找他的老乡，于是我俩便乘车前往布吉。这时候，我对少军丢下我们不管有些不爽。孙三看出来了，说如果少军也不进厂，我们三个人一起在大街上游荡更容易被治安队抓走。

换了两次车，我们赶到布吉时天已经很晚，孙三带着我很快就找到了在那里打工的老乡阿旺。当时，阿旺刚下班，走出厂门就被我们撞上，他先领我们在厂外的士多店（广东话，"小卖部"的意思）坐下，给我们各买了一瓶健力宝饮料，还有一些散装花生。

阿旺说，年底他们厂不招工，厂外每天查暂住证很严，我们刚从老家来，保留好火车票。如果治安队查暂住证，就出示火车票，按火车票上的日期，3天以内不会有事，这也证明你刚到，属于暂住证办理期限。

聊了一会儿，我们晚上睡觉的问题把阿旺难住了。虽然阿旺所在的工厂包吃包住，但大门口写着"谢绝探访"，工厂的保安员在门口把守着，想混进厂根本没门儿。工厂是单独的院子，里面有车间、食堂、宿舍、士多店，条件好一些的工厂还有运动场、图书室和娱乐室，但不提供员工接待亲友的地方，工厂外面也很少有出租屋，更不可能有旅店。

正当我们不知所措时，走过来两位皮肤晒得黝黑的男子，他们买了两瓶啤酒坐在我们附近，用家乡话讲工地上的事。我们一听，乐了，这不是谷城的老乡吗？我们主动凑上前一问，果然如此。

阿旺问他们能不能帮我和孙三找个地方睡觉。毕竟是从千里之外的湖北来到广东的老乡，他们也没推托，说我们可以到工地上睡觉，但没有被子。阿旺连连说没关系，他到宿舍把自己的床上用品全部搬过来给我俩用，自己当天晚上和其他同事搭伙挤一挤。

建筑工地离士多店约300米远，我和孙三拿着阿旺的被子、草席就去了，行李暂存在阿旺的宿舍。

到了工地，老乡帮我们用红砖铺了一个平台，放上草席，再把被子放到上面，这就是我们的床。当时，我们已经两天没洗漱了，鞋子刚一脱，臭味立即散发开来。我和孙三找到工地的自来水管，洗了把脸，又简单地洗了个澡。尽管是12月，布吉也不是很冷，自来水洗遍全身后，我俩觉得舒服了很多。这天晚上，我们和衣而眠，两块红砖是我们的枕头，我们睡得很踏实很香，这是我们连续几天乘车后第一次躺着睡觉。

2010年5月1日,广州火车站站前广场挤满了来自全国各地的打工人。打工人下火车后,需要提着大包小包的行李,到省汽车站或跨过天桥去对面的汽车站买票,乘坐客车前往工厂所在的市区。广场周围当时有一些不法拉客的人,声称用比正常票价低的价格,将打工人送到目的地。被"卖猪仔"的,多是第一次从老家出来的人。

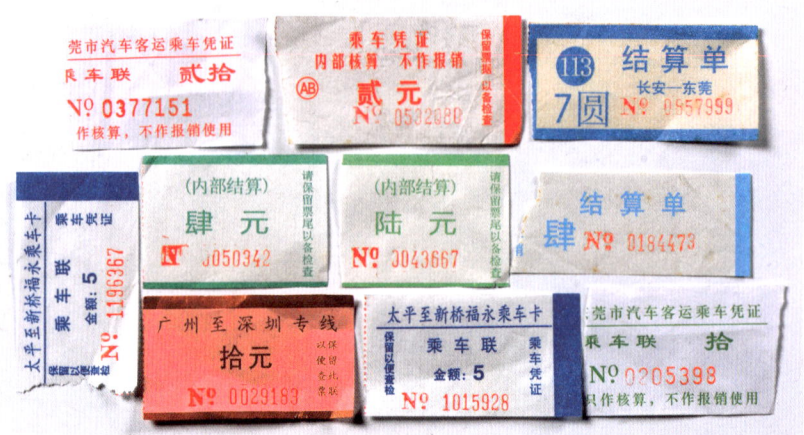

（左）那时坐车，用的是纸质车票，可惜刚来广州时的车票没保存下来。上图是我之后在广东时用过的一些公共汽车票。

（右）我后来办过的部分暂住证和一张居住证。暂住证的有效期一般是1年，到期前需提前到公安部门重新办理。2010年，广东省全面推行居住证制度，只要年满16周岁，持原有的暂住证和能证明身份的有效证件，到所在地派出所申报登记，即可领取居住证。持有居住证后，在医疗、教育、劳动保险、就业、社会保险等方面，打工人逐步享受到了与本地市民同等的待遇。

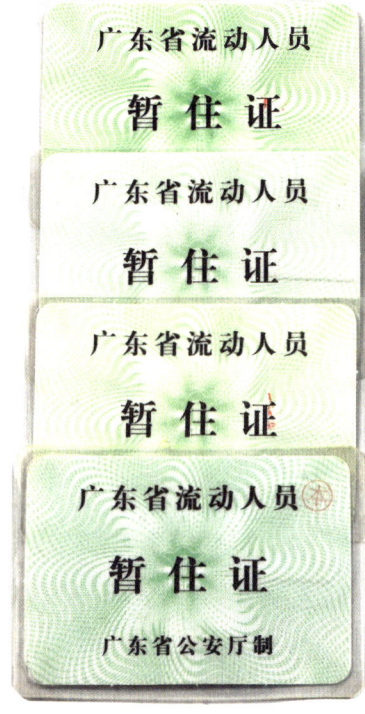
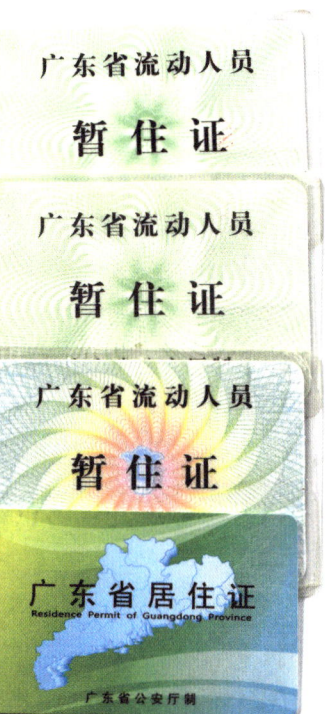

## 我做过的工作

离开布吉镇后,我和孙三也分开了,他要去松岗镇,我要到沙井镇。这是我到广东后第一次单独乘车,不但被卖了两次"猪仔",还在车上见识了玩红蓝铅笔赌博骗人的把戏,也看到了售票员因为乘客少买票坐过站而动手打人的闹剧,更多次见到售票员不让带着很多行李的人上车,因为行李太占空间,影响他们赚钱。

从早上出发,直到下午我才按着信封上的地址,找到上南加油站,但还没有找到 JB 工艺厂。我漫无目的地在一幢接一幢的厂房之间穿行,看到人就问,可几乎没有人知道 JB 工艺厂。

直到后来我才明白,那时工厂每天加班到晚上 10 点甚至 12 点,每月几乎没有休假,打工人从入厂后,几乎没有离开过,对外面当然一无所知,而外界对他们也知之甚少。

我尝试着找到士多店的公用电话,拨 114 查询到了 JB 工艺厂的电话。打过去后,得到的答复是工厂人太多,上班时间不能接电话。

正当我一筹莫展之际,转机终于出现了。在一堵围墙边我看到一个补鞋的老人,当时我的行李布包的提手坏了,就找他缝补,顺便打听

JB 工艺厂。老人说厂子离这里不远，等一会儿他也到那里去，让我和他一起。

没多久，我们来到一座厂房前。只见红色的大铁门关着，左右两扇门上分别印着"J""B"两个字母，JB 工艺厂到了。厂房高高的围墙上有铁丝网，让我一下子想到了甘孜监狱。右边的大铁门上开了一道小门，偶尔有人从这里进出。

我小心翼翼地走到门口，向保安打听妹妹的情况。保安用我们的家乡话告诉我，他认识我妹妹，工厂下午 5 点半下班，宿舍在外面，员工下班后都会从大铁门走出来，让我先在外面等等。

在等待的间隙，我发现大铁门上还挂着一块黑板，上面写着"今日来信"和密密麻麻的名字，这是工厂的信件公告牌。

JB 工艺厂是一家生产波丽玩具的台湾厂，属于来料加工厂，约有 2000 名员工。厂子的人事主管是我们谷城县人，他联系县劳动局为 JB 工艺厂介绍员工，每人交 200 元介绍费就能入厂。堂姐 1992 年就进来了，后来妹妹跟着其他老乡从湖北来到沙井镇，也加入 JB 工艺厂。1995 年，整个厂子约 30% 的员工都是我们谷城老乡。

下班的电铃声终于响了，紧闭的大铁门被保安徐徐打开，黑压压的人群从楼梯口拥出来，劳动力补充体能的时间到了。蓝工衣、黄工衣、白工衣包裹着操着湖南话、湖北话、河南话、四川话、广东话、江西话的打工人们，很快就填满了工厂的院子，随后又拥出大门。

对那块黑板进行搜索，几乎是每个员工的必备动作。黑板上有名字的，就拿着工牌到门口的保安处领取信件；发现老乡的名字位列其中，就在门口等着告诉老乡。

（左）2011年8月19日，广东东莞，工厂的交接班时间，上班和下班的人流交织在一起。大多数工厂分白班和夜班两个班次，人换，机器不停，最高效率使用厂房及机器，降低综合生产成本。

（右）2014年6月6日，广东东莞，玩具厂的员工下班时间。黄工衣、灰T恤、蓝夹克、红衬衣、白短袖，打工人穿着厂服，从车间到宿舍，从宿舍到食堂，似流动的风景，那时的工业区让"中国制造"闻名全球。

"风琴,你哥哥在厂门口等你。"听到保安的喊声,我才回过神来。我们已经3年没有见过面了,妹妹长高了,也变白了,是长时间不见阳光的那种白。她接过我的行李包,脸上显露出兴奋,带着疲惫。

"姐姐和姐夫也下班了,等会儿大家一起到大排档吃饭吧。"

妹妹不断向身旁经过的人介绍我:"这是我二哥,刚从家里来。"

"有兵来了,咋不提前给我们写信呢?"堂姐和姐夫不一会儿也出来了,"先吃饭吧,今天晚上我们还要加班。"

宿舍楼下,全是各式各样的店铺,小饭堂最多。很多人拿着塑料袋,装着2元钱买来的米饭和菜,提到宿舍里吃,有的则直接坐在小饭堂的桌子旁吃。塑料袋装的饭菜放在铁碗里,这样吃完饭后,扔掉塑料袋,铁碗不用清洗就能再次利用。

我们找了个大排档,花了40多元,点了6个菜。那时妹妹每天晚上加班到11点,每月休息一天,工资才能拿到550元左右,一餐饭花了近50元是相当奢侈的。

堂姐和姐夫进厂早,跟这里的保安比较熟悉,和宿舍楼值班的保安打过招呼后,我就进到了姐夫的宿舍。宿舍由4幢5层的楼房围在一起,楼房之间走道相通,中间是一个便于采光的"口"字形大天井。每间宿舍住12个人,6架双层床摆满了屋子,还有几个用包装带编织的小凳子。

姐夫说明天工厂要出货柜,他们正在赶货,可能晚上12点才能下班,现在工厂不允许请假,如果不加班,就要被记大过,罚款50元。把我领到宿舍后,交代了一番,他们都加班去了。因为全体加班,宿舍没有供电,我只能借着室外路灯,在阳台上找到水桶洗澡,仍是冷水澡,然后躺在姐夫的床上睡觉。

JB工艺厂只招手板、喷漆之类的熟手,我初来乍到,什么都不会,只能外出试着找工作。我开始用脚丈量工业区，但很多企业不招男工，不招生手，22岁的我，被世界拒绝了一次又一次。其间，我还上了招聘小摊的当，被骗去近百元，饱尝着打工的辛酸。

终于，在做了102个俯卧撑，击退近100个竞争对手后，我在深圳找到了第一份工作——LW大酒店的保安，每月工资450元。

干了3个月，买了双新鞋，通过表弟的介绍，我辞掉第一份工作，到机场的一家酒店当保安。在这里，我交了两个永远的朋友，学会了乘电梯，破了很多个首次纪录，如第一次吃西餐、第一次吃海鲜、第一次喝洋酒、第一次住客房、第一次办边防证、第一次进深圳特区、第一次炒股等等。

这时，我开始反思，我真的适合在酒店行业做吗？还没等我想清楚，一次工作失误，把我又送入求职大军的行列。

1997年，深圳满大街都是找工作的人，我不想再做保安，想换一种活法。但男工不要，生手不要，技术我不会，每天走路找工作，又渴又饿，累得我想躺在草地上睡三天三夜。

在用脚步丈量了松岗、沙井、福永、西乡等地一个又一个的工业区后，我在西乡停了下来，进入一家玩具厂，做回老本行，当保安，还走了狗屎运，被台湾老板提拔，当上了主管，负责全厂的人力资源和行政工作。原本以为会在这里大展拳脚，但事与愿违，在处理了无数的繁杂事务，差点被烂仔（广东人对流氓的称呼）打死在工厂门口后，我还是离开了。

呼吸着工厂抽风机排出的臭气，走过一条又一条的污水沟，仔细读了几十家工厂的招聘广告，想改行做技术工人的愿望仍没有达成。生存，是当务之急。

1998年金融危机来临时,我进了一家电镀设备厂,在东莞道滘镇落下脚。工厂建在香蕉林边,四周是鱼塘和杂草,每天要和蚊子做斗争。我一边当保安员,一边学习管理知识。

1999年,不安于当保安员的我,通过报纸上的招聘广告,应聘到东莞篁村的一家外资电子厂,当保安队长。我强劲的工作势头,让上司感受到威胁,加上我不够自律,上班时间用工作电话跟曾经的同事聊天,4个月后就被炒了鱿鱼。但在这里,我见识了真正的企业管理制度,也知道了人性的复杂,当然,也学会了以更好的心态面对生活中的起伏。

2000年,通过人才市场,我到了长安镇,加入SL电子厂,当上了保安主管,一干就是12年,其间经历了"非典"、裁员、被收购、金融危机、扩产、并购等。从1995年出来打工至2012年,我先后在LW大酒店、机场大酒店、BF玩具二厂、ZL电镀设备厂、C厂、SL电子厂等单位工作过。这些单位的业务,涉及服务业、印刷、玩具、包装、电镀、五金冲压、手机配件、电脑硬盘及磁头制造等多个行业。

出来打工后,工作不断变动,加上外部环境的动荡,我内心很没有安全感,我觉得应找到一种东西,让自己安定下来。赚很多钱,当然可以使人安定,但我没有本钱,也没有能力挣大钱,觉得应寻找金钱以外的东西。因此,无论打工多难,我就是那个"打不死的小强",每天与自己较劲,不是学英语,就是读书看报,还对着教材,学会了电脑操作。我抄下的读书笔记,堆起来一大摞。

写保安岗位职责,写保安培训教材,写十几万字的《保安管理实务》,写消息,写征文,我每天把自己逼得很紧。在这个过程中,我逐渐培养起了一个让我长久受益的爱好:摄影。

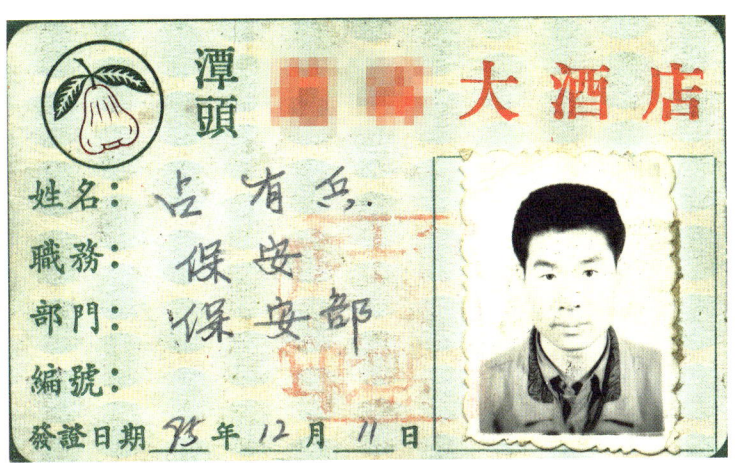

（上）1995年，我在LW大酒店当保安，这是我南下广东的第一份工作。
（下）1996年，我在深圳机场大酒店当保安。

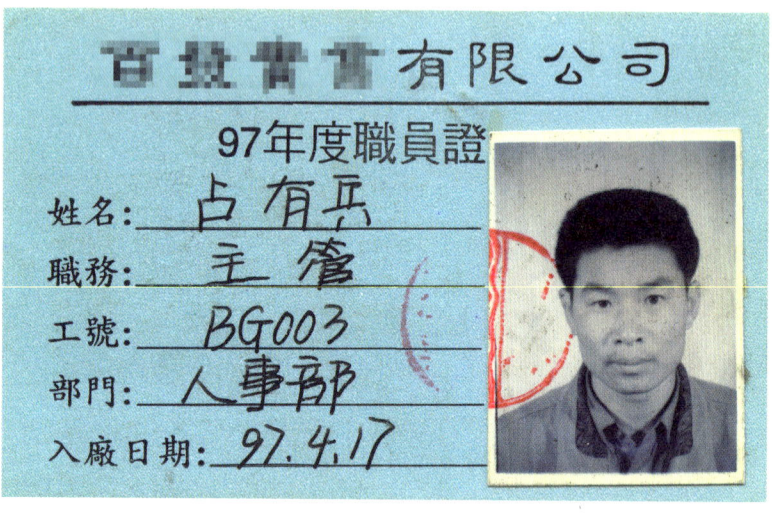

（左）1997年，我在一家玩具厂当主管，负责全厂600多人的人事和行政全盘工作。
（右上）2000年，我在SL电子厂当保安主管，图为保安训练结束时的合影。
（右下）2000年，我在SL电子厂办公室的留影。当时我负责全厂的保安工作。

# 摄影与打工人

2000 年，我到 SL 电子厂当保安主管，厂里有个内部刊物叫《SL 通讯》，主编柳小姐和我在同一间办公室。

我在四川当武警时，曾写过多篇消息稿，用平信寄给《人民武警报》，等对方收到信，至少已过去半个月了，所以从来没被采用过。

《SL 通讯》每月出版一期，虽然只有四版，但内容总是缺。柳小姐见我精力旺盛，也爱学习，就鼓动我写稿。

2001 年春节，工厂举办春节游园活动，白天我是活动的组织者，晚上我就坐在电脑前，写下在 SL 电子厂的第一篇消息稿。

柳小姐很有耐心，把我这篇稿子修改后，刊登在 2001 年 2 月份的《SL 通讯》上，还给我发了 5 元的稿费。这一下激起了我创作的欲望，于是我将巡查过程中见到的事，源源不断地写成消息稿。

当时工厂已经购买了相机，是部柯达数码相机，用 1.44MB 的软盘来存储。

以前工厂的文宣组，龙先生是专门的摄影师，他的工位和我相邻，工厂举办的各类活动，龙先生拍了照，就冲印出来，摆在办公桌上点评。

我不懂，但有学摄影的兴趣，就经常向他请教。

有一次，时任中华全国总工会主席尉健行到工厂访问，柳小姐把柯达相机交给我，让我负责拍照。

我用这部相机，拍满了一个软盘。柳小姐挑选了一张，发表在《SL通讯》上，又把图片和她写的文字发给《CA集团快讯》，也被采用了。

我是个"人来疯"，这件事让我受到了鼓舞，觉得拍照没有那么难，之后工厂有客户参观，有员工活动，我就主动请缨，帮柳小姐拍照。

2002年，我有了买相机的念头。我反复问自己：是喜欢听快门的声音，还是喜欢拍照？经过近一个月的思想斗争，最终，喜欢拍照占据上风。我咬咬牙，跑到深圳，花费1800元，买下了人生中的第一部相机：尼康F601。这部二手胶片相机，正式开启了我的摄影生涯。

有了相机，一部分是出于虚荣，一部分是因为想要显摆，此后每逢工厂举办文体活动，我就拿着相机冲在最前面，"咔咔"摁个不停，一卷胶卷用完了，再换一卷继续拍。当时一卷胶卷20元，冲印费5元，扩印成3R的小样每张8角，一卷胶卷要花掉我50多元，特别奢侈。冲印出来后，挑选几张送给柳小姐，《SL通讯》又采用了，有时也送给《CA集团快讯》，一半以上也被采用了。

我就像得到奖励的小狗，跑得更欢了。工厂有客人来访，我主拍；工厂的厂房扩建，我来拍；工厂的圣诞活动，我上；工厂的团年宴，我从头拍到尾。拍了一年又一年，拍到"非典"来了，拍到工厂裁员，我陷入了死胡同：没有活动不拍照。

2004年起，博客开始流行。我把拍的照片进行扫描，再配上一些文字，发到博客和摄影网站上。摄影网站高手云集，我这个摄影新人，发的帖子经常得不到任何回应。我发照片到博客上时，偶尔会得到一些回应。

2005年，马晓霖从新华社辞职，创办了博联社网站，采用邀请制和注册制，一些摄影理论专家、人类学家、社会学家、历史学家、文学家等都在上面写博客，我也在博联社上注册了自己的账号。

刚开始，我同步到博客上的大都是日出、花草、美女和其他一些动感照片，只有少数人看，偶尔有人评论。

有一次，我把拍摄的工厂员工活动照片发到博客上，配了一些文字，写评论的人多起来了，有人建议我多拍点打工人的日常生活。

对于这个建议，我想了很久，认为写评论的人是在戏耍我。打工人的日常有什么好拍的？我们每天都是这样过的。我喜欢读书看报，工厂图书室订的摄影报纸和杂志，上面刊登的全是大片，几乎很少看到日常生活，更是没有见过工厂打工人的照片。于是，这个提议很快被我遗忘了。

SL电子厂是"女儿国"，每天中午下班时，脱掉无尘服的女孩子们争奇斗艳。抱着拍美女的心态，我把相机对准了她们，拍摄女孩子们下班打卡、走在去食堂的路上、早上站在路边吃早餐、排队在银行的柜员机上取钱的场景，然后发到博客上。

没想到，评论的人一下子多起来了，有的帖子还被置顶，还有一篇图集获得了100元的现金奖励。

给我留言的人越来越多，他们建议我继续这样拍，拍工厂打工人的生活，越详细越好。

通过博客上一些网友的评论，我找了一些社会学和人类学的书看，再后来买了《世界摄影史》，接触到了纪实摄影。不断看书，不断思考，眼界打开了，我开始意识到，我们打工人的生活记录下来一定会有价值，并且我不能只记录工厂举办的各类活动，更要记录打工人日常的生活百态。

2006年，我报名参加了一个摄影函授班。面授时，看到学员们一半人用数码相机，一半人用胶片相机。用数码相机的人特别舍得按快门，拍得也多，我算了一下，如果用胶卷，一次要花费几百元。

我和家人商量，想买一部数码单反相机，家人没有反对。我上网不断查询，看到深圳有人出一部刚买不久的尼康D70S，还有一个18—55mm的镜头，虽然是二手的，售价却将近一万元。我这个败家子，想着这部相机，几天睡不着觉，最后一咬牙，一跺脚，从银行取了钱，直奔深圳买了下来。

有了尼康D70S，相机就比家人亲，我每天带在身上，上班拍，下班拍，路上拍，仿佛眼见的一切，都能拍。

2007年，全国摄影理论研讨会在长安镇召开，全国的摄影专家云集，也办了很多展览。我把自己拍的照片洗印出来，请专家指点。

照片越拍越多，整理耗时费力。每天对着电脑，我也反复问自己：拍这些照片到底想做什么？投比赛挣钱？算一个出路。寄给报纸杂志发表？算一个出路。出一本书？还不够格。

在我思绪凌乱时，2010年的"富士康连续十一跳"，成为热点。再加上2003年的孙志刚事件，我开始觉得，应留下一些东西，系统地记录我们这代打工人的生活和生存状态。

要做事，不能做无头苍蝇，得找方法。我分析自己的特点：长期在工业区生活，了解打工人，了解工业区的日常，就构思拍摄"工业区"专题。开始拍摄前我写了拍摄提纲，时刻提醒自己不要漏掉内容。

关于拍摄地点，最初写的提纲只包含车间、宿舍、食堂等打工人活动的核心区域。拍摄过程中，我又关注到了步行街、公交车、夜市。拍摄框架方面，刚开始是在不同时段进行对比拍摄，比如在不同天气拍摄员工上班、下班；后来试着拍摄产品从原料到出口的整个过程；也按春夏秋冬的季节拍过。通过各种尝试，梳理图片时我就慢慢有了不同的线索，如时间、空间、天气、过程等。

2008年，考上西北工业大学的MBA后，我从管理学中借用了"生命周期"这个线索，这对我进行照片的编辑和整理帮助很大。

我边观察、边思考、边拍摄，对所拍的对象越来越有感觉，也渐渐地取得了一些成绩。我在《南方都市报》东莞版开专栏，在《中国摄影报》《人民摄影》上多次发表文章和图片，在一些全国性的摄影比赛中获奖，加入中国摄影家协会，2016年还应邀到纽约州立大学举办"中国制造"摄影个展。

2012年，《长安报》邀请我和著名作家塞壬一起创办《影像长安》杂志，塞壬任主编，我作为图片总监，每期通过不同的专题，呈现长安镇作为改革开放排头兵丰富多元的文化、经济、社会发展、人文动态等。

在办杂志的过程中，我不断学习，不断实践，同时也对我以前拍摄的图片进行不断梳理，曾经模糊的想法逐渐清晰起来：我要通过持续的拍摄、采访、收集，用图片、文字、实物等，记录下打工人的生活常态，将这些内容细化成一系列的打工专题，为打工人留下一个不被时代忘却的纪念。

自2013年起，我开始将照片打印出来，把同一个主题的照片装订成册，再加上简单的图注，编辑制作成摄影手工书，目前已经制作了132本。在拍照中，将打工记录进行到底，成为我越来越清晰的认识。

2015年以后，东莞工业区万人大厂越来越少，一些工厂搬走了，厂房空置一两年后,被众多中小工厂分租,招工难也开始显现。我的拍照,就和"今天不拍,明天就没有了"比速度,我成了相机摧残者,快门坏了,换;快门又坏了,再换,直到相机拍残,才换新的。

从 2006 年至今,只要在东莞,我每天都会骑着自行车,一遍又一遍地在工业区游走,去过电线厂、手袋厂、内衣厂、线路板厂、玩具厂、眼镜厂、鞋厂、模具厂、压铸厂、首饰厂、线路板厂、制罐厂、毛织厂、新能源汽车电池包配件厂、汽车模具厂、光学镜头厂、光电厂、手表厂、打磨厂、模型厂、注塑厂、文具厂、手机厂、导轮厂、刀具厂、智能设备厂、屏幕增光膜厂等。

我用一百多万张照片,记录下工业区的晨、午、夜,记录下打工人的衣、食、住、行,记录下春夏秋冬他们在阳光、狂风、暴雨和雾霾中度过的日子,还收集了近 6 吨与打工相关的实物。我的经历和拍摄,就是一部打工人的自传。

我是个打工仔,熟悉工业区,熟悉打工人,熟悉工业区的过去,也在记录工业区的现在,容我跟你唠唠。

2012年10月19日,广东东莞,我在一家电子厂的生产线上拍摄。

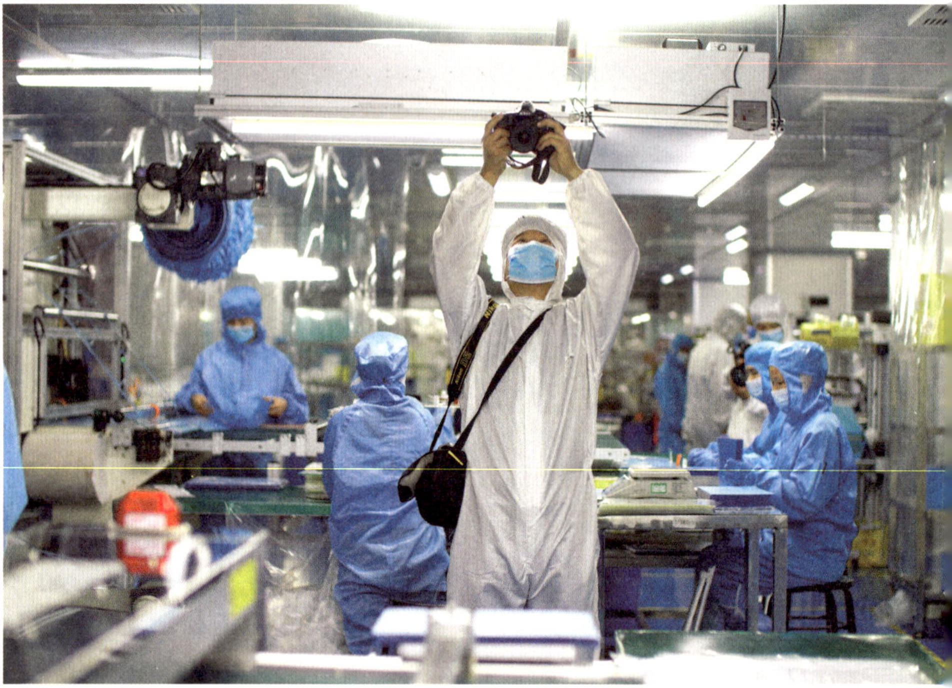

（左）2020年，广东东莞，我在一家生产屏幕增光膜的工厂车间采访和拍摄。
（右）我制作的部分摄影手工书。

第一章

# 奔向新生计的人

20世纪七八十年代,改革开放拉开了南粤大地的新篇章,一些港资、台资、外资企业纷纷前来设厂,带来了新的就业岗位,大量农村剩余劳动力也从全国各地涌入东莞等城市。卖猪仔、暂住证、离位卡、签呈表……进入城市的打工人,一边尝试理解眼前的生活,一边努力寻求改变命运的机会。

## 路上的记忆

长途客运,曾是多数打工人从家乡到工业区的不二选择。

长途客车票比绿皮火车票价格高,旅途时间长,但好处是从家乡的县城出发,直达工业区附近的长途客运站,还可以随车带很多东西。

在乡村长大的打工人,从小就生活在熟人周围,从家乡到工业区的长途客车,是乡村熟人社会的延伸。车上全是老乡,有潜在的安全感,发生意外时也可以互相照应。

每年暑假,家乡的人把孩子送上长途车,无陪伴托运,长途车靠站前,打电话通知工业区的打工人去接孩子。而绿皮火车的乘客,来自全国各地,对于外出的打工人来说,遇到各种意外情况的概率会更高,如果没有人结伴,又没有丰富的出行经验,打工人不会轻易选择乘绿皮火车。

长途客车有两种,一种是卧铺车,分成两层。卧铺只能让人躺下,并不能睡平,还提供一个分不清颜色的毯子,味道很大,供乘客到后半夜变冷时盖一下。打工人上车时脱掉鞋子,拿一个塑料袋装上,放到卧铺边上,随身带的瓶装水、水果、零食等,也放在卧铺上。脚臭味、水果味、香水味、汗臭味搅和在一起，刚上车时难闻的气味扑鼻，随着卧铺车的狂奔，人融入其中，慢慢也就闻不到了。

另一种是座位车，靠椅可以向后调一下。打工人上了车，挤在座位上，走道也被加座，用一个小木板，搭在两边的座椅上，成了后上车人的座位。2005年以前，长途客车超载很正常。长途车跑四五个小时后，才下高速。

乘客车有诸多好处，但也并非绝对安全。老乡龚姐给我讲过她第一次出门乘车的故事。

龚姐之前没有出过远门，加上她只上过小学，她能走出村庄到外面闯天下还是非常胆大的。她从镇上乘车到县城时，把卖猪凑到的200块钱分成三部分，一部分藏在裤腰中，一部分藏在袜子里，还有3张10元面额的藏在胸罩中。到达县城后，她发现胸罩中的钱丢了，非常生气，但她没有回家，打算继续乘车去襄阳碰碰运气。

到襄阳后，火车站附近有很多人举着招工牌，为深圳的工厂招工人。她和一个举着"TSD厂招工"牌子的人联系后，决定到深圳打工。这已是她离开家的第四天了，出门时带的煎饼和馒头已经全部吃完了。但招工的人要求每个人出150元车费，才能包车把他们送到深圳。

这150元，让她思前想后，想得头几乎都要炸了。

外面真的有那么好吗？把150元交了，身上只剩下15元了，馒头和煎饼也吃完了，到深圳后咋办？到了深圳一定能进厂上班？招工的人会不会把自己弄到大山里，卖给穷人做媳妇？在深圳找不到工作再回老家时，不知道如何坐车怎么办？

几经挣扎后，她最终还是交了150元，跟其他人一起乘了一辆长途包车，奇迹般地到了深圳。

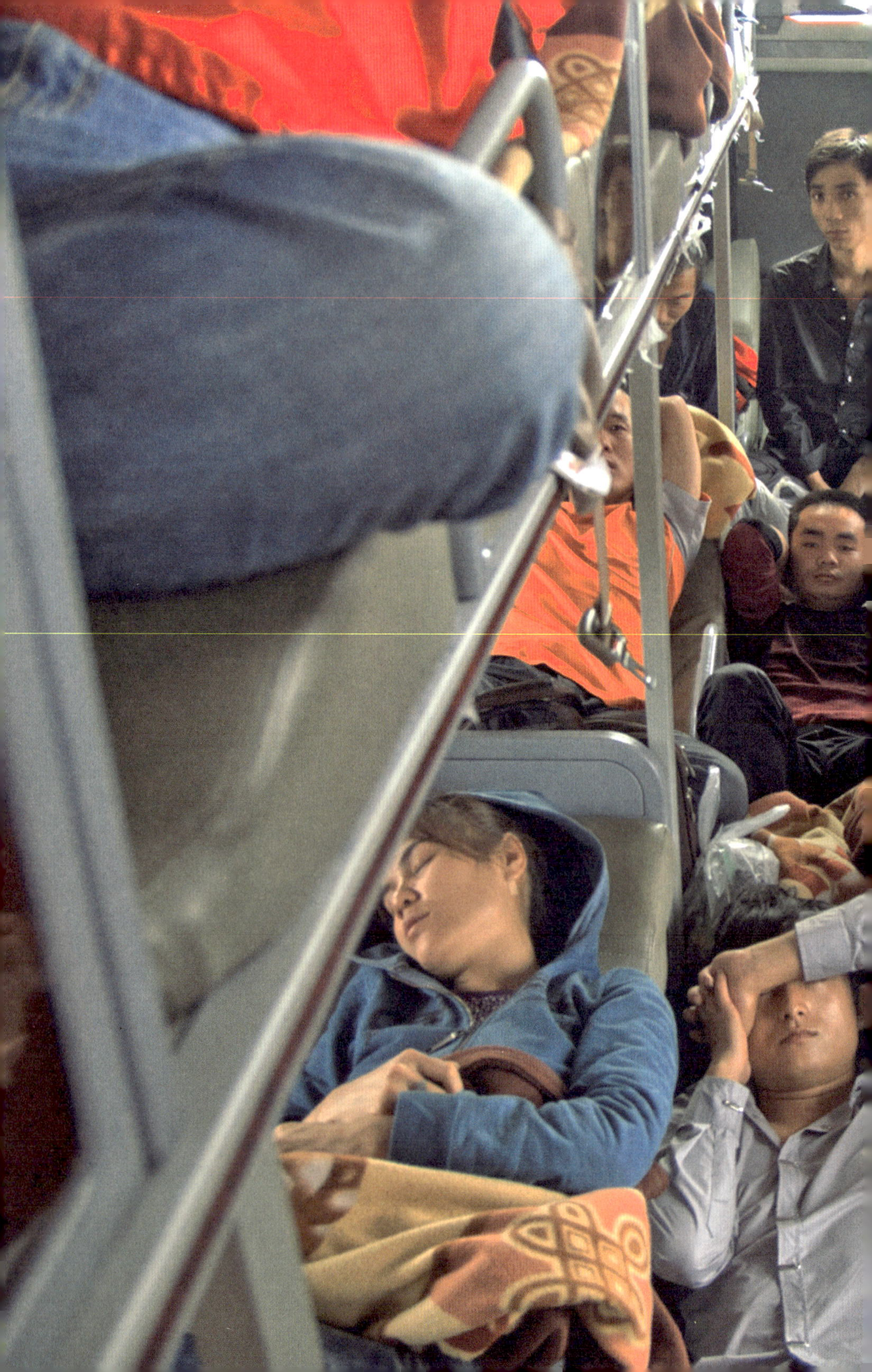

2011年，往返于襄阳和深圳之间的卧铺长途客车，单程要花费30多个小时，票价350元。这样的车，正常能拉57人，但客车司机往往会在中间的过道加上小木板，方便一次多拉一些人。回家的票难买，睡在过道的人票价一分不少，车开5个小时后，会到服务区统一上厕所。

在行车的两天时间中,她没有吃过任何东西,就是歪在座位上昏睡。在湖南一个小饭馆,司机们下去吃饭时,他们被小饭馆的人强行从客车上赶下来,要他们到饭馆买 10 元钱一份的快餐。她实在没钱,就去上了一趟厕所,守厕所的人要收费 1 元,她说没有,对方把她祖宗八辈骂了几遍,最后还用力推搡了她几下才解恨。

我后来跟堂姐聊起这件事,她说这算不了什么。1992 年,她从老家到广州,当时还没有长途客车,坐的是闷罐火车,里面没有座位,没有厕所,整节车厢只有两个小窗户,从上车到下车,连光线都很少见到。下火车后,她脸上沾满灰尘,全身散发着酸臭味。

我第一次坐长途客车从深圳返乡是 1998 年,客车从松岗汽车站开出,上午 10 点出发,到下午 3 点还没有走出东莞。当时公路上的车还比较少,并不堵车,之所以走这么慢,是绕了路,到附近的各个车站去上客。

车刚开出广州,就在一个前不着村、后不着店的地方停下,所有人被强行赶下车,去吃饭,每人 15 元,不吃不让上车。饭店的旱厕臭气熏天,每人收费 1 元。真有打工人想省钱,下车不去吃饭,结果几个大汉守着车门,没有用餐票不让上车。司机不断催促要发车了,车上的同乡开始抱怨他们耽误时间,没吃饭的人只得去拿一碗方便面,照付 15 元,才得以上车。

车行驶上国道,时不时被拦下来,1500 公里的路途,其间吃饭 5 次。我向家乡的司机了解过,如果不停车,下次大客车经过时,就会遇到路霸,花的钱更多,还不能按时返回。

后来我采访过一些不同省份的打工人,他们乘长途客车,也都有类似的经历:被强迫吃饭,饭菜质量差;长途车在路上被故意撒落的铁钉扎坏轮胎；有时路上发生交通事故，有牛等牲畜被车撞死，如果主人找不到肇事车辆，就会将所有过往的车辆拦停，给50元或100元才让通行。

买票乘车，看似天经地义的事，在春运时的汽车站，却往往发生很多意外。

2012年，江西、湖南发生了冰冻灾害，从贵州、河南、湖北、江西、湖南等地过来的长途客车晚点。东莞长安汽车站按正常运行班次，提前两天卖出春运长途客车票，结果持票的乘客全部拥到汽车站，车站外面的广场、售票厅、候车厅、出发站台上，全是密密麻麻的人。

当一辆前往河南驻马店的长途客车靠站时，候车的人群开始起哄，最终人群冲开闸门，全部拥到停车场。一直在现场拍摄的我，直接被这场混乱挤蒙了，也进入停车场，拍下人群围着客车的场景。后来车站工作人员出面，手持喇叭，维持现场秩序，人们才靠边站定。

2013年2月2日，我到长安汽车站拍摄。只见售票厅人满为患，候车厅挤得挪不动身，出发站台上也站满了人，我拿着相机，在人群中艰难穿行，全身是汗。

接近中午12点的时候，我从出发站台去售票厅，人群中突然传来哭声，接着就喊救命。车站的保安队长正在现场维持秩序，我跑过去一看，一个妇女晕倒，另一个妇女抱着她就向外跑，保安队长和另一个购票的男人一起把人向医务室送，我拍了几张，也急忙搭了把手。

在医务室，医生进行了处理。妇女醒来后，说早上7点就到车站排队买票，没吃早餐，到车站时，看到购票的人从售票厅一直排到二楼的候车厅，排队的人前胸贴后背，怕他人插队。她从队伍的最后开始排，当时是冬天，衣服穿得厚，在售票厅站了一会儿，人体散发出的热量像个大火炉，她头上开始冒汗，在接近售票窗口时，低血糖加上空气流通不畅，头一晕就倒地了。

在打工人从乡村涌入工业区的时代，东莞的各个镇都有长途客运站，有的镇甚至有多个长途客运站，如长安镇高峰期就有长安汽车站、长安北站、长安南站、上沙客运站。上百万的打工人从家乡到工业区，从工业区返乡，在挣钱和回家之间被反复运输。

2012 年，长安汽车站春运发送旅客 26 万多人次，此后一直到 2018 年，每年春运发送旅客量都超过 23 万人次。春运期间，长途候车大厅的候车长椅被取消，车站的工作人员全部上岗，还有很多志愿者在现场答疑、帮乘客搬运行李等。这期间的长安汽车站，肯德基入驻了，打工人可以一边喝可乐吃汉堡，一边等车。

后来，随着私家车大量增多，高铁不断通车，长安汽车站旅客发送量大幅度下滑。据常年驻站的工作人员介绍，从 2018 年起，汽车站的乘客逐年减少，车辆不断老化，赚不到钱，每年都亏本，也不敢买新车。

2020 年，短途客车不进站停靠，旅客发送量急剧缩减。2022 年 9 月，长安汽车站永久关闭。

东莞、深圳的其他很多长途客运站，也都是相同的命运：关停。打工人到车站乘长途车，成为历史记忆。

2009年1月18日，广东东莞，春运期间，长安汽车站出发厅挤满了人。

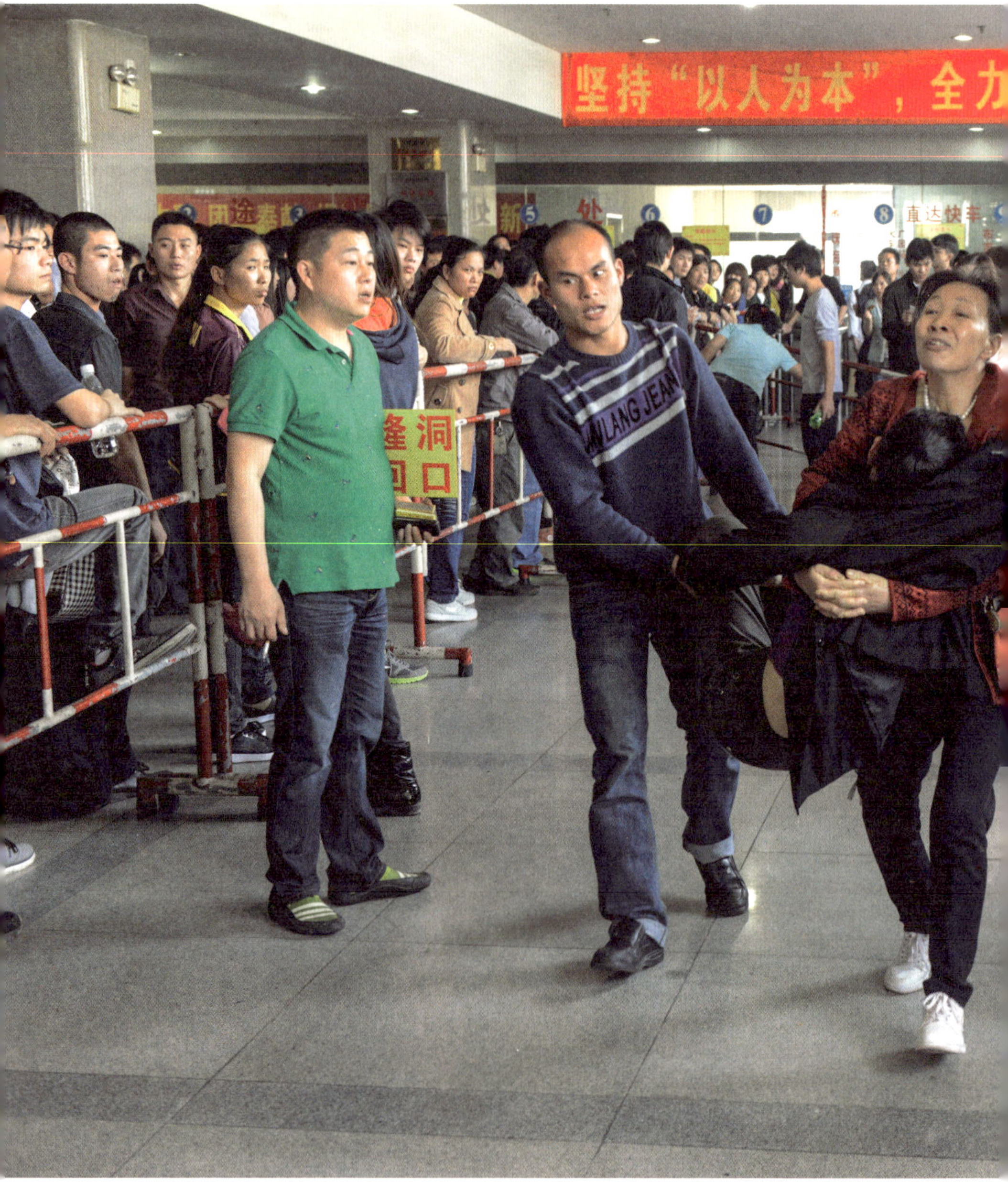

坚持“以人为本”，全力
直达快车
隆洞
回口

2013年春运，广东东莞，长安汽车站人满为患，一位没吃早餐的妇女在售票厅购票，等了几个小时后晕倒。

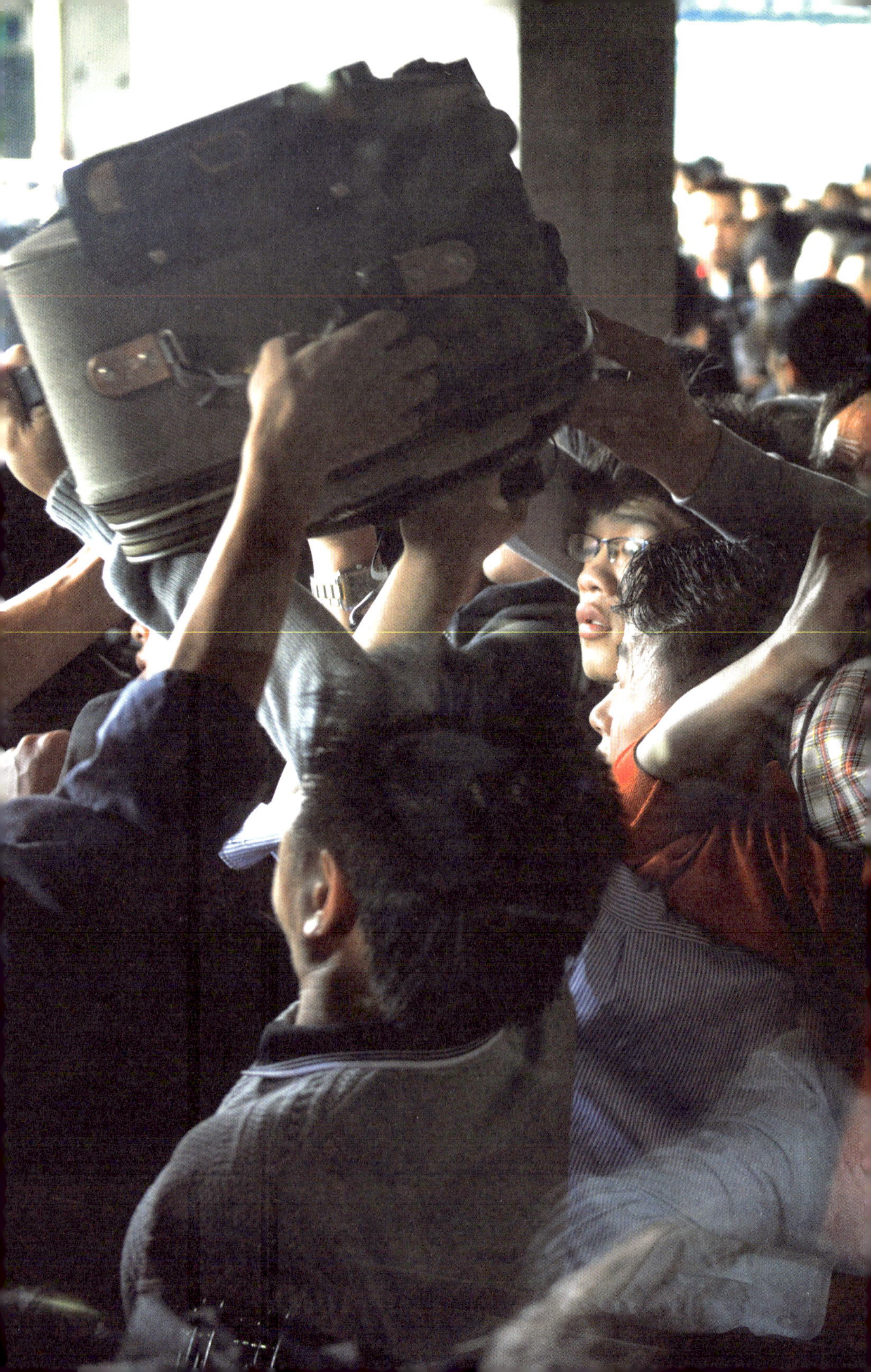

2013年春运,广东东莞,长安汽车站出发厅内挤得动弹不得,每当有车靠站时,人群都会发生一阵骚动。

2018 年之后，汽车站的客流量越来越少；2022 年 9 月，长安汽车站永久关闭。图为 2023 年 6 月 1 日，长安汽车站原来的设施正在拆除。

## 找工作的难

我当年刚来东莞时，在妹妹处落脚。我初来乍到，没有一技之长，只能凭着双脚，在工业区试着找工作。

那时我还带着初来的新鲜感，早上从 JB 工艺厂宿舍出发，花 5 角钱买两个馒头充饥，沿着工业区的马路，一家工厂接着一家工厂查看招聘信息。工业区的每家工厂大门口都有一个招工栏，有用工需求的，就用毛笔在红纸上写明招工信息，再贴到上面。

读招工信息，对于我是一个打击。20 世纪 90 年代，老板们招员工特别严格，要求年纪在 25 岁以下，生产线上的员工大多只招女性，染发、文身、有狐臭、身体有缺陷的一律不要，而且需要各式各样的熟手，如机修工、丝印工、机长、车工、邦定工等，极少招普通工人。

尽管我查看了几十家工厂的招聘栏，仔细读了上面全部的信息，第一天找工作仍无功而返，晚上还得寄居在姐夫的宿舍。我记得姐夫还给宿舍保安买了一包烟，说我还没有找到工作，要多住几天，算是花钱买人情吧。

晚上下班后，姐夫问我在部队的情况，帮我分析看能找到哪类工作。

因为我是退伍武警,保安员是我最有可能找到的工作;我在部队学过电器维修,也可能找到一家电子厂做维修工。

"出去时一定记得带上证件,如果遇上治安队查暂住证,就把你的火车票给他们看,千万别和治安队员发生争执,万一被带走了,就想办法给我们写信。"虽然过去了十几年,姐夫当时交代我的话,仍清晰地在我头脑中回荡。

"我们刚到松岗时,办的暂住证是纸做的,好像一本计划生育证,最近两年才是这样的。"姐夫掏出他的暂住证,看起来跟第一代身份证很像,上面的家庭住址、身份证号码及有效日期全是手写的,只有头像上的派出所公章,才显示了证件的权威性。

姐夫还带回来两包方便面,说是工厂发的夜餐,专门给我留下来的,然后他从床底下拿出一个煤油炉,用不锈钢碗接了大半碗水,放在上面煮方便面。我是第一次见这种炉子,有几条棉芯,棉芯与底层的煤油罐相连,上层是一个小支架,不锈钢碗就放在上面,用打火机点燃棉芯后,就可以煮东西了。姐夫说宿舍不让用电炉,被巡逻的保安抓到了要罚款。

姐夫给我端面条时,我发现他的手很粗糙,还有一些裂口。姐夫说他的工作是做波丽模坯,模坯的原料要徒手取,再填放到模具中,压好后再把模具分开。为了使模具和模坯容易分离,要用天那水刷洗模具,手就容易沾上天那水。有时在喷油车间帮工,收工时为了弄掉手上的油漆,也会用天那水洗手。现在是冬天,气温低,天那水挥发性强,挥发时带走了水分,手就容易裂。

宿舍虽然只有 12 张床,但每天住宿的人都会超过 12 个。我是混进来免费住宿的,只能和姐夫挤在一张床上。还有几对夫妻,晚上妻子会在丈夫的床上留宿,只不过每张床都用 3 块钱一片的布帘围着,形成了一个貌似独立的私家天地。

"你看这是多大的电阻？"当我向一家电子厂大门口的保安员提出，想应聘他们工厂的维修工时，他从岗位的抽屉中拿出一只电阻让我辨认。我在部队时学过一些电子理论知识，但对电阻的值如何读取只是做了笔记，没有记在心中，当时搜肠刮肚地想，仍没有答对，我没能与人事部负责招聘的人见上一面，就被保安赶走了。

其实我在部队学过录音机、收音机、电视机等电器维修，还跟一位曾经在甘孜监狱蹲监、出狱后在新都桥街上开维修铺的刘师傅学了一年多呢，但只因没记住这个理论知识，就没得到这个工作机会。因此，在后来当保安员及保安主管的时候，我都要求兄弟们认真接待每一个求职者，不能凭自己的有限知识，把人事部的职能取代了，这可能会影响求职者的一生。

从上南到上寮，再到沙井、新桥，我几乎走遍了这里的工业区，两天过去了仍没有找到工作。就在我准备再次回到JB工艺厂的宿舍时，看到马路边摆了一张桌子，旁边有一张招工的牌子，红纸上写着招押车员、发料员、保安、文员、跟单之类的职位，男女不限，生熟手均可。

我心中一阵窃喜，这不是得来全不费功夫吗？我向坐在桌子后的女子出示了证件，表明我想做文员。她拿过我的证件看了看，说让我稍等一下就离开了。过了10分钟，一名男子过来，把我带进巷子的一间屋子里，屋门口挂着某某电子厂之类的牌子。进屋后，我发现里面只有几张办公桌，没有生产车间，带我的男子说这里是招聘处，工厂不在这里，要先交10元钱买试卷考试，考试通过了才能做文员。

我从部队退伍时，只领了近1200元，在湖北老家休整了7天，与战友们一起聚会，花了500元，给父母留了200元，还花60元买了一双皮鞋，带着剩余的钱来到广东，见到妹妹时，她给了我100元。此时，我掂量着口袋里剩下的钱，如果不买试卷，明天仍没有工作，买了试卷明天说不定就可以上班了，上班后就有工资了。于是，我给那名男子10元买了试卷，被安排在一张桌子前考试。

试卷上是初中的一些数学应用题和英文题，对我来说完全没有问题。我用了20分钟左右就答完了，还检查过一次才交上去。男子批阅了我的试卷，并郑重地对我说："你考试的成绩不错，我们录用你做文员。"然后递给我一张求职表让我填，还说求职表不能填错，工本费10元。我填好这些后，他说带我去工厂前，需先交生活费50元，工厂包吃包住，押一个半月工资。既然能上班了，交生活费也合理，我又掏出50元递给他，要求他写一张收据给我。结果对方说进厂都是这样的，没有收据。

这时我有些警觉了，怕被骗，要求他退钱给我。不料他不但没有退钱，还说要再交制服押金150元，保证金100元，并问我身上还有多少钱。这时，我已经明白了这是一场骗局，开始想如何离开这里，我对他说："身上没有钱了，我妹妹在JB工艺厂，我去拿钱来交押金和保证金。"男子听我说完，要先扣押我的身份证。我高声叫起来，并警告他说我有十几名战友都在上寮，随时都可以叫他们过来。最后，男子将身份证给了我，但仍没有退50元生活费，还有试卷和求职表的20元也是肉包子打狗——有去无回。

回到JB工艺厂，我把被骗的经过讲给姐夫听。他说我太天真了，马路边摆摊招工大都是骗钱的，要到厂门口的橱窗去找机会，那里的招工广告才可信的。他还安慰我说，被骗几十元就算了，身上的钱没有被全部骗光就算是幸运的了。

白天出去找工作,晚上又想着第二天该到何处找工作,遇到查暂住证如何摆脱,身上的钱也越来越少,我心里急到难以入眠。加上邻床夫妻时不时弄出的响动,只能眼睁睁地在心中数兔子,还不能随便翻身,否则会弄醒本来睡觉时间就很少的姐夫。

睡不着,就想得多。想到如果找不到工作,回家一定很丢人;如果钱花完了,只能找妹妹借;如果被治安队抓去了,会被送到樟木头修铁路(打工人中间流传的说法),修铁路的滋味大概和甘孜监狱里的服刑人员差不多;如果下次再遇上招工的骗子,要不要用拳头教训教训他;如果明天还找不着工作,中午只能花一元钱买馒头充饥;如果找到工作了,何时能找一个女朋友;如果在广东发财了,回家时会多么风光;如果遇上了一个大老板,我一定会死心塌地帮他做事……

"所有人过来排队,按高矮顺序站好,高的站在我的左手边,站成五个横排。"第三天,我从沙井走到松岗镇潭头村,正赶上 LW 大酒店招保安员,现场有近 100 位求职者,我也赶紧加入到求职的队伍中。

"第一个项目是做俯卧撑,大家把手上的东西放下,相互之间拉开距离,准备!"随着保安队长有节奏并故意拉长的计数声,有的求职者已经受不住了,被清除出列。当数到"30"时,我偷偷看了一下,全场只剩下不到 20 人;数到"50"时,全场只有 9 个人了。这时队长表态了:"你们还能做多少个,自己报个数吧。""60 个,80 个,65 个,90 个……"还撑在地上的求职者在报数,我在最后一排,其他人都报完了,我说"100 个",全场的目光都投向了我。"其他人再做 10 个就可以起来了,你先撑着,我帮你数。"队长站在我身边发出命令。

我在部队当武警时就喜欢锻炼，每天晚上睡觉前会坚持做俯卧撑，最多时曾不间断做过100个。但那次不一样，前面的60个，我们是随着队长的指挥一个一个地做，每次间隔的时间较长，体力消耗很大，手已经有点抖了，腹肌也有点痛，但想到前两天找工作的辛苦，我给自己打气，一定要超过100个。

"……97、98、99、100。"全场响起了热烈的掌声，我咬紧牙关还在坚持，做到102个的时候，我趴在地上再也撑不起来了，当时虽说是12月，我的上衣已全部被汗水浸透。爬起来后，稍微休息了一下，我又和一名保安员进行对打测试。最终，我和另外四名男子一起成为LW大酒店的保安员。

（上）2012年3月10日，广东东莞，某工厂在厂外面设置的招工摊。
（下）2015年3月1日，广东东莞，工业区路边的招工摊。

2017年2月6日，广东东莞，工厂的招聘栏上贴着"新人奖等你来"。顺利进厂打工，除了应得的工资，还能额外得到500元，工厂此时缺工严重，用重金吸引求职者。

车站外的墙上、路边的电线杆上、公交车站台上、工业区的公告栏中、围墙上，全是招工广告，信息五花八门，真假都有。不少打工人觉得能识字就可以找到工作，大错特错。骗子比工厂的人事专员更努力，他们在车站、公交站台、工业区的关键路口、工厂的外面，装作老乡套近乎，以帮找住宿和工作之名，用钓鱼的方式，一步一步套牢，把打工人身上的钱榨干，甚至还扣押身份证。

当时找工作比较保险的方式，是直接到工厂的大门口，按招工栏上的信息，到指定的位置应聘。但工业区那么多，每个工业区又特别大，那是没有共享自行车，没有共享电动车，没有顺风车的时代，从一家工厂走到另一家工厂，见不到招工信息很正常。况且，打工人还带着沉重的行李。

林菲加热器材9月1日（周三）长安智通厂
薪1600–2600元，包食宿，免费参加，现场
光电子集团扩大生产，急聘男女员工200名，
安国家劳动法实行，公司地址：东莞市长安镇沙头南区龙光电子集团，
广告专栏（免费职位信息）求职者可直接电话应聘
东莞道本电子
长安美泰玩具二厂
女员工
批发部

(左)2010年8月28日,广东东莞,找工作的人正在查看人才市场的招工海报。
(右)2013年3月1日,广东东莞,人才市场内,找工作的打工人查看招工信息。

有专业技术和学历较高的打工人,往往会通过人才市场、人才网站找工作。他们先在人才市场或网站浏览,找到适合的岗位后,把写好的简历投给对方,然后再通过初试、面试、复试等流程,取得试用的机会,试用期合格后,成为正式员工。

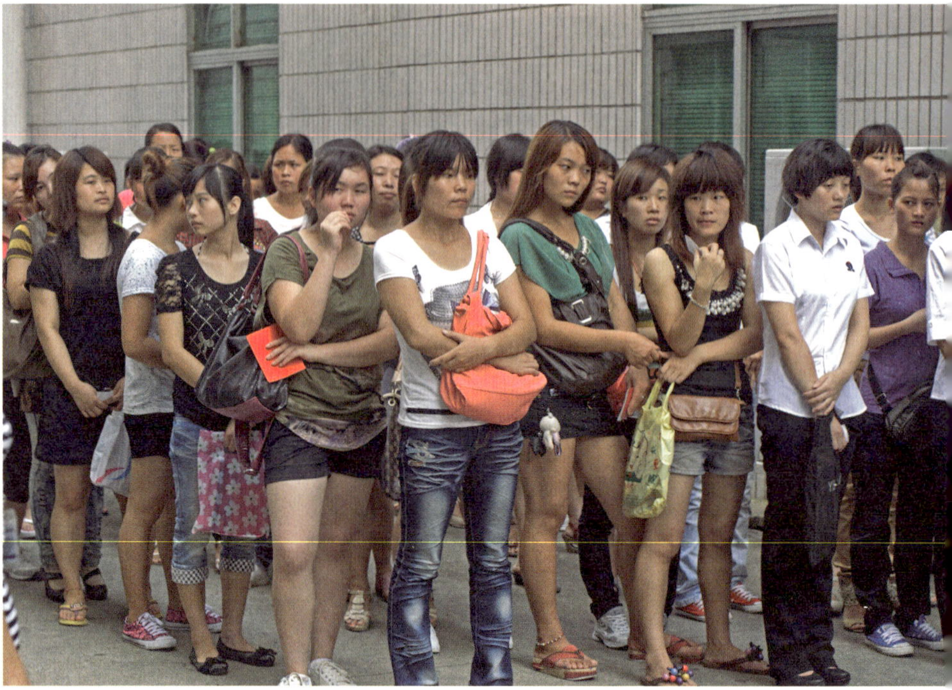

（左）2011年8月8日，广东东莞，求职的打工人排队，准备参加入厂考试。
（右）2007年8月15日，广东东莞，某电子厂正在举行招工考试，求职的打工人在椅子上做试卷。考试内容是简单的语文、数学及英语知识。30分钟内完成答卷，100分的试题答对60分即可参加面试。在招工困难时，考试只是一种形式，带上身份证即可进厂做流水线工人。

2010年3月20日，广东东莞，通过招工考试和面试的打工人，到工厂报到后，先在培训室参加培训，晚上才分配宿舍。试用期一个月，培训要合格，试用期表现也要合格才能成为正式员工。

找工作很难，是那个年代很多打工人的共同感受。

我的战友小马，1997年从老家到深圳，乘火车时退伍证和身份证被偷了，还好钱分开两处存放，放在被子中的钱没有被偷。他到了深圳后，找工作没有证件，又不甘心返回老家，就白天到工业区找工作，希望遇到熟人或老乡，晚上到山上的坟岗处过夜，和衣睡在草地上。即使是这样，有一天，在工业区还是被查暂住证的治安员拦住。因为没有任何证件，治安员让他在旁边蹲下。他乘人不备，撒腿就跑，治安员开着摩托车在后面追，他就在小巷子中钻，翻过几个矮墙才逃掉。他跑到坟岗处待了三天没动，饿了就喝点山泉水。到了第四天，他饿得受不了，中午跑到工业区，遇到了一个讲家乡话的人，在这个老乡的帮助下，他才得以进入一家大型电子厂做了保安员。

我的邻居小波在深圳的经历，同样让我印象深刻。小波的姐姐在深圳打工。他初中毕业后不想上学了，就乘车到深圳找姐姐。姐姐所在的工厂管理很严格，外面的人不能进厂，也不许进宿舍。工厂的宿舍在厂区外面，由保安看门。姐姐想趁员工们下班回宿舍的时机，让他在宿舍楼下的快餐店吃过饭后，偷偷把他带进去，不巧被保安抓住了。按工厂的规定，姐姐会被开除，还要被罚款200元。

姐姐给值班的保安买了一条烟，送了100元钱，保安才睁一只眼闭一只眼让这件事混过去了。姐姐对小波说，她跟宿舍的人打好了招呼，让他先住在宿舍里，她和同事出去住。小波到了姐姐宿舍后，白天睡在床下，用纸箱把靠近宿舍门的方向挡住，防止巡查的保安发现，晚上睡在床上，就这样住了四个星期后，才在厂里找到工作。

小虎入厂的经历让他终生难忘。他从湖南到深圳，本打算先投靠女朋友，然后找一份工作。到了深圳，他才发现女朋友已经在酒店坐台，成了三陪女。他十分愤怒，果断离开女朋友所在的镇，漫无目的地乘了一辆公交车，到了龙岗。用他的话说，他用双脚丈量了龙岗的各个工业区，招工广告看了几百张，一元钱买两个包子就是一餐。

他被工厂外摆摊招工的人骗了三次，身上仅有的300元钱被他们强行搜走，最后还挨了一顿揍。好在他认识了一个建筑工地的看门老人，每天晚上陪他看门，才躲过了治安员查暂住证。经老人介绍，小虎在建筑工地做了两个月，意外从脚手架上摔下来。老板给他付了医药费，出院后就把他赶走了。他后来返回湖南老家休息了半年，再出来才找到一家电镀厂上班。

## 当保安那些年

穿上保安制服,每天在酒店大堂前站 8 个小时,每月 28 天、450 元的工资,包吃包住。我的工作是保护客人的安全,限制酒店员工从大堂进出,另外就是管理大堂前面的停车场。班长第一天把我带到岗位,如此交代了一番,我就正式开始了自己的打工生涯。

第一天上班时,发生了一个小插曲。队长到岗位巡视时,发现我穿了一双白色的球鞋,要求我换黑色皮鞋。可是我只有一双棕色的皮鞋,脚下的这双鞋还是前一天晚上在地摊上花 30 元买的,当时我全身只剩下 30 多元了。我只好小声对他说,我没有黑色皮鞋,等发了工资后才买得起。队长想了想,让我从第二天开始转到夜班工作,这样没有黑色皮鞋也没关系。

我到部队服役前只到过县城,在部队时又待在山沟里,除了会讲家乡话,还学过一点四川话,普通话只是上语文课朗读时才用。到了松岗,酒店的同事来自天南海北,讲家乡话不行,四川话不行,普通话是必需的,可我说普通话带有很重的家乡口音,同事们听我说话,总是会发笑。

酒店的客人主要是台湾人、香港人,另外就是潭头本地人,偶尔可以见到一些外国人。与客人交流,我尽量使用自己不标准的普通话,每天下班后，我觉得自己的舌头几乎不会转弯了，非常难受，那时我对说话有一种恐惧感。

第一次拿的小费是一个开奔驰车的香港老板给的，10元港币。他的车开进停车场后，我跑过去指挥倒车。下车后，这个个子不高、胖胖的老板给了我一个钢镚儿，并朝着我笑了笑。此后，我开始陆续收到客人给的小费，有人民币、港币、台币、美元、澳元等，但每月总计也不会超过200元。

有天晚上，一个本地的年轻人在酒店夜总会消费后，没有结账就要走，队长通知全体保安拦着他。不承想这个年轻人拿出大哥大，打了几个电话，很快就来了20多辆摩托车，每辆摩托车上坐两个人，包围了停车场。队长以前在少林寺学过武术，身手不一般，他面对这场景丝毫不怵，命令保安无论如何也不能让他们跑掉。结果就发生了大规模的打架事件。直到酒店老板报警，公安带着冲锋枪到现场鸣枪警告后，才平息了这场冲突。打架的双方全部被带回派出所。我们在派出所待了3个多小时后，才被接回酒店，老板还专门让中餐厅给我们做了夜宵。

酒店也发生过一次"走佬"（广东话，"跑路"的意思）事件，当事人是前台收银员。当时有位客人晚上入住后预交了半个月的房费，加上其他的营业收入一共约有6万元。早上天亮时，收银员说去上厕所，结果带着钱从后门跑掉了。酒店到派出所报了案，但最后也没有抓到人。

在酒店工作一个多月后，与各部门的员工都比较熟悉了，资格老的保安也会带我们找东西吃。最初是夜总会的小吃，有时也会喝客人寄存的酒，各式各样的洋酒、清酒、红酒、白酒等，后来，也到中餐厅吃点心。当然，这些都是在后夜班才敢做，否则上级发现后会被开除。

在客人面前，我们穿着光鲜的制服，但住宿环境一言难尽。100多人住在一楼敞开的大房间，双层的铁架床摆成多排，多个班次的人混杂在一起，睡觉时常常被各种各样的声响吵醒。室内长年不见阳光，通风效果也差，胡乱牵着很多绳子，洗过的衣服挂在上面，衣服上的水滴到地面，常年不干，室内每天都能闻到霉味、脚臭味。

我在酒店上班，孙三和我联系上了。他有一段时间找不着工作，就常到我这里来混饭，每次我在食堂吃完饭后，再用自己的饭碗打一份饭，悄悄端出来给他吃。当时吃饭要用饭卡，每餐打过一次饭后，饭卡上就做一个记号，有时食堂的师傅不给我打第二次，我就托与厨师熟悉的老乡帮忙打一份，或等到全部员工都吃完饭后，让师傅打一份剩下的饭菜。孙三花了一周左右的时间找工作，仍一无所获，临走时，还穿走了我唯一的棕色皮鞋。

虽然每月只有 450 元工资，但我每月会节余 500 元左右，其中一部分是获得的小费。我对自己比较苛刻，除了必需的洗衣粉和香皂，我几乎不会花钱买任何东西。只记得有一次和同事到蚌岗玩，他们去玩宾果游戏机，我也花了 10 元玩了一回，那是最奢侈的一次。

在 LW 大酒店待了三个月后，我跳槽到深圳机场大酒店，还是当保安员。

机场大酒店的工作是表弟介绍的。表弟本来姓王，他到酒店应聘时，借了同村老乡蒋波的身份证、毕业证和退伍证，所以在酒店同事们都叫他"蒋波"。"蒋波"只是表弟在酒店的一个符号，就像他的工牌 068 号一样。

戴着 136 号工牌，穿上保安服，我每天出现在酒店的大堂和停车场。这里的工作对于我来说很新鲜，出入酒店的是各类商务人士。飞机的机组人员整齐地拖着拉杆箱，从前台领过钥匙后入住客房，以前只在电视中见过的空姐与我擦肩而过。有时,一些热情的空姐还会送几罐饮料或燕京啤酒给我,看到她们甜美的笑容,优雅的职业套装,是一种幸福,当班人员特有的幸福。

酒店还长期住着一批维修飞机的美国工程师,他们很健谈,每次见到我总是主动打招呼,我也毫不怯场,用蹩脚的英语同他们交流。有时听不懂,他们会拿出随身携带的英汉小词典指着其中的单词,偶尔也会拿着笔在纸上写,对于我这种发音不准的人来说,这些招儿很管用。

酒店楼高8层,有两部垂直升降的电梯,平时只允许客人乘坐,酒店员工只能走楼梯。我人生第一次乘电梯就是在这里,那是我在机场大酒店上班的第二天。

那天,我和表弟同时上早班,前台接待了一个带着很多货物的客人,做行李生的表弟请客人将货物寄放在前台,客人不愿意,坚持要求全部送到客房。当时我在大堂值班,就和表弟将货物装在两辆行李车内,然后各推一辆行李车上了电梯,客人和表弟同乘一部电梯,我乘坐另一部。

进入电梯后,我发现三面都是镜子,自己的身影同时出现在这些镜子中,我很得意地对着镜子笑了笑,并拿下保安帽,用手拢了拢头发。过了一会儿,电梯门关上,我等了好一会儿,电梯并没有运行。我从来没有乘过电梯,不知道如何操作,便轻声说了声"上楼",电梯没有任何反应。我看到电梯右侧有一排按键,就伸手去按,刚一按下去,电梯内就出现了电铃声,我紧张得像触电,立即缩回手来。

冷静了一会儿,我想起表弟告诉我的房间号608,便像小偷一样,蹑手蹑脚地再次走到按键前,轻轻地用右手的食指尖按下数字键"6"。灯亮了,随着轻轻的一声"咚",电梯开始上行,我感觉头有一点晕,看看镜子中的自己,有一点惊喜,还带着一点得意的笑。

"咚——"突然，电梯停了，门打开，我推着行李车到了走廊，开始找608房，可看到的房间依次是301、303、305，我意识到自己走错楼层了，可在电梯内我明明按的是"6"呀，为什么会到3层呢？我百思不得其解。

没办法，我只能推着行李车回到电梯前，把电梯上的两个按键各按了一次。很快，我听到电梯运行的声音，门开了，我推着车进去，又按下数字6，门关上，电梯开始运行。当时我也没有心情再去欣赏镜中的自己，开始怀疑自己这个从农村走出来、只在康巴高原旧营房中当过三年兵的农民，能不能适应城市的生活。

电梯门再次打开，我一看，怎么到了大堂？这时前台收银员看到我推着的行李车还载满货物，就过来问我为什么没有把行李送到客人的房间去。我只得如实讲了一遍刚才的遭遇，收银员笑得几乎直不起腰来。她带着我回到电梯，现场给我做了操作示范，还陪我上了6楼。从此以后，我乘电梯的故事成了酒店同事中的一个经典笑话。

这是1996年，我23岁，到广东打工的第4个月。

表弟有个女朋友，是酒店8楼俱乐部的领班，他下班后常常到那里玩。我刚到酒店上班，对各处的情况不熟悉，除了上班指定的岗位以外，从来不敢在酒店内随便走动，怕自己被炒鱿鱼。当时我的工资约有1000元，每月还有两天休息日，这在同类的工作岗位中属于工资比较高的，酒店环境也好，我很珍惜。

大约在酒店上班的三周后，有天，表弟约我晚上到8楼去玩，说当天是他的生日。这是我生平第一次到卡拉OK厅。当晚，我见识了散装的扎啤，品尝了多种我从来没吃过的小食，还唱了一晚上的老歌，跟着表弟一起蹦迪。当时我感觉好极了,内心希望每天都有这种日子过,这是 23 岁的想法,是一个农村娃入城后的奢望。

酒店有很多配套的服务设施,员工可以享受部分福利。比如,每个月有一张理发票,可以在 2 楼的发廊使用;每个月有两张投影票,可以在 2 楼的投影厅看投影;还可以到桌球室玩桌球。

第一次到发廊的经历,我至今记忆犹新。我穿着保安服进去后,女服务员招呼我在一张很时尚的美发凳上坐下,然后给我围了一条毛巾,挤了很多洗发水抹在我的头发上,又用一个瓶子喷了水,就开始在我头上揉了起来。白色的泡沫不断在我头上堆积,我闻到一阵从来没有闻过的香味,耳畔还响着劲爆的音乐。

捶肩、拍背、头部按压,一通操作之后,女服务员让我仰面躺下,用温水洗去我头上的泡沫。随后,穿着新潮服饰的发型师操纵着各类工具,为我理了一个平头。在这个过程中,我一直在回忆从前理发的场景。小时候,村中的刘爷爷挑着理发担,走村串户为我们理发;当兵时,每个月请监狱中的服刑人员为我们理发;打工后,每次到工业区工厂围墙边的理发摊理发,整个过程都很简单,剪短、推平、剃毛,平头就算理好了。在进入发廊前,我一直用香皂洗头,小时候还用过洗衣粉洗头,这一对比,一种自豪感油然而生。

第一次吃西餐也是在机场大酒店,那一餐让我兴奋了好几天。这得益于神通广大的表弟,他拿到了几张西餐票,邀请我一起去吃。

我们落座后,自称半个老乡的河南籍阿华过来招呼我们,并根据表弟的习惯给每人送了一杯饮品。当时我有点口渴,端起来就喝。结果,半杯入口,苦味直抵味蕾,打了一个回转,全被我吐到了垃圾桶中。表弟看后笑得前仰后合,告诉我这是咖啡,如果不喜欢苦味,可以加糖或牛奶。

吃烤牛排时，我用钢叉直接将整块牛肉往嘴里送，引得四周的人纷纷侧目。表弟现场给我做示范，我学着用餐刀切牛肉，结果用力过猛，切开的牛肉滑出了餐盘，我用手捡起来就吃。吃三文鱼时，我在鱼肉上涂满了芥末，上面还加厚放了一些，囫囵吞下，眼泪立即流了下来，嘴巴也被呛得特别难受。我拿起水杯一饮而下，也无济于事。表弟把我带到咖啡厅外的小花园中，我连打了好几个喷嚏才稍微好些，真是狼狈极了。

我读书看报习惯的养成，与在机场大酒店工作的经历密不可分。每天天刚亮，我们的岗位就会收到当天送达的《深圳商报》《深圳特区报》《南方日报》等，我利用工作的间隙，浏览新闻，深读副刊，在结束夜班工作时，已经对国内外发生的事件有了大致的了解。我们在凌霄花园的宿舍也有一间图书室，里面有各类杂志、书报，下班后我除了打球，就是到图书室看书。尽管那时只是浏览一些杂志，还没有养成深读专业书籍的习惯，但我已能从读书中找到乐趣。

到机场工作后，我大大地过了一把看飞机的瘾。有天休息，我吃过早饭就到候机楼，站在外面的走道上，看着飞机不断地起飞、降落，看着乘客们通过登机桥上飞机，还不时地看看飞机尾巴上的图标，想知道那些图标代表哪一家航空公司。看着看着，我感觉自己好似也乘坐过飞机了，甚至晚上做梦都梦到自己在机舱里面。事实上，直到2009年，我才第一次坐飞机。

在候机楼看飞机的那天，我遇到了酒店另一个部门的同事阿伟，他说在候机楼拉客，每天可以挣不少钱。我就跟着他，观察他如何拉客，第二天下班后，我也加入到拉客的队伍中。

候机楼的二楼是出发厅，一楼是到达厅。通常，客人乘出租车到了出发厅后，出租车就空车到一楼到达厅的出租车站去排队。所谓拉客，就是把一楼到达厅需要乘出租车的客人带到二楼出发厅前，乘坐刚刚放下客人准备返程的出租车，这样司机不用到一楼重新排队，就愿意以较低的价格载客，拉客者让客人支付正常的出租车费，同时压低出租车司机的路费，从中赚取差价。这种做法是违规的，只能偷偷摸摸地干。

我第一单干得还算顺利，第二单搭上的是个外国人，就在我用磕磕巴巴的英语与他讨价还价时，被候机楼的便衣公安抓了个正着。后来还是经理出面把我保释回了酒店，从此我再也不敢到候机楼拉客了。

发工资的日子我最初是很高兴的，后来也有些失落。因为我们这些外地户口的打工人和深圳户籍同事的待遇截然不同，他们还享有购买养老保险、年终分红、住房补贴等福利。作为外地来深的打工人，我们10人挤在一间集体宿舍里，但深圳户籍的同事却能分到一套房子。

上班时在门口，我总会听到办公室的同事们进出时谈股票，保安部也有几个同事正痴迷地买进抛出，眉开眼笑地说又赚了多少钱，有时还请我们喝健力宝。

久而久之，我也忍不住入了局。每月发了工资我都会寄回家，手上没有多少钱，便找妹妹借了点，拿着3000多元，到深圳证交所开了户，加入炒股大军。刚开始，我确实在买进卖出的过程中赚了一些小钱，后来把发的工资也全部投了进去。我穷怕了，太想发财了，一听说有赚钱的路子，就不顾一切地扎进去，还不知道有风险。那只"猴王"股票把我套牢，直到它退市，我手头也还有100股。那是1996年，一个股市疯狂的年代，让和我一样搞不清股票是何物、有何规律、看不懂各类技术指标的股盲被狠狠地教训了一下。后来我听说过好几个股民在交易厅晕倒的事件。

本来在机场大酒店工作得还好，但机场集团公司要在深圳证券交易所上市，需要进行内部整改，作为下级单位，机场大酒店必须执行机场集团公司的整改要求，将保安、清洁、食堂等业务外包，酒店保安全部划归机场保安服务公司管理。

就在保安服务公司接手酒店保安工作的前一天，酒店客房被盗。后来查明，一名男子乘电梯上楼，先后撬开4间中国国际航空公司机组人员住的客房，盗走了相机等贵重物品和一些美元。夜班客房楼层服务员发现偷东西的可疑男子后，立即打电话通知大堂夜班保安，但打了很久也没有人接听。等服务员再打给前台接待员时，可疑男子已经从她们面前跑出去了。酒店老板一怒之下，把全部保安扫地出门。就这样，我再次跨入了找工作的人群中。

离开机场大酒店后，我先后入职了BF玩具二厂、ZL电镀设备厂和C厂，都是当保安，每份工作干的时间都很短。

1999年11月，我离开C厂，先回了湖北老家，打算休整一阵子，每天接送在粮管所上班的老婆，算是对她的补偿。离多聚少，在家的日子悠然滑过，每一天我都感到很新鲜。2000年元月，老婆生了个胖小子。初为人父，我特别欢喜，每天洗尿布、逗孩子，直到过完春节。

2000年3月初，我带上行李箱，再次回到东莞，信心百倍地准备大展身手。去了两次基业人才市场，投了三份简历，有两家单位通知我去面试。最终，我来到长安镇，加入SL电子厂，当上了保安队的小主管，带领20多名保安负责全厂的安全保卫，这一干就是12年。

SL厂是1988年开业的一家来料加工电子厂，港资企业，主要生产机械硬盘的磁头，也进行机械硬盘的组装。SL开厂时，工厂只有100多人，高峰时期，工厂有3个分厂，员工25000多人，生产厂区扩充过

3次，厂房面积超过30万平方米，那是资本、技术、人力聚合下的高光时刻。

曾经，作为SL电子厂的员工是一种荣耀，意味着比周边工厂的员工加班多、出粮（广东话，"发工资"的意思）准、工资高、员工活动丰富。

SL电子厂内部办有厂刊，平时接受员工的投稿。这些投稿，也是一种时代存证。

### 员工王×× ：在工厂的感受

带着一颗火热、激动、兴奋的心走入AL科技园，走进SL电子厂。

记得那时还在培训阶段，在每个人的心中，就有着各种各样的想法和看法。每次去培训室时，经过长长的走廊，我们都会透过那透明的玻璃窗向车间内部张望，好明亮、好整洁、好有序的工作场所。唯一让大家担心的就是上班时那身衣着，第一次看到只有一种感觉最强烈——怕。许多女孩还没有踏入那道门槛，就悄悄离开了。当时，我也在想，这样的衣着，这样的集体大家庭，这样忙而有序的工作，这一切的一切自己能适应吗？能胜任吗？

一连几天我的心情都很矛盾，究竟是走，还是留？一天晚上上班时间，韦生和组长专程来看我们新员工的培训情况，和我们聊了许多生活的事和无尘车间的情况，他们的一番话，彻底把大家心中的顾虑打消了，增强了我们坚持到底的信心和勇气。大家一致决定要在A5大家庭中共同进步。

在A5培训室，我们对产品有了一个大概的了解，只是那2.5英寸的电机座到底是怎样的呢，因没有亲身体验，暂时都还是纸上谈兵。

培训结束了，组长把大家带到更衣室，让我们换好工作服，再到拉上学习操作过程。

经过一阵风浴后，推开那扇白色的干净得发亮的门，好一个宽大、整齐的更衣间！一排排洁白的连体衣被纪检整理得像一个个正在集合的士兵，没有丝毫异样的动作，彰显出一种强烈的纪律性。因为第一次穿连体衣，姐妹们显得有些难为情，也有些笨拙。只见组长面带笑容，边讲解边做示范给我们看，在她细心的帮助下，大家总算"装备"好了。穿着那洁白的衣服，一个个都好像变成了"手术室里的主刀医师"，好严肃也好新鲜。

一切准备就绪，当站在工作岗位的那一刻，我在心中彻底明白地告诫自己：从此就是工厂A5的真正员工，一定要负起责任，做好自己该做的每件事，把好质量关，成为一名再合格不过的员工。

刚开始学做事时，一切拿货的姿势、动作都显得那么不自然，甚至有点力不从心的感觉。由于人数太多，"老大"不能一一教过，但她一再强调"师傅"们在教我们的过程中，每个细小的动作过程都要示范到、说到。"老大"在各条拉间忙碌地奔走着、监督着；老员工耐心、认真地教着，我们用心地学着、记着。不负所望，我们终于能胜任，要单独下拉做事了，心里除了激动，也更加明白了自己的使命。

这么久以来，我觉得我们的工作做得还可以，同事之间配合得很好，相处得也不错。当然，这一切离不开领导们对我们的关心、支持和帮助。每当哪位姐妹病了或有事想请假的话，"老大"会尽量满足；她还会时不时地和大伙聊聊心里话，开开玩笑，从不摆领导的谱，即便是偶尔严肃，那也是我们哪里出错了。错了挨吵是难免的，但领导们都会公私分明，不去计较曾经的对错。

### 员工南×：干就干得最炫最耀眼

去长安镇转账回来，坐在公交车上，看着坐在我旁边萎靡不振的乘客，我不由自主地把目光移向窗外。窗外奔驰、宝马、本田……络绎不绝。看着一辆辆豪华轿车奔驰而过，还有站在本田车边的人，我迷茫，但更自卑。回来后，我躺在床上想了很多……

有时，我也相信自己的生命中会有奇迹发生，但不知还要等多久。好多同事都喜欢听光良的《童话》，我也一样，但我不相信童话，只相信宿命。只不过我会克制自己肆虐的情感，现实始终是现实，再多的感慨也无济于事。我唯一能做的只有把握现在的一切，努力工作。只有努力工作，我生命中的奇迹才会出现。

同样是工作就不要比别人差，即使拼命去做也不要落后于人。我们的职业可以低下，地位可以卑微，但我们的心灵不可以低下，别人能做的，我们照样可以做到，而且我们要做得比别人更好。谁不想出类拔萃，不想脱颖而出？我要尽最大的努力去实现我的目标，即使一无所获，至少还有一份执着。我不能对不起自己，对不起爱我的家人，为了自己，也为了他们，我必须努力，努力，努力……

自 2004 年进厂以来，我一直从事 Soldering 工作，刚开始学的时候是那样艰难，看着显微镜都找不着烙铁在哪儿，锡线在哪儿，焊接坏品也是一个接一个，更谈不上效率。看着组长失望的眼神，听着师傅不耐烦的口吻，我自责过，灰心过。

我并不比别人笨，为什么如此失败，连这些事情都做不好？究其原因还是自己不够用心，不够努力。我的工作生涯才刚刚开始，还有更多的挑战等待着我。我不能恐惧，不能退缩，来自外界的压力刺激了我成功的欲望，它让我无法停止奋斗。

我愿意花费比别人多几倍的时间去实践，去领悟。下班之后，我躺在床上回想今天做过的货，总结经验，吸取教训，争取明天做到最好。

在之后的做货过程中，我认真谨慎地对待每一个货。其一，这是我的工作，我应该如此。其二，它是从HGA到HSA每个流程女孩子的心血和希望，它是我们劳动的结晶，它赋予了我沉重的责任，使我不得不这样做。在此过程中，我一直争做一名优秀员工。

杂志上有篇文章：在非洲，每天早晨羚羊睁开眼睛，所想的第一件事就是：我必须跑得比最快的狮子快，否则，我就会被狮子吃掉。同一时间，狮子从梦中醒来，首先闪现脑海的一个念头是：我必须能追上跑得最慢的羚羊，要不然我就会被饿死。于是，几乎是同时，羚羊和狮子一跃而起，迎着朝阳跑去。生活就是这样，不论你是羚羊还是狮子，每当太阳升起之时，就得毫不迟疑地向前奔跑。

在功成名就的天平上，努力奋斗是永远不变的砝码。只有保持乐观积极，认真对待工作中的每一个细节，不向困难妥协，这样的人，才能成为人群中的佼佼者。

敬告每位在工作岗位上的同人，一定要活出自己的色彩，亮出自己的本色，咱们要干就干得最炫最耀眼！

有辉煌，就有磨难，1997年的亚洲金融风暴，2002年至2003年的"非典"，2008年的金融危机，都对工厂产生过严重冲击，工厂采取给工人放长假、裁员、冻薪、停发奖金等方式，试图走出困境。

**致 SL 电子厂/SL 电子二厂全体职工的公开信**

SL 的同事们：

大家好！

首先，我代表 SL 实业有限公司，SL 电子厂（二厂）全体行政人员，向一直关心、热爱 SL，向为 SL 大家庭辛勤耕耘、无私奉献的全体职工问好。

众所周知，SL 在建厂的第 10 个年头，遇到了前所未有的经营危机。亚洲金融风暴的冲击，再加上世界电脑业的周期性经济危机，令 SL 在 1997 年底开工并不充足的情况下，产品订单骤然下降了 60% 以上，使工厂为 1998 年继续扩大生产而准备的厂房、设备、人员、宿舍一下子成为沉重的包袱，生产成本急剧上升。虽然工厂采取了开源节流、精简机构等措施，但终因经营成本太高而无济于事。

本周以后，全厂每周计划开工仅 4 天，严重的开工不足将直接导致工人收入骤减。另外，机构臃肿、人浮于事、效率低下、士气消沉等不良问题日益突出，而产量的回升至少要到明年，可以说 SL 已到了生死存亡的关键时刻。

作为厂长，我决不会让 SL 就此没落，我相信 SL 大家庭的每一位成员都不希望 SL 就此消亡。

此时此刻，最需要全体职工充分了解到工厂的困难，理解工厂的苦衷，全力支持工厂的改革决策。现在的 SL 厂，正如内地许多国有企业一样，面临效益低下的难题。为了使企业继续运作下去，扭转经营的不利局面，SL 需要将一部分多余的人员暂时性放假，也只有这样，才可以顺利渡过这场危机。

做出这一决定，我们无论从思想上还是从情感上都是沉痛的，毕竟大家都是为 SL 工作多年的好儿女，都是一起生产、生活的同舟共济的好同事。但我们应更坚定地认识到，再不采取果断措施，SL 这艘奔航了 10 年的船，就会因负荷太多而沉没，今日的放假行动正是明日再创辉煌的必由之路。

据初步估算，工厂将放假人数定为员工 1300 人，职员 100 人，所有的放假行动在 6 月 30 日前完成。对每位放假的人员，工厂将即时结算工资，补发 80 元路费补助，保留通信地址以便今后扩大生产时联络，在此衷心祝愿全国各地的 SL 人：求学者金榜题名，学业有成；求职者工作顺利，事业有成。祝愿大家都生活美满，幸福如意！

凡事穷则变，变则通，我们坚信暂时的困难，是压不倒充满生机和活力的 SL 人的，锐意的变革将带给 SL 新的希望，SL 一定能再创辉煌！
敬礼

厂　长：×××
日期：1998 年 5 月

历经扩产、减产、搬新厂、并购后，SL 电子二厂最终于 2017 年全部关停（SL 有三个分厂，另外两个厂后来被 T 厂收购）。工厂的厂房，于 2017 年 8 月被夷为平地。后来，另一家手机工厂在此处建了 7 栋高楼，楼的高度超过 200 米。

（左）2008年9月28日，广东东莞，SL电子厂所在的工业区。
（右上）2019年10月11日，广东东莞，SL电子厂所在的工业区厂房已经拆除。
（右下）2024年9月5日，广东东莞，SL电子厂所在的工业区，新的高楼已经建成。

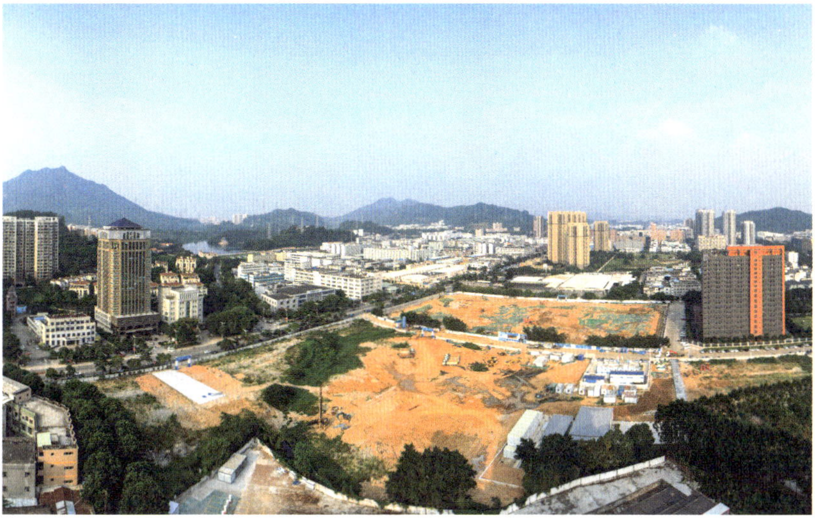

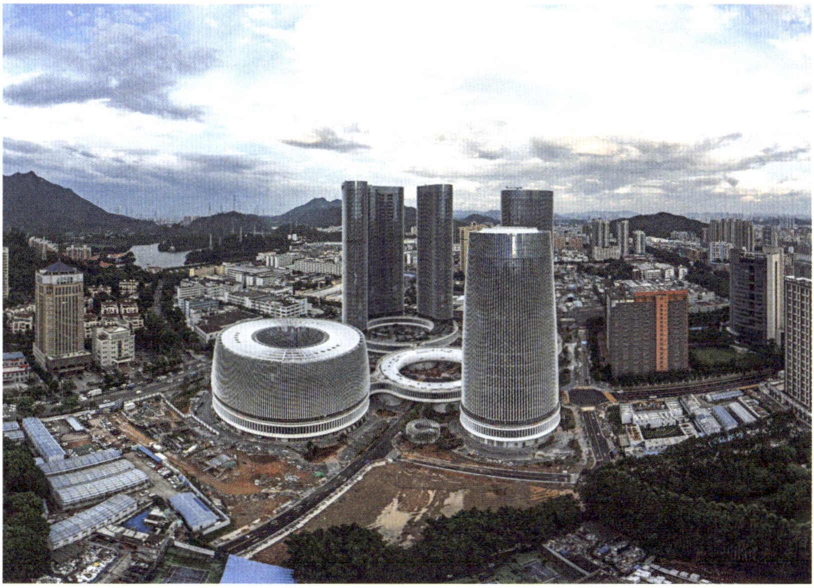

# 保安见闻录

做保安工作，服务员工、救火、捉贼是家常便饭。从业十几年，经历了无数事件，我有意识地做了记录，以下是我印象比较深刻的一些案例。

1. 假身份证

通告
【编号 98-030】

接××派出所、××治安总队通知，以下我厂又一批职工在申办1998年暂住证过程中，被发现借用他人身份证或将本人身份证借给他人使用，致使××派出所在上网办证时出现多人重名、重身份证号的现象，这一情况违反了外来人员申办1998年暂住证的有关规定，同时根据《治安管理条例》规定，××派出所决定对以下人员每人处以50元的罚款（此款由工厂财会部从工资中代扣，再交××派出所）。

至于以下借他人身份证的员工，请速将本人真实的身份证或临时身份证并4张红底一寸大头正面彩照，交工厂后勤部重新填表申请办理，而将本人身份证借给他人使用者，××派出所除给予罚款外，还规定他们一律不许申办1998年暂住证，根据××派出所的此项规定，工厂已决定不再为他们担保，请违反这一点的职工在近期内办理好辞职手续。

以上情况人员工号、姓名如下：
20367 陈×× 16746 张×× 23504 陈×× 36938 文××
37880 郭×× 37964 陈×× 31127 金×× 23420 曾××
31084 袁×× 30684 李×× 26946 王×× 30498 陈××
30168 黄×× 36217 李×× 39055 王×× 38268 唐××
35337 杨×× 35578 周×× 14464 吴×× 26943 杨××
22872 陈×× 39081 魏××

特此通告！

一九九八年四月

2006年之前，工厂招聘员工，前一天在厂门口贴出招工启事，第二天就门庭若市。应聘人员要通过检查证件、考试、检查视力、面试等多个环节才能获得入厂资格，女工招聘的淘汰率30%，男工招聘的淘汰率超过70%。为了应对入厂难的问题，有的求职者会冒险借用他人的身份证、毕业证，这样虽然可以增加进厂的机会，可一旦进厂，得长期隐名埋姓不说，还会面临更大的风险。

我认识的一个打工人，1997年入职某厂，不幸于2010年发生工伤。在工伤认定时，社保局发现他所持身份证并非本人，因此拒绝支付他住院治疗期间的所有费用和一次性伤残补助金。同时，他按月扣除的养老保险也无权享受和转移,住房公积金同样无法支取。他不仅损失了个人缴纳的长达 11 年的养老保险,而且为本人的伤残承受了沉重的经济负担。

2. 女工之死

2005 年的一天早上,6 点钟左右,我被手机铃声吵醒,一看号码,是工厂来电,我头脑中第一个念头是出大事了。接通手机,中班主管急切地说:"有一个女工在宿舍跳楼摔死了。"我急忙穿上衣服,顾不上洗脸,就从出租屋向工厂赶去,边跑边拨打 110 报警。

我赶到出事的宿舍楼后面,看到一个穿着睡衣的中年女子躺在下水道铁盖上。铁盖旁的草地上有个小坑,大概是死者坠地时砸出的,周边只有一点血迹,其他的血应该是被早些时候的大雨冲散了。

宿舍保安员说,凌晨时分他听到楼后有一声巨响,出来看了一眼。当时雨很大,也没有路灯,什么也没看到,就继续回到岗位。天亮时,早起的员工发现了地上的人,已经没有呼吸了。

警察抵达现场后,去看了她所住的宿舍,在 5 楼。她的铺位收拾得很整齐,阳台上有一个木凳,上面有她的脚印,紧挨着木凳的墙上也有脚印。

事后了解到,她有两个孩子,她一直对他们寄予很高的期望。但俩孩子最近考试成绩很差,加上留在老家的丈夫与她时有争执,导致她情绪低落,上班时常常分神,生产了很多坏品。组长让她上班集中精神,她觉得所有的人都对她有看法,敌视她。种种压力之下,她最终走上了不归路。

后来,我陪着她的家人办完了所有手续,送他们到火车站回老家。

3. 失去睡眠的人

我有两个当保安的同事，2009 年先后辞职回了老家。他俩的情况极其相似，20 世纪 90 年代初就出来打工，到了 2007 年后，出现轻度失眠，一边上班一边看医生，却越来越严重，最后完全不能入睡，长期服药也无济于事，只能选择辞工回家。

他们一个是四川人，一个是河南人，妻子和孩子都在老家，只身一人长期在外面打工，每年回家探亲一次，生活节俭，工作中兢兢业业，小心谨慎。他们都在多家工厂工作过，最后在条件相对较好的 SL 电子厂做了近 10 年。其间经历了公司不断的变更、整合，最初和他们一起入职的同事，只有几个留了下来，并且有的晋升成了管理者。而他们还在一线执勤，每天都要上 12 个小时的班，没有周末，没有假日。长期如此，他们紧绷的神经吃不消，最后就失眠了。

4. 单××打卡调查报告

2010 年 1 月 13 日，保安就生产部组长单××涉嫌打假卡事宜进行调查。

通过交谈，单××承认，1 月 3 日因家中小孩感冒，下午没有上班，请张×帮忙打了卡。1 月 4 日至 10 日，每天上到 17：35 就下班，但请张×帮忙于 19：00 左右打下班卡，这样就多了一个半小时的加班。

根据《员工手册》，工厂决定将单××开除，对帮单××打卡的张×给予书面警告处分。

5. 员工打架

2010 年 2 月 13 日凌晨 2：35 左右，保安接到报警：两名员工在更衣室打架。

经了解，13日凌晨2：30左右，靖××和王××到更衣室休息，王××说靖××的脚太臭。靖××不高兴，两人对骂，后动手打架。结果靖××咬伤了王××的右脸，王××咬伤了靖××的右手食指。

工厂的生产车间是无尘室，洁净度很高。打工人进工厂前，要把鞋脱掉放到鞋柜，穿着袜子到更衣室，再穿上无尘服、无尘鞋，经过风淋室后才能到无尘室工作。

平时工作是站着，每天上午和下午各有10分钟的休息时间，夜班也有一次休息。休息室在更衣室，休息时有打工人喜欢脱去无尘鞋，让脚部放松一下，但会散发出很重的气味。

靖××和王××被送到警务室，经调解，两人先到医院验伤。验伤后由靖××一次性赔偿王××现金200元作为医疗费用，对王××咬伤靖××的手指则不做任何责任追究。2月14日，工厂依据《员工手册》相关规定，同时开除靖××和王××。

### 6. 10个飞机仔

2010年12月10日早上7：20，保安对出厂员工进行例行安检，检测出员工秦××随身携带了10个飞机仔物料。

该员工称，前一天夜班做货时，由于个人操作问题，导致当班坏品过多，怕被上级领导批评，所以偷偷拿了10个，包在口罩中并藏在裤子口袋里，准备带出工厂丢掉。

### 7. 消失的孕妇

特别让我难忘的是，一个17岁的女员工，在宿舍洗澡间生下孩子，自己剪断脐带，将哇哇叫的孩子从 6 楼窗户扔下，冲洗完身上的血迹后回到床上躺了下来。因为太痛，她实在忍不住出了声，被宿舍管理员听到后送到医院，在住院期间她又逃走了。听她同宿舍的人说，她们平常住在一起，都不知道她怀孕了。这个女孩每次上班，用一条布带将肚子扎得紧紧的，只能看出她比过去胖一些，却从来没有人发现她是孕妇。

8. 没婚 = 喂婚 = 未婚

工厂要招聘一些保安员，人事部同事有一个候选人，通知我去面试。拿到求职表，我发现这个来自安徽阜南的张××，在求职表的"婚姻状况"一栏写着"没婚"。我问她有没有结婚，她回答没有。我告诉她没结婚的话要写"未婚"，结果她涂掉"没婚"，写上了"喂婚"。我当时笑得肚子痛，只好在废纸上郑重地写下"未婚"，请她抄写到自己的求职表上。这个女孩当时只有 22 岁，初中文化。

这件事让我想起，1997 年我在一家玩具厂当主管时，有一次，老板从另一家印刷厂挖来一个人，我按老板的吩咐，请他填写求职表。

他写好后，我发现求职表最上边的"期望薪资"一栏中，他写着"月经 2500"。

我将求职表送到老板的办公室，他签下了"同意办理入职手续，职位：车间主管"。

9. 打工顺口溜

一段模仿《深圳打工谣》的顺口溜，曾经在工厂广为流传，是打工人们的心声。

远看东莞像天堂，近看东莞像银行；
到了东莞像牢房，不如回家放牛羊。
个个都说东莞好，个个都往东莞跑；
东莞挣钱东莞花，哪有钞票寄回家。
都说这里工资高，害我没钱买牙膏；
都说这里伙食好，青菜里面加青草。
都说这里环境好，蟑螂蚂蚁四处跑；
都说这里领班帅，个个平头像锅盖。
年年打工年年愁，天天加班像只猴；
加班加点无报酬，天天挨骂无理由。
碰见老板低着头，发了工资摇摇头；
到了月尾就发愁，不知何年才出头。

## 打工关键词

随着我对打工人的拍摄越来越多，照片在不同媒体上发表，引起了更多媒体对我的关注。从2010年起，我时常接受一些媒体采访，向外界介绍打工人的打工生活，在这个过程中会使用一些打工人常用的词。媒体人有时听不懂，要我解释一下，这时我才意识到，这些词对于外人来说是陌生的。于是我就琢磨，将这些词总结出来，也是对打工人生存状态的一种展现，于是有了下面这些关键词。

**招工** 就是工厂选人，也叫招聘、请人。招工的方式主要是工厂门口现场选人，还有劳务中介、人才市场、校园招聘、学生实习等途径。

从1978年改革开放至今，工业区发生了翻天覆地的变化。从最初来料加工厂的试水，到"三来一补"工厂的飞速扩张，再到民营、内资企业的爆发式增长，工厂的人力需求也发生了几次重大的变化。

20世纪90年代以前，打工人还固守在家乡，只有极少数人敢喝头啖汤，放手一搏，到深圳、东莞等地谋生。这时的工厂也处于试探、快速赢利、加速扩张的孕育期，工厂缺员工，更缺技术人员和管理人员，在工业区找工作的打工人，比工厂需要的人少，工作容易获得。

20世纪90年代以后到2006年，只要是工厂，老板就只愁订单，从不愁工人。满大街都是找工作的人，老板只管挑最好、最听话、最廉价的人用。有一些恶劣的工厂，专门骗取求职者的钱，从来不出货。

2002年，我乘车去惠州，听到后排的两个人讲述打工经历。其中一个人说，他刚从一家工厂出来，干了3个月，不但没领到工资，还欠了老板300多元生活费，最后向老乡借钱还了生活费才出来。3个月，他从一名普通员工晋升到线长，才搞清楚这家工厂的鬼把戏。

这家工厂是做圣诞灯饰的，一楼的员工把灯饰装好，由两个固定的员工运到二楼，二楼的员工再把灯饰拆下来。一楼和二楼的员工从不来往，上下班分走不同的通道。车间的管理人员按照老板的意思，把产量定得很高，品质要求也极其严格，员工根本不可能完成。但入厂时，每个人要交报名费、考试费、培训费，必须扣押身份证，还要掏钱买工衣，一般人入厂后忍受不了，一周之内就会离职，老板先用恐吓的办法不许你走。当你被逼无奈时，只能恳求老板还回身份证。但他会以你没有完成生产任务，还欠了生活费为由，从你身上骗到钱后才让你走。

2006年后，开始出现招工难的苗头了。最明显的是，餐厅、酒店选服务员，不再是清一色的女性，男服务员也出现了。到了2007年底，工厂开始缺人，乘车挤、公园里挤、广场上挤、马路上随时人来人往的景象消失了。

到今天，各家企业使出浑身解数，希望留住员工，提高工资、安排夫妻房、宿舍装空调、年终奖汽车、大搞文化娱乐活动、开展员工关系管理，可仍无法解决招人难的问题。很多企业的人力资源招聘专员都说，现在待遇高了，员工也更难管理了，员工对企业的忠诚度低到了极点,前些年那种扎实肯干、不讲条件、任劳任怨、每天可以加班到晚上12点,第二天照常开工的员工"绝种"了。

**见工** 指求职者参加考试、面试等过程,也叫应聘。这个过程比较微妙。小工厂,用人部门看一下,填个表就入职了。规模大的工厂,见工过程比较烦琐,初试、笔试、面试、录用、体检、培训,一样不少,有的还要检查视力、身体的灵活性、是否有残疾等。见工者如果有文身,能通过面试的可能性极小。

曾经面试官在工厂是个香饽饽,亲戚来了想进厂,老乡投靠想入厂,过去的同事想跳槽,都得求面试官。那时广州满大街都是人,工厂贴个招人广告,早上贴出来,9点钟就被撕掉了,第二天早上8点面试时,求职者多到挤破门,录取人数与求职者的比例超过1∶20,最高峰时甚至是1∶100。如果没有熟人提前给面试官打招呼,求职者可能在初步筛选时就被淘汰了,根本没有机会见着面试官,更别提进厂打工了。有权力就容易产生腐败,这个时期的面试官,经常会被人请吃饭,送烟酒,也会收到一些红包。

战友小马曾告诉我,他们厂招工时,最后由厂长统一签字才能生效,这个厂长生财有道,签一张单收100元,否则就拒签。而招聘官也搭顺风车收红包,男工收几百甚至上千元,女工收几百元,不给就永远没机会。

在电子厂工作时,我也面试过保安员,有的求职者拿着高中毕业证,考试成绩也很棒,但细看就能发现证件是从街边办证处花20元买来的。我会随机问一些简单的常识,比如高尔基是湖南人还是四川人,结果很多人就露馅了。其实，很多人没上过高中，甚至没有读完初中，考试成绩好，是他通过老乡、亲友或者中介人员拿到了考试题，前一天把答案全部背了下来。后来，工厂的面试官会准备五套面试题，每次考试时随机发题，但仍有人把五套面试题都拿到，请人做完后将答案强行背下来。

有求职者的地方，就会有"办证"的小广告。一些以办假证为生的人，会在求职者等候的队伍中散发印着"东南亚办证集团"及手机号码的名片，上面不但列举了求职者需要的身份证、毕业证、学位证、流动人口计划生育证、结婚证、驾驶证、电工证、叉车证及焊工证，据称也可以办火化证明。但在今天，生产线工人严重不足，只要会写字，根本不需要考试，直接到生产线干活就行了。面试官成了苦差事，想方设法也招不够生产线需要的劳动力。

面试官每天在工厂门口的招聘处苦等求职者，周末还要去人才市场，有时还到车站去发招工广告。那些办假证的人，生意也一落千丈，甚至转行到流水线上打工。

**工牌** 工厂发给打工人的身份证明，也叫厂证、厂牌。每个工牌，对应着唯一的编码，这个编码比名字好用，不会重名，不会被替代。进厂门要查验工牌、打卡要用工牌、用餐要用工牌、发工资要验工牌、违纪登记要看工牌……在工业区查暂住证特别严的时期，一些知名大厂的工牌，让治安队员不敢乱抓人。如果工牌丢失，麻烦多，损失也不少。

**好厂** 规模大、生产环境好、每月加班时间长、工资发放准时、能为打工人购买养老保险、管理人性化的工厂，就是打工人眼中的好厂。

**工资高** 指拿到的钱比周边工厂的工友多。各地都规定了最低工资标准，工厂发放的基本工资，一般不会高于最低工资标准的5%。因此这里说的工资高的工厂，其实就是每天加班时间长、每月连续加班天数多、很少或根本不放假的工厂。即使通宵达旦，为了工资高，打工人大多也愿意加班。

**离位卡** 也叫流动卡或离岗证，是生产线控制员工流动的证件，领到离位卡后才能去上厕所、喝水，没有领离位卡，只能跟随流水线的节奏，马不停蹄。一条30多人的流水线，最多只有两张离位卡，并且上班后一小时、下班前半小时不能使用，很多打工人怕没有机会走动，会尽量少喝水，上班前也会到厕所排空大小便，所以生产线也为医院输送了大量的结石患者。

2013年2月，我到深圳参加一个NGO组织的"月经来了"新闻发布会，女工们讲到月经期间的难言之隐。一个电子厂的女工说月经来时，流血量很大，她每次不但要用卫生巾，还要加一个纸尿裤。如果不用纸尿裤，差不多一个小时就要换一次卫生巾，在生产线上干活，根本没可能每小时领到一次离岗证。

另一个女工说，自己有一次月经来了，想去卫生间换卫生巾，但没有人顶位，血就顺着裤子流到了脚上。等到顶位的人来了，她到洗手间换完卫生巾又洗了一下，超过规定的离岗时间5分钟，结果被拉长狠狠地剋了一顿，她当时感觉非常屈辱，当场就哭了。

工厂的员工离职率高，生产线上人手紧缺。有位女工每次来月经都会痛经，她想请假，又请不下来，拉长说她想偷懒，还说请假可以，但必须出示医院的证明。她非常委屈，请假期间不但没有工资，还会被扣除当月的全勤奖，再加上去医院开证明，满打满算要损失两三百元。

**静音模式** 上班时间，闭嘴干活，除了机器发出的声响，所有人都要保持安静，这就是静音模式。静音模式减少了打工人分心的可能，保证了产品的品质，但也造成了员工相互之间的陌生感。

**工休** 生产线统一休整的时间，每次10分钟，上午、下午各一次。生产线开动，每个工位都必须有人，否则就会堆货。在4个小时的连续工作中，打工人一定需要一次喝水或上厕所的时间，如果不设工休时间，就没有人来依次替换打工人去解决生理需求。

如果热恋中的情侣在同一个车间，这10分钟就万分宝贵了。铃响，同时起立，默契地向同一个方向会合，牵手，行走，每一步都小心翼翼。在茶水间，同一个水杯，接满水后，你喝一口，我饮一下，补充身体的水分，补充精神的养分。去厕所的路上，故意地拉着手不放，有意地揽一下腰，然后男左女右，分手，各入各厕。

**老板** 本应指投资人，却成了打工人称呼上级的专用词。老板跟得对，人生不后悔；老板跟不对，努力多白费。

**老大** 本是江湖用语，却在生产线上流行，专指班组长。"有事找我们老大""老大说了我才做""你们老大斗不过我们老大"等，全是生产线上的行话。

**下早班** 指 8 个小时以外，只加班一个或两个小时。打工人喜欢加班，是因为有加班费，同时还可以少花钱。如果不加班，只领基本工资，打工人就存不下多少钱。每个月下一两次早班是令人很高兴的事，但如果每天都下早班就会被辞工。

**直落** 工厂为了赶货，晚餐时间只给 30 分钟，然后继续加班就是直落。直落时，打工人所有的动作都要快，快速离开岗位，快速打卡，快速跑到食堂，快速打饭，快速用餐，快速上厕所，再快速回到岗位。动作稍慢，就会落在后面，迟到会被处罚。

**放风** 指晚饭之后、加班之前的这段时间，打工人只能在工厂四周的小范围内活动。晚餐时间只有一个小时，打工人要打卡、买饭、吃饭、洗碗，然后才能走出工厂，在这不到半个小时的时间里，不受约束地做自己想做的事，放风结束，还要继续回生产线加班。

**排队** 在工厂里，排队是必修课。见工排队、领工资卡排队、上下班打卡排队、开早会排队、换工衣排队、吃饭排队、上厕所排队、洗澡排队、洗衣服排队、辞职排队、交公物排队。工厂是人口超密集的地方，打工人们仅有的休息时间，被排队占去了不少。

**封闭式管理** 采用封闭式管理的工厂，打工人下班后不能走出工厂，更不能随便请假，生产就是一切。工厂内设有小百货店，也出售一些药品。只有每月发工资的那一天，才允许你出厂买东西、汇钱，但晚上 7 点钟之前必须回厂，否则就被记过。

**签呈表** 在台资工厂，各类送给管理者审批后生效的文件，都被称为签呈表，包括招聘公告、动态书、求职表、放行条、罚款单、晋升表、加薪表、违纪通告、管理告示等。填表的人呈报给管理者，经过一级一级地签名，最终颁布执行，成为打工人打工经历中的重要锚点。签呈表既从外界选用工厂需要的打工人，也对工厂内的打工人进行行为约束，让不符合工厂规范的人离开。

每家工厂，都有自己的厂规厂纪。有的工厂以《员工手册》的方式，入职时发一本给员工，入厂培训时反复讲解。有的工厂以张榜公布的形式，贴在工厂的公告栏或车间的通告栏中。

以下内容节选自一家已经关停的玩具厂的厂规。

3. 凡有如下情况的员工，厂方有权随时辞退处理：
（1）因身体原因不能胜任工作的；
（2）长期不能完成基本生产任务的；
（3）不能胜任本岗位工作或工作表现不好，经教育不改的；
（4）经常违反劳动纪律，经教育不改的；
（5）管理人员不能公正履行自己职责，不尽责尽职。

4. 凡有以下情况的员工，厂方将给予开除处理，并处以扣除 2 个月工资的罚款：
（1）无理取闹，打架斗殴或犯有其他严重错误的；
（2）严重违反厂规，经教育不改的；
（3）违反操作规程，损坏设备，浪费原料，造成厂方损失的；
（4）有贪污、盗窃、赌博、营私舞弊等违法行为被追究刑事责任的；

（5）偷、拿工厂的财产、产品、物料等出厂的；

（6）蓄意破坏工厂设施、设备、生产工具的；

（7）违反国家法律、公安条例、《治安管理条例》等的；

（8）组织罢工闹事，有意扰乱生产秩序的；

（9）连续三天旷工或一个月内多次旷工的，"自动离职"或"自动离厂"的；

（10）侮辱、殴打管理人员和厂领导的；

（11）在工厂禁烟区内吸烟、动火的；

（12）工作上弄虚作假、营私舞弊、损害厂房及员工财产，情况恶劣的；

（13）利用职务之便收受员工钱财，经厂方调查属实的。

**家乡普通话** 打工人来自全国各地，用普通话交流虽管用，却难免带着各自的乡音，被称为家乡普通话。家乡普通话会拉近同一地区打工人的距离，让他们多了些共同话语。此外，家乡普通话语言的歧义，会增加很多笑料，是打工生活中的一抹亮色。

每个工厂，不论有多少员工，总是某几个省份的人特别多，其他省份的人只是点缀，这种现象与工厂老大们的来头紧密相关。通常是老大进厂后，想方设法把自己的亲友、同学、战友、老乡搞进厂，这些亲密工友再照葫芦画瓢。如此进行一番，来自同一个地方的老乡就成了工厂的核心力量。

之前深圳松岗有一家HL羽绒厂，就是谷城人的天下，全厂超过60%的员工都来自湖北谷城，车间科长、线长80%都是谷城人，所以谷城话就是 HL 厂的官话。开早会讲谷城话、车间分配工作讲谷城话、请假讲谷城话、批评人也讲谷城话，不管你是四川人还是湖南人，最起码得学会听懂谷城话。

东莞 ZL 厂的员工，90% 来自广西、江西和河南这三个省份。ZL 厂的老板对车间的管理人员也要礼让三分，否则工厂就会停工。这位老板曾经给一名河南的员工记过处分，结果全厂停工 3 天，被客户因为交货不及时罚款百万元。

一些来自香港、台湾的老板，会聘用很多同样来自香港、台湾的管理人员同驻工厂，从开厂那一刻起，进行严格控制，就会很少遇到停工之类的情况。

**停工** 打工人付出了汗水，贡献了青春，生产了数以万计的货品，如果得到的报酬越来越不合理，工作条件越来越差，就会停工、在岗位静坐、保持沉默、走上街头，这是很无奈的选择。

**买马** 就是地下赌博，形式各式各样。打工人期望改变现状，花上几块钱买张彩票，就又多了一个幻想，但也很可能多了一次失望，不少打工人会在矛盾中继续买马，直到头发花白才发现血汗换来的工资就这样打水漂了。

**出租屋** 工厂外修建的鸽子笼般的房子或原住居民的旧屋，租给打工人居住。电线、网线如蛛网，楼梯陡，电费高，水费贵，每月还有清洁费。二手房东代管理，房间被盗他不理，送水送气不顺利。

**夫妻房** 夫妇二人在同一家工厂、分一间宿舍就是夫妻房。找工难的年代，夫妻房极少；招工难的年代，夫妻房成了招牌福利。夫妻房让打工的夫妇有了正常的家庭生活，也为工厂留住了生产线上需要的劳动力。

**三和大神** 原指深圳龙华三和人才市场的日结工，他们上两天班，休息三五天，吃便宜的快餐，住在人才市场或周边民居的屋檐下，没钱时做日结工，挣了工资后及时用完，没有任何存款，也不管明天在哪里。现在泛指在工业区游荡，不做长期工，只做日结工，睡在街边公园、草地、废弃旧厂房的半流浪人员，年龄30岁以下，他们对未来不抱任何希望，过一天算一天。

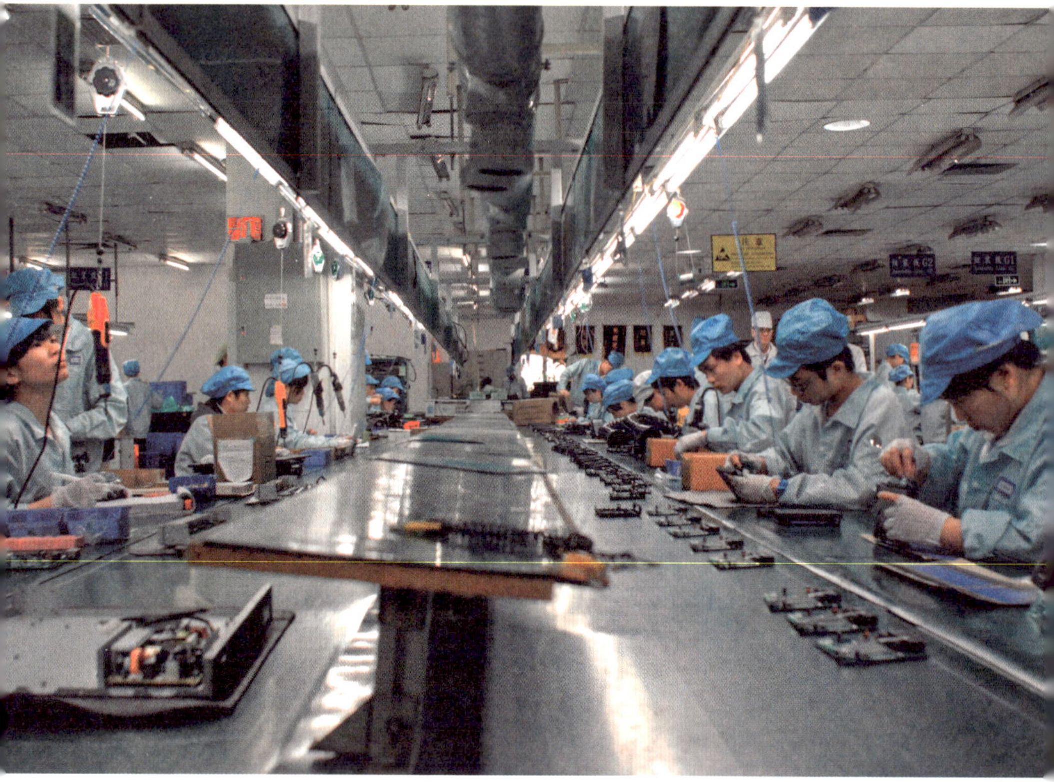

（左）2012年3月9日，广东东莞，某电子厂的流水生产线。
（右）2014年8月9日，广东东莞，某玩具厂的组装车间。

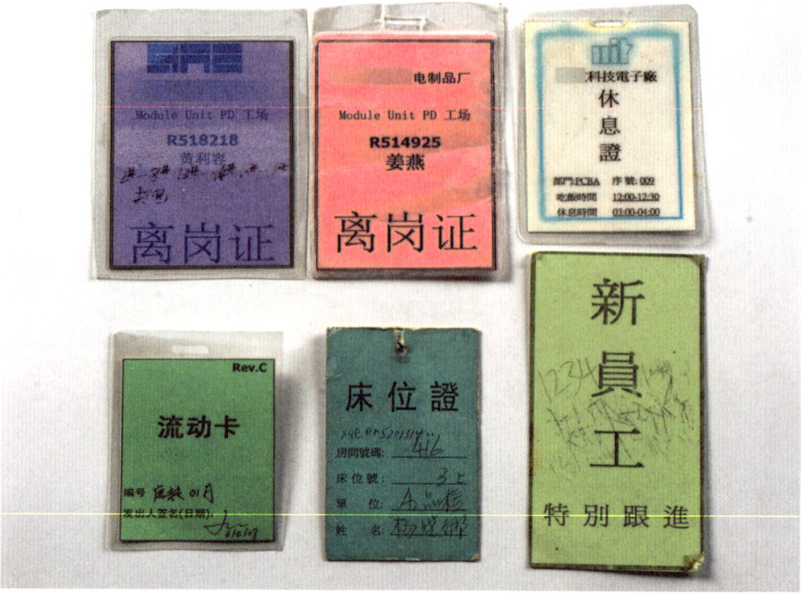

Module Unit PD 工场
R518218
离岗证
电制品厂
Module Unit PD 工场
R514925
姜燕
离岗证
科技電子廠
休息證
部門:PCBA 序號:009
吃飯時間 12:00-12:30
休息時間 03:00-04:00
Rev.C
流动卡
编号
发出人签名(日期)
床位證
房間號碼:
床位號:
單 位:
姓 名:
新員工
特別跟進

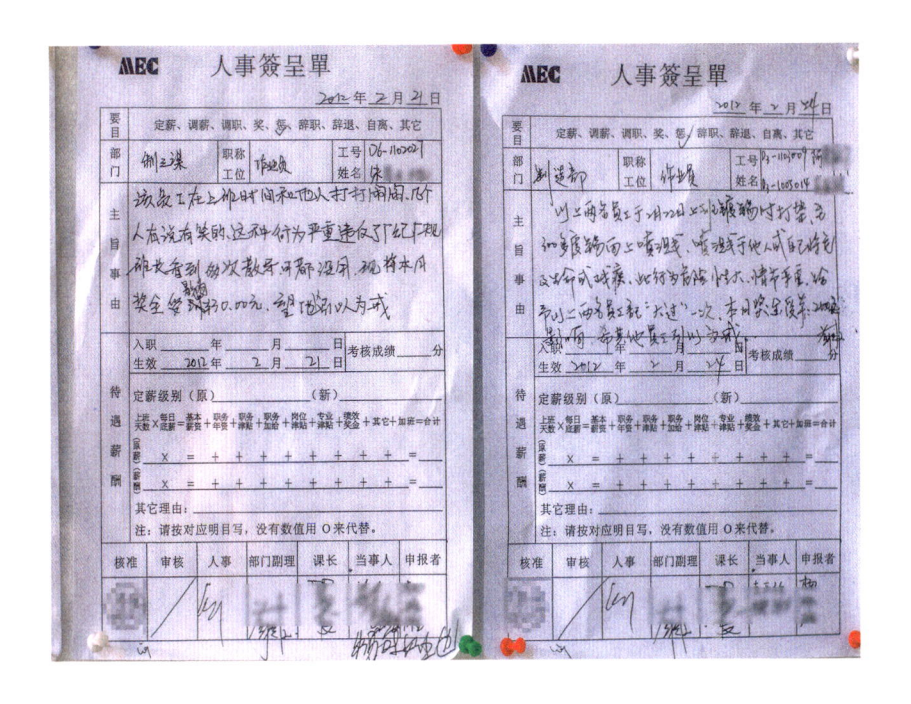

（左）厂证、上岗证、健康证、暂住证、居住证、社保证、未婚证、就业证、岗位资格证、从业资格证、床位证、休息证、离岗证、面试卡、培训卡、乘车证、充电证、技工证……证证有用，证证制约，证与证织成一张网，让打工人配合流水线的节奏，周而复始不停歇。
（右）某工厂的人事签呈单。这3位打工人因上班时间随意说话、打架，分别被扣除了当月部分奖金。

2008年6月13日,广东东莞,一电子厂的女工们冒着雨赶去上班,迟到会被处罚。

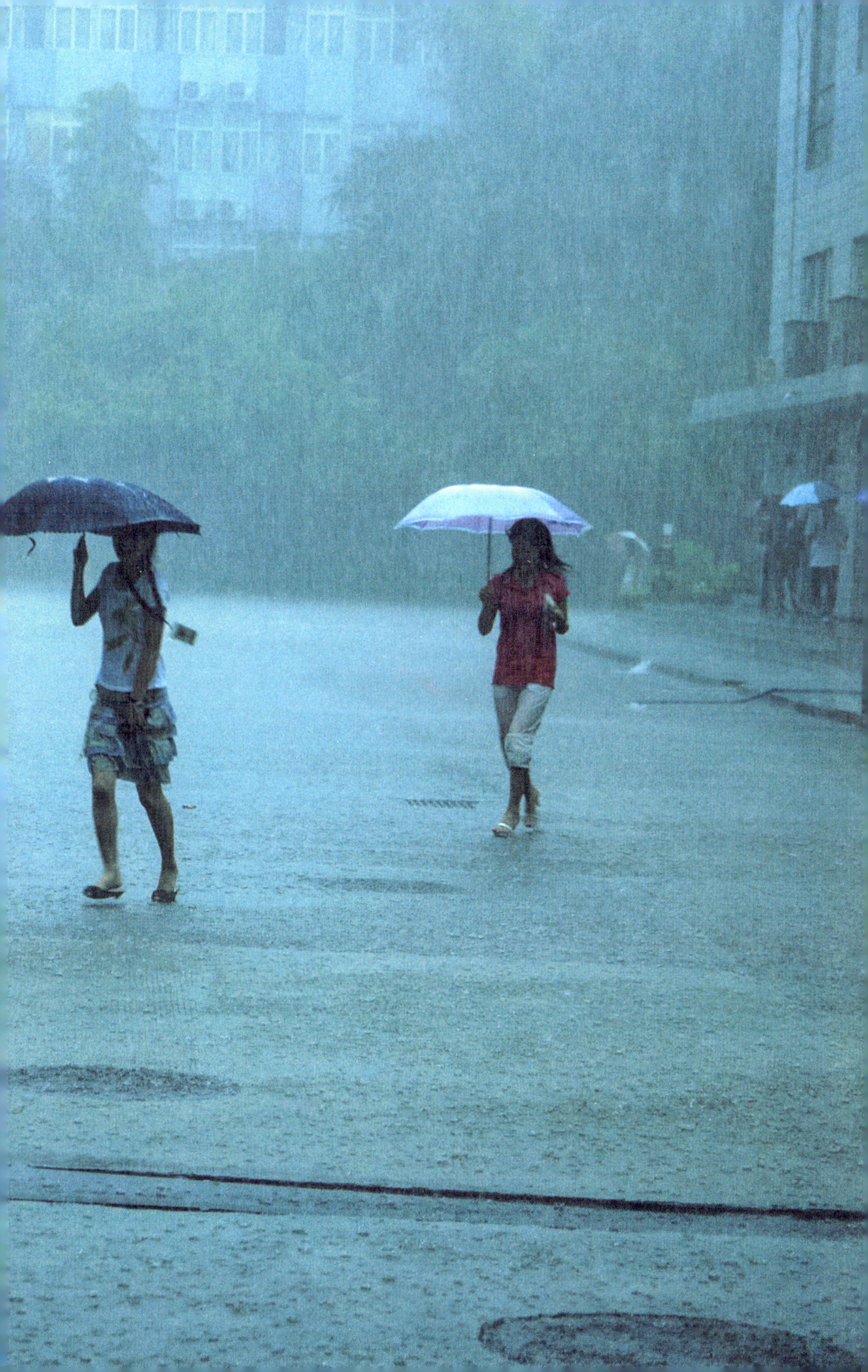

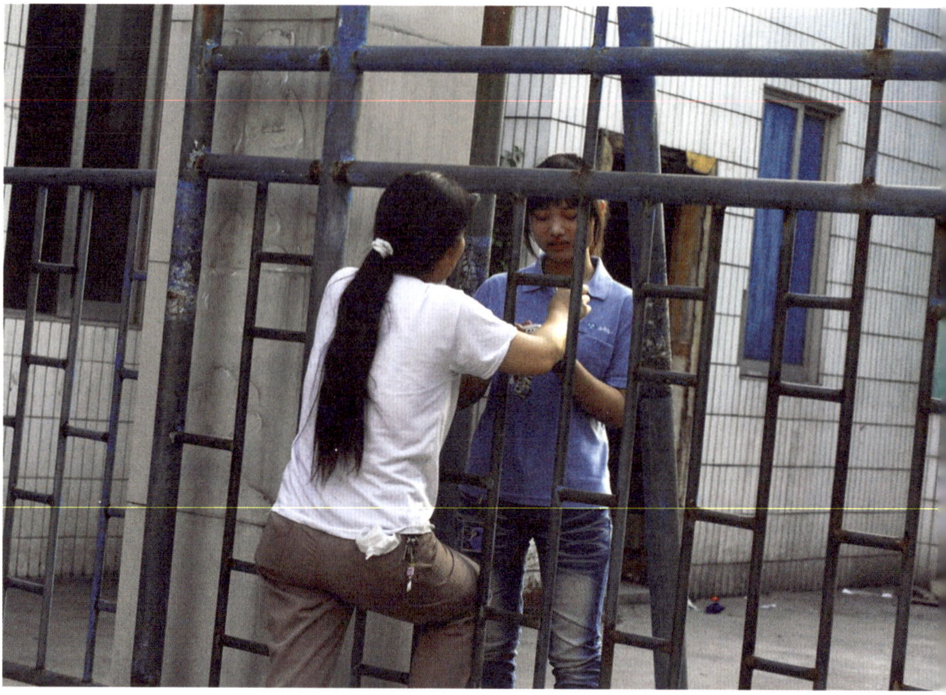

（左）2009 年 6 月 4 日，广东东莞，工厂内的一名打工人与老乡交谈。有的工厂禁止外人进入，在不同工厂上班的同乡，只能利用短暂的时间隔着工厂的铁门进行交谈。

（右）2010 年 5 月 21 日，广东东莞，工休时，无尘室的打工人在座位上补觉。在无尘室工作，打工人需按照生产环境的要求，穿上无尘衣，戴好口罩、手套和防静电腕带，经过风浴室，吹掉身上的浮尘，再投身到生产之中。车间实行两班轮换制，每天的早上 7 点和下午 7 点是交接班时间。他们每天工作 11 个小时，每周休息 1 天。

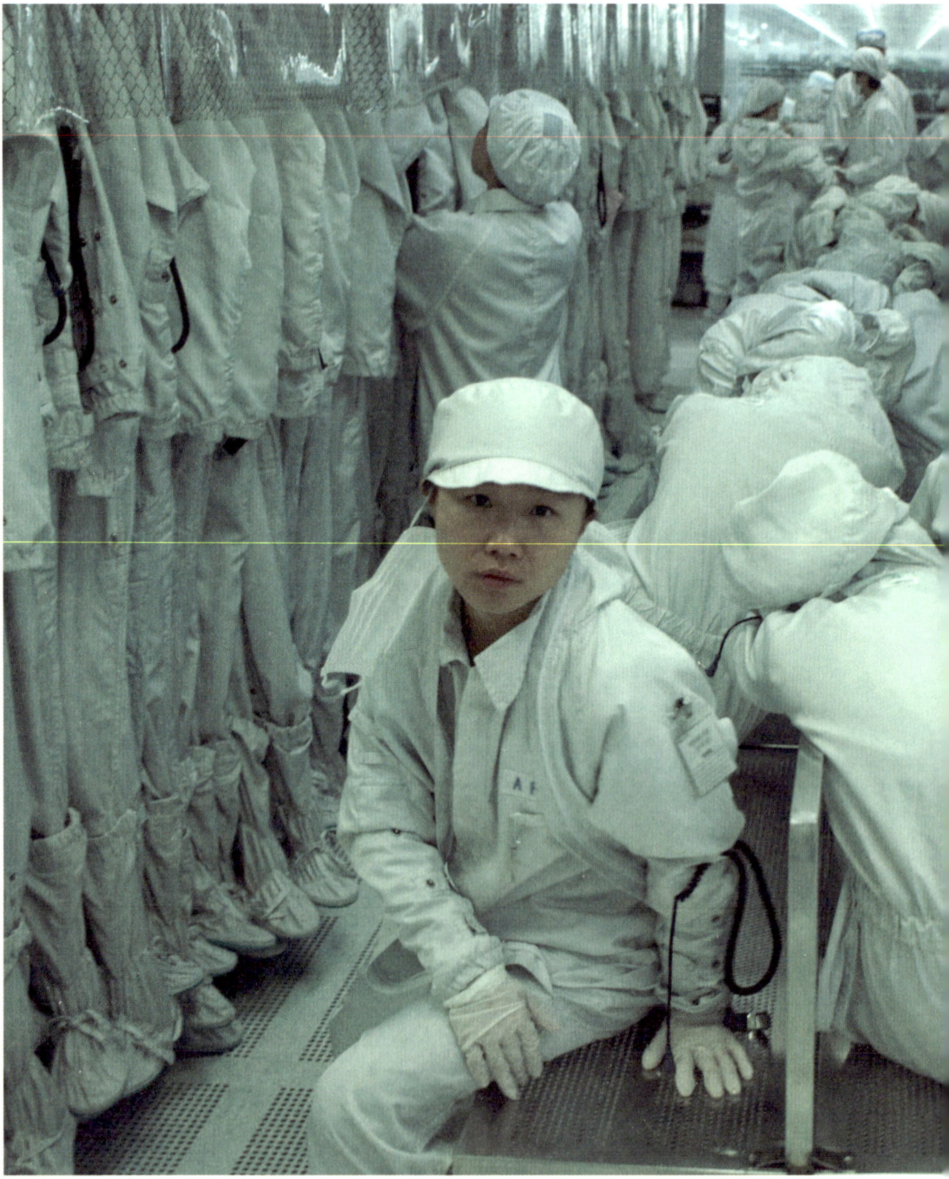

2011年1月5日,广东东莞,工休时,无尘室的打工人回到更衣室,脱掉帽子和鞋子,让被紧紧包裹了几个小时的身体得以短暂放松。

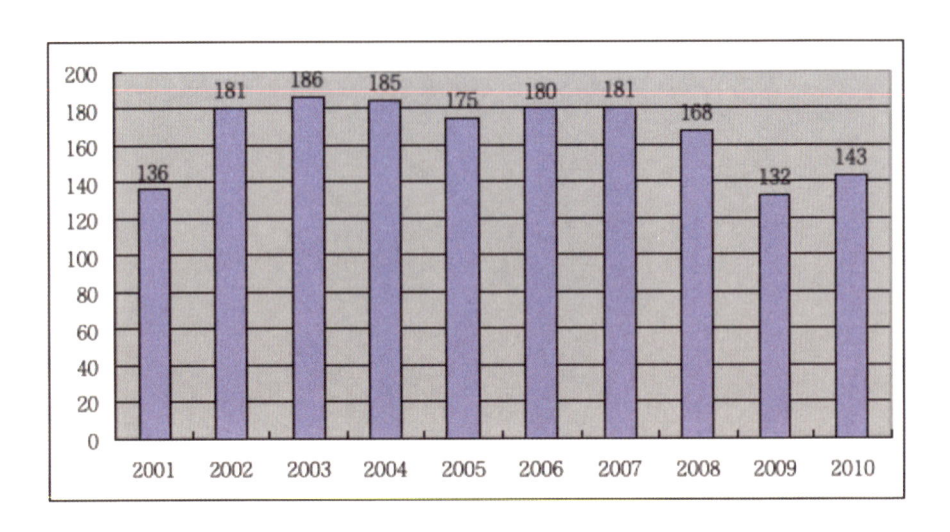

（左）2001—2010年某工厂员工每月平均加班时间的统计表，横轴表示年份，纵轴表示加班时间（小时）。
（右）2014年3月，某工厂打工人的加班记录卡。

在工业区，很多打工人工作很努力，但还是要经常加班。有的工厂实行每周6天工作制，有的实行大小周（大周工作6天，小周工作5天）工作制，这是工厂的"法定工作时间"，在此之外，才是加班。

| 加班卡 |   |   |   | 3月 |   |   |
|---|---|---|---|---|---|---|
| 1 | 2 | 3 | 4 | 5 | 6 | 7 |
| ✓ | 10 | 2 | 2 | 2 | 2 | ✓ |
| 8 | 9 | 10 | 11 | 12 | 13 | 14 |
|  | 10 |  |  |  |  |  |
| 15 | 16 | 17 | 18 | 19 | 20 | 21 |
|  |  |  |  |  |  |  |
| 22 | 23 | 24 | 25 | 26 | 27 | 28 |
|  | 10 | 2 |  | 2 | 2 | ✓ |
| 29 | 30 | 31 |  | 1.5倍 | 2倍 |  |
| 2 | 10 | 2 |  | 2 | 40 |  |

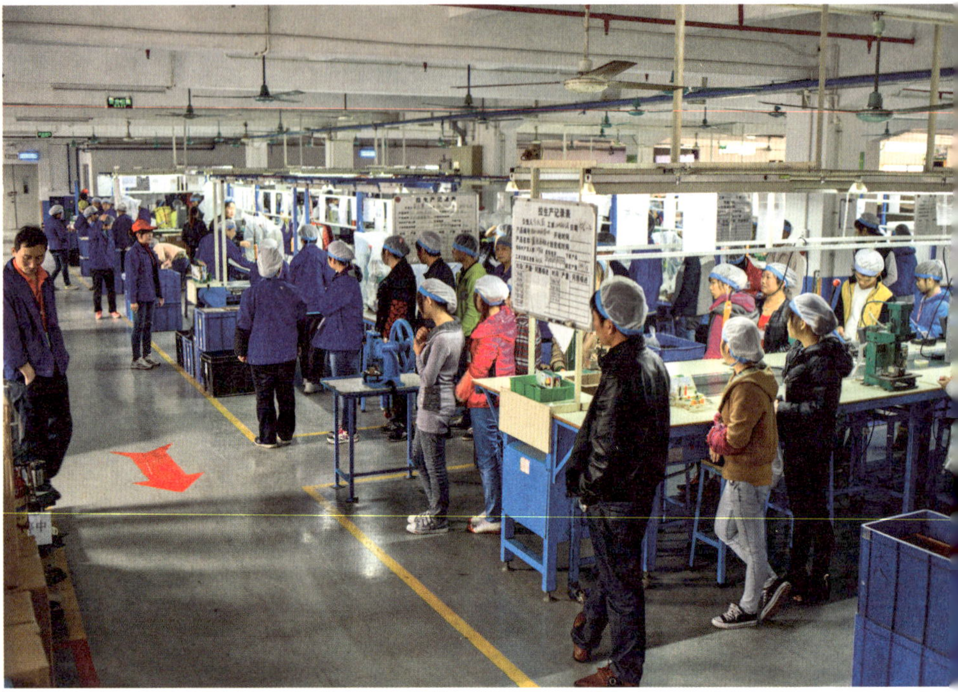

（左）2014 年 3 月 15 日，广东东莞，临近交接班时间，一家玩具厂生产线上的打工人们正在排队准备下班。

（右）2011 年 9 月 4 日，广东东莞，一家铸造厂的工人下班后，在厂门前边吃东西边放风。这只是暂时充饥，等到晚上 10 点钟加完班后，他们回到出租屋再自己做晚饭。

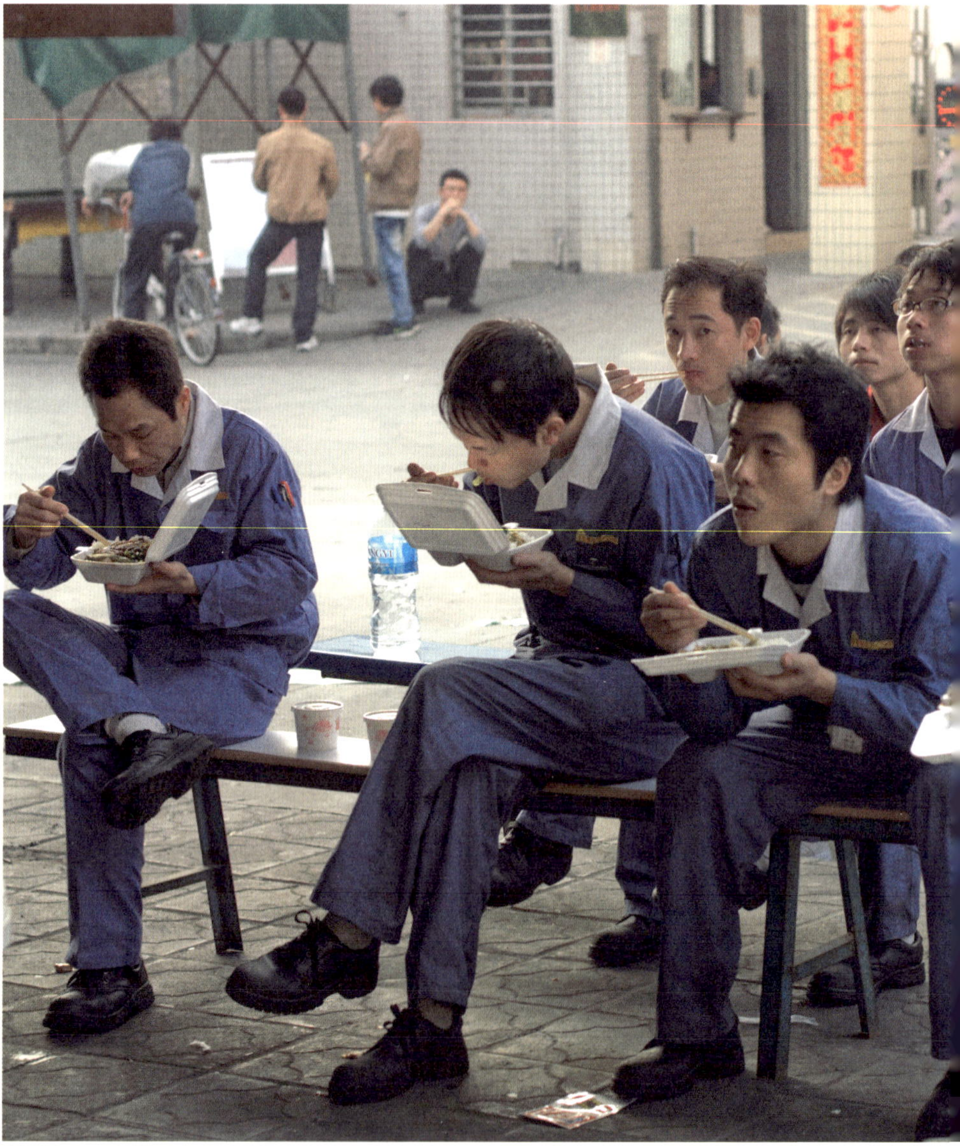

2012年2月13日，广东东莞，打工人下班后，在工厂外的小饭馆买一份快餐，边吃边看电视，晚饭后还要继续加班。

## 第二章
# 中国制造的背面

"世界工厂""东莞塞车,全球缺货"……支撑起这些亮眼标签的,是一个个具体的打工人,这些人的生活、密集、快速,在另一个层面上彰显着"中国制造"的内涵。

## 密集与"飞机拉"

在东莞工业区近30年,我对这里的主要印象可以用两个词概括:密集、快速。

密集,是工业区的主要特征。

厂房密集、宿舍密集、食堂密集、生产线上产品密集、打工人密集、茶杯密集、开关密集、钥匙柜密集,出租屋的水表密集、电表密集、窗口密集、空调密集……密集渗透到打工人所处的各个空间,是对资源最有效率的利用。密集让人的隐私公开化,让人将自我最大程度地弱化,成为集体的一分子,久而久之,就没有了自我。

2012年4月15日，广东东莞，某工业区的指示牌。电子厂、玩具厂、鞋厂、制衣厂、手袋厂、塑胶厂、五金厂、手表厂、家具厂、箱包厂、电镀厂、印刷厂、包装厂……每个厂占地数万平方米，货柜车从厂外排到厂内，如风火轮，不断地卸货、装货，这是工业区的高光时刻。

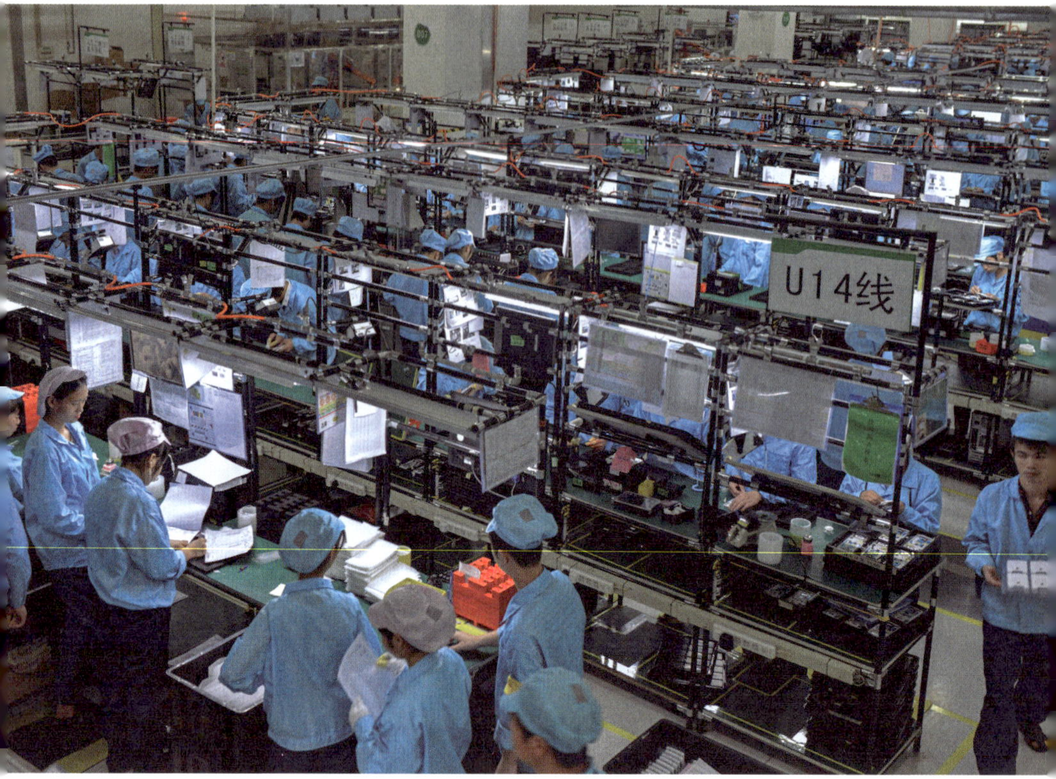
U14线

（左）2014年12月9日，广东东莞，某手机厂总装车间。
（右）2010年6月22日，广东东莞，电子厂的无尘更衣室中，下班的女工们挤在一起。

生产线一眼望不到头，一条接一条，纵横成为生产的海洋。一个个小帽，遮住了黄发，挡住了杀马特，波浪卷发也委屈在里面。从左至右，从前到后，小帽下是一双双手，或剪、或夹、或钻、或拿、或触、或粘、或印、或检、或刷。机器低鸣，人声寂静，数千人不出声。

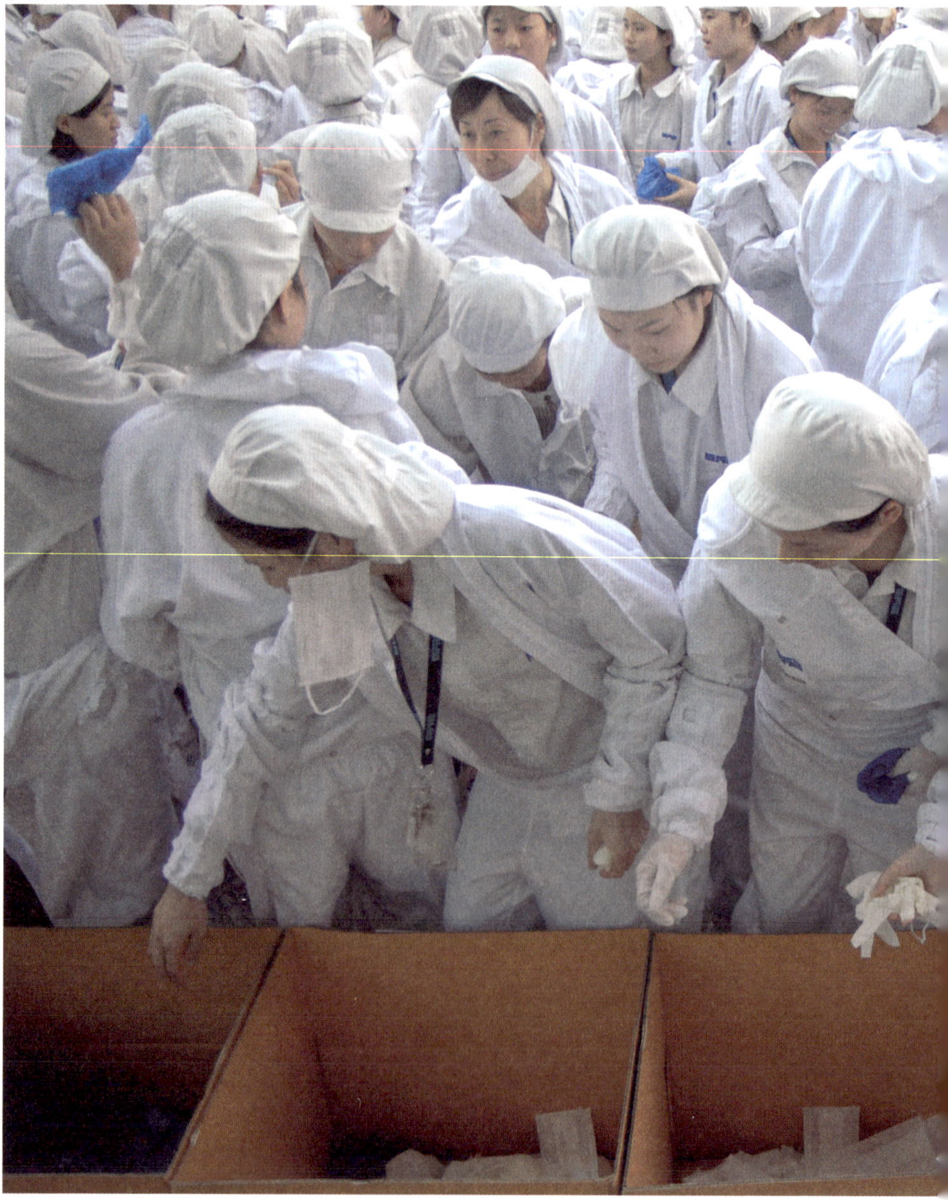

2010年9月25日,广东东莞,电子厂的女工们参加完消防演习后,统一交工衣去清洗。

借鎖匙請勿超過十分鐘

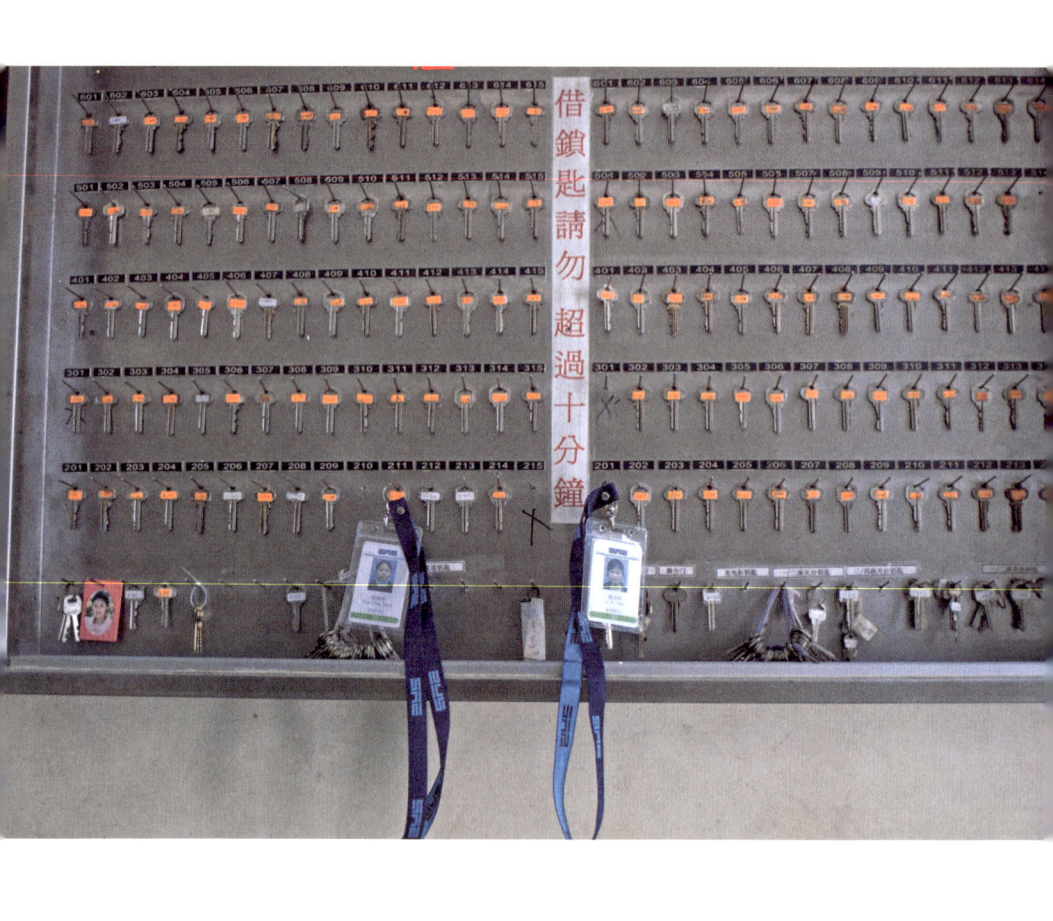

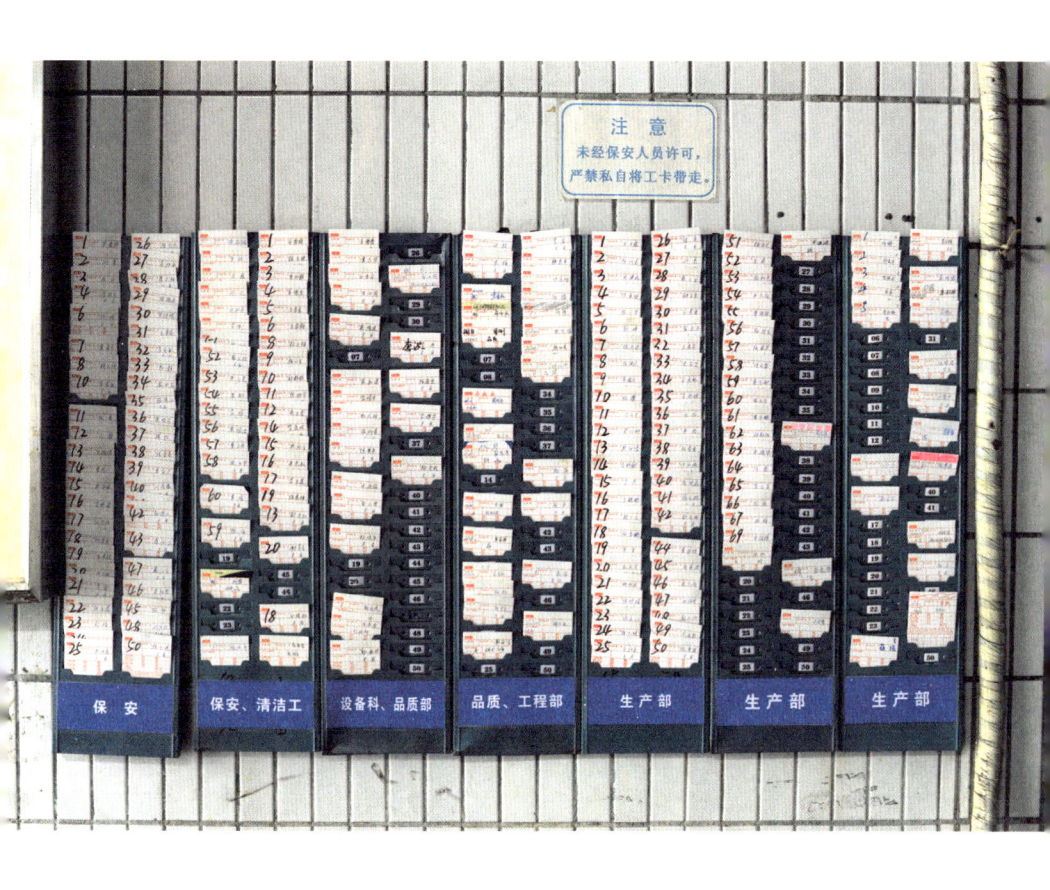

（左）2010年1月12日，广东东莞，某电子厂保安值班处的钥匙柜。工厂人员流动性大，如果给所有人分配钥匙，某些员工有可能会私下配一把，离职后混入宿舍偷东西。为了防止这种隐患发生，每间集体宿舍只有一把钥匙，下班后第一个回宿舍的女工借走钥匙，把工牌放在对应的位置上，还回钥匙后才能取走工牌。

（右）2012年8月7日，广东东莞，某工厂打卡区。工卡上面的黑色数字，是打工人的编号，方便上下班时用最短的时间找到。

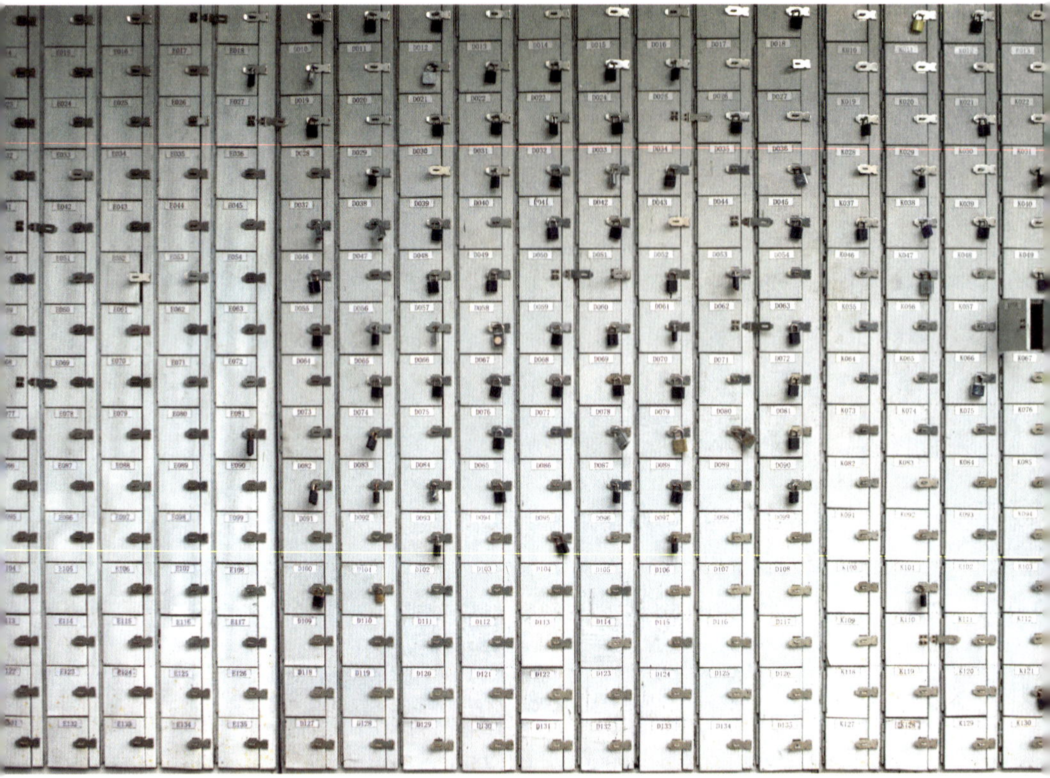

(左) 2013 年 9 月 5 日，广东东莞，某电子厂员工的储物柜。工厂的车间是无尘室，打工人的私人物品不能带入车间，上班前，需先存放在储物柜中。
(右) 2012 年 5 月 16 日，广东东莞，某电子厂食堂，打工人的碗集中存放在柜子中。

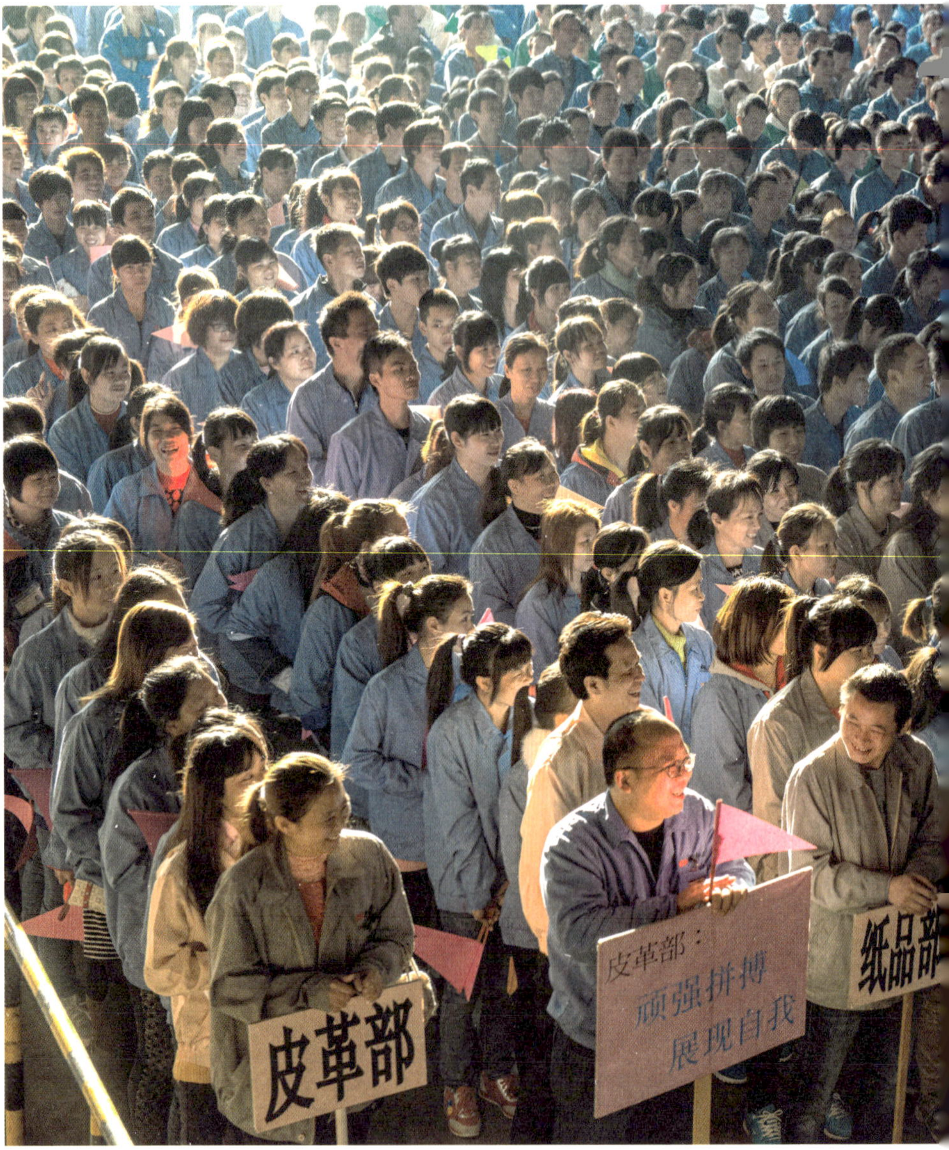
皮革部
皮革部：
顽强拼搏
展现自我
纸品部

2015年12月31日，广东东莞，某纸品厂的员工参加运动会，数万人站在空地上，肩连着肩、脚挨着脚，横是一条线，竖是一列队，老板站在台上，用大喇叭点评全厂工作。

127 | 第二章 中国制造的背面

快,是工业区的另一个特点。打工人的"武功",唯快为上。

生产线飞快运作,打工人称其为"飞机拉"。上了"飞机拉",用拖拉机的速度干活肯定是不行的。

生产线上的快,快到没时间喝水,没时间上厕所,没时间闲聊,又快又好,才能合格。飞机拉上必须全神贯注,不合格品流入下道工序,会遭遇拉长的咆哮、同事的冷笑,还有罚款、开除,排队等着"大刑伺候"。

车间每时每刻的快,让打工人自觉养成了快的习惯。只有快,才能下班后第一时间抢到厕所的蹲位,第一时间打卡出厂,第一时间跑到食堂,第一时间用大长勺捞汤桶中的干渣,第一时间回到宿舍抢冲凉房,第一时间抢到公共电视房的遥控器。

我有一个亲戚,过去在事业单位上班,后来单位改制,就出来打工。她出来时已经34岁了,习惯了在老家按部就班、四平八稳的生活,刚开始每天都缓不过神来,快节奏、长时间、高强度的流水线生活,让她陷入一种无法言说的困境。

她脾气大,爱发火,容易激动、厌食,也容易生病。最初的一个月,她几乎每天都要哭鼻子,用这种方式来减压。但为了生活,从踏上打工之路起,她就没有退路了。

在工业区,处处是快餐店、快洗、快修、快车、快捷酒店、快速照相、快速复印、快速培训等。杂货店的饮料柜摆在门口,卖水果的小贩将菠萝、西瓜切成片来卖,地摊上的物品一元一件,拉客的电动自行车在出租屋楼下直接送打工人去工厂。

为什么要这么快?我常问自己,也尽力去观察和分析。我想:快的根源是资本追求高回报。资本是用来追求赢利的，单位时间内投入不变，产出越多，利润越丰厚。

为了得到更多产出，工厂优化生产线的设计，将同一时间内机器的效能发挥到极致，然后再培训熟练的操作工人。为了让打工人能够迅速成为熟练的操作工，管理者将生产过程极度细分，再精确制定细分工序中的操作动作，如此打工人就能与生产线的节奏相匹配了。

（左）2009年10月10日，广东东莞，打工人中午下班后，在工业区的流动菜摊上买菜。这类菜摊一般由五六辆三轮自行车组成，在打工人下班的前几分钟形成，持续半小时后，又迅速消失。
（右上）2010年5月20日，广东东莞，工业区的厂房外搭建了一些临时棚屋，被租来开办各类杂货店。
（右下）2011年9月12日，广东东莞，工业区的商业街上，随处可见快速照相、快速手机维修、快速复印的招牌。

131 | 第二章 中国制造的背面

## 出租屋与集体宿舍

2012年贷款买下一套二手房之前,我在出租屋生活了10年,租住过6个地方,最短租过1个月,最长租住了7年。

工业区的出租屋主要有三种类型:一是原住居民的祖屋,这类房子历史悠久,但窄小、陈旧,每一套房又被分割成多间,租给多个打工人居住;二是在工厂周围新盖的专用出租楼,这些楼宇紧邻工厂,一栋楼被分割成几十间出租房;三是一些旧的居民小区,这些小区离工业区较远,租金贵,只有一些收入高的管理者才会租住。

一室、一厨、一卫,屋子里放张床,是工业区外出租屋的标配,美其名曰:单间公寓。水费5元1吨,电费每度1.5元,用着肉疼,又不得不用。房是租来的,能省则省,最多再买几个小胶凳,一个折叠小桌,一个简易衣柜,就是生活的全部。

这些出租屋一般承包给二房东管理。二房东一听说打工人涨工资了,租金立即上涨,所有的二房东好像有一个地下秘密组织,经常一起涨价。对于在出租屋住惯了的打工人来说,只有任二房东宰割的份儿,没有讨价还价的余地。

我所在的出租屋,二房东曾经贴出这样的告示:"各位租客,从现在起,如果每户每月用水低于 4 立方米,一律按 4 立方米算。"究其原因,是有的租客每天离开出租屋时,会在水管下面放一个桶,将水龙头开得特别小,仅有很细的水流,这样水表不会转动——这就是二房东所说的"偷水"。

出租屋还有很多离谱的事,如每月每户收取 10 元卫生费,送气工每次上楼收取 1 元,送桶装水不能上楼,租客只能通过二房东订购。

特别令租客不满的是,当出租屋被盗,二房东常常用一句"贵重物品要随身携带"之类的话搪塞过去,任你报警也没用,损失总是租客自己承担。

我有一个同事的出租屋,曾在一个月内被盗三次,屋内值钱的东西如电脑、微波炉、首饰等东西全部被盗走,最终只有搬家才解气。

幸运的是,妈妈长期和我们一起生活,她每天在家,我租住的出租屋没有被盗过。妈妈很小心,每次出去买菜、送儿子上学,就把我的一双鞋擦干净后摆在出租屋的门口。我们的出租屋本来有两道锁,妈妈只锁最里面的锁,外面的挂锁挂着但不锁上。

有一次,相邻的一栋楼有十几个房间被盗。我们在吃饭时说起这件事,妈妈说她的防盗经验是从一个收废品的老人那里学的。那个老人每天在各个出租屋外溜达,观察到的事也多,他说如果房间上了两道锁,证明里面没人,小偷就会直接进去偷。如果房门口有鞋,证明房间可能有人;但如果鞋上落有灰尘,则房内一定没有人,也是小偷行窃的对象。

有一阵子,邻居每天把音响开得很大,到了晚上 10 点钟以后仍然如此。我去敲门,出来一个染着黄头发、叼着香烟的年轻人,听我说儿子明天要上学,他就把声音调小了。

过了两个月,邻居屋里又传出很大的声音。我过去敲门,没人理会,一看，门锁着，里面亮着灯。妈妈说，这家人是两天前才搬来的，一对夫妇带着一个4岁左右的孩子。这对夫妇上夜班，就把孩子锁在家里，孩子就把电脑、电视全部打开。

有一次去给二房东交房租，发现多了20元。我问他为什么，他轻描淡写地说算错了，帮我改过来。后来我回到房间，把前面3个月交的房租单翻出来一看，也是每个月多收了20元。我找他把多收的钱要了回来，并让他保证一年内房租不能涨价。

同事们在一起，经常聊起出租屋的事情。有人说，他们住的那一片出租屋中长期有人开赌档，昼夜不停地打麻将，有的人输了钱就大吼大叫。出租屋的入口处，还摆着赌博用的老虎机，打工人下班后，坐在老虎机前打一个小时，输掉两三百元是常事。

旧村的出租屋里，小型豆腐作坊、屠宰场、食品加工厂、黑诊所、暗娼活跃的发廊，都藏于其中。

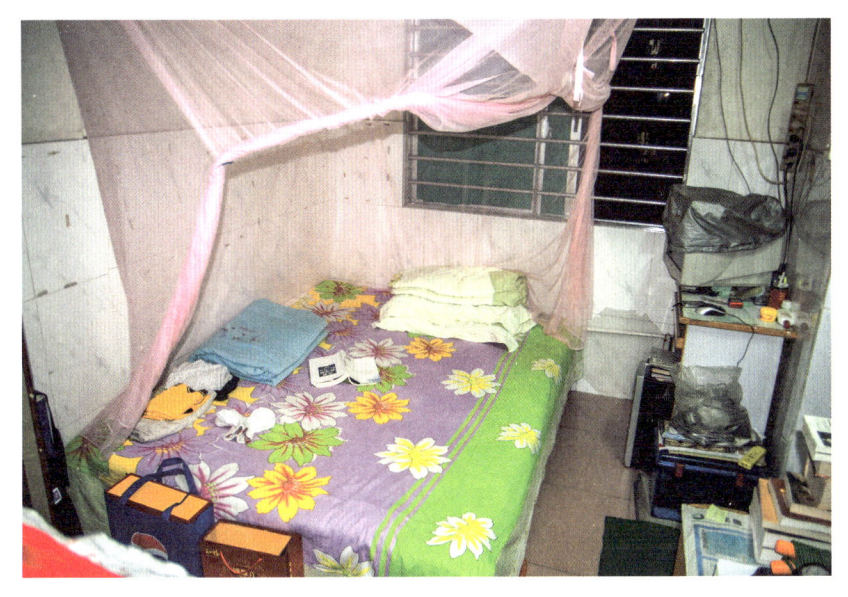

2010 年，我在东莞长安镇租住的出租屋。

（左）2011年9月18日，广东东莞，工友租住的出租屋内，鞋柜与碗柜相邻。
（右上）2010年2月28日，广东东莞，打工人租住在出租屋，换房子时，因为东西不太多，常常用一辆三轮车运送物品。
（右下）2011年6月22日，广东东莞，出租屋外挂的公告。"三无"人员指无身份证、无暂住证、无用工证明的人员。

强化对外来人口和出租屋管理，坚决清理"三无"人员。

篁村公安分局

（左）2009年9月6日，广东东莞，原住民的旧村，成为打工人租住的出租屋。
（右）2011年4月30日，广东东莞，打工人租住的原住民旧村俯视图。

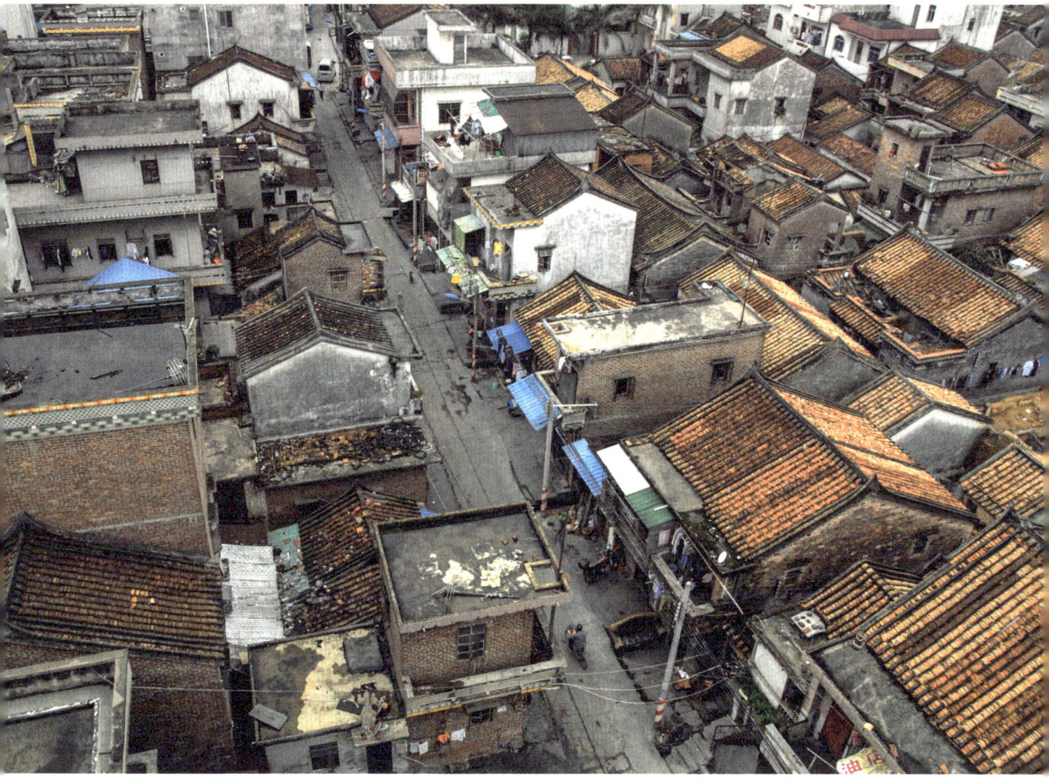

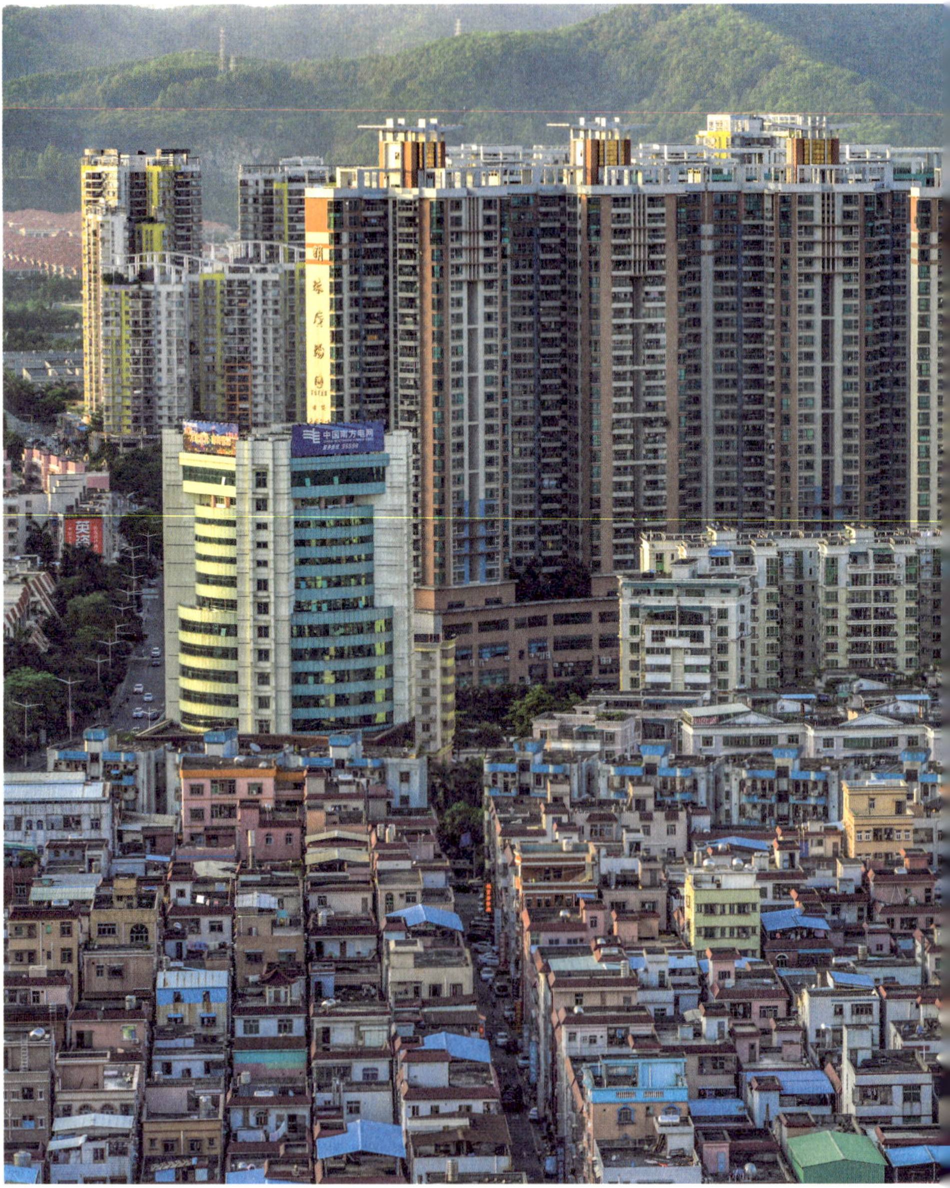

2016 年 5 月 16 日，广东东莞，打工人租住的出租屋及远处的商住小区

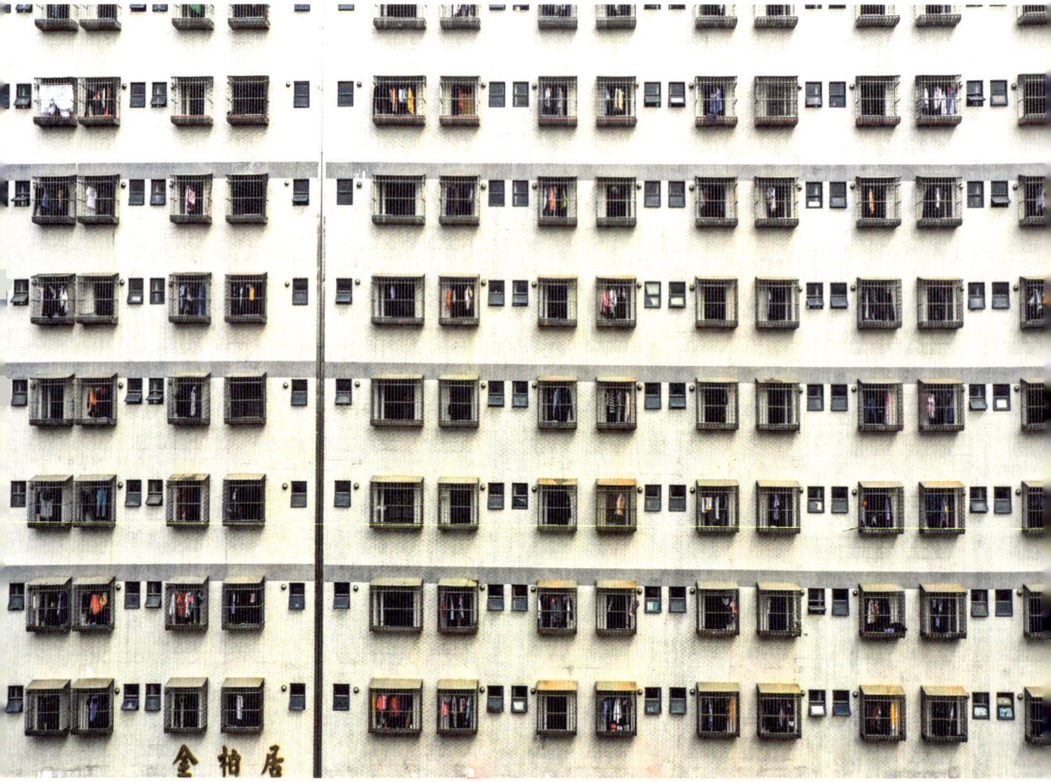
金柏居

（左）2021年3月3日，广东东莞，工厂外新盖的巨型大楼成为打工人租住的出租屋。
（右）2020年4月17日，广东东莞，租住在出租屋的打工人，吃过早饭，骑车穿过小桥去上班。

这样的出租屋，也不是每个人都会租住的，更多的打工人为了省钱，会选择住工厂分配的集体宿舍。

集体宿舍，是流水线的深度外延，规模超大，里面的设施统一，双层铁架床摆满了房间，阳台上永远挂着密密麻麻的衣物。

一间集体宿舍十几平方米，安排十几个打工人居住。单人床上堆着衣物，床下是鞋子、纸箱、行李箱、水桶……所有的空间都堆着物品，花露水和食品放在一起，茶杯与洗衣粉是邻居。

从回到集体宿舍到离开再回流水线，每天不足 10 个小时，除去下班时洗澡、洗头、洗衣服、上厕所，还有早上上厕所、洗脸、刷牙，打工人每天能躺在床上的时间，肯定少于 8 个小时。再加上同宿舍工友相互之间的干扰和侃大山，睡着的时间在 6 个小时以内。

有的工厂，会让打工人自由选择舍友。那样宿舍里的氛围就好一些，大家彼此意气相投，一起聊天，一起睡觉。大多数工厂，特别是员工人数过万的大厂，一般按员工入职时的顺序随机安排舍友。各种性格、各种年龄的舍友生硬地碰在一起，容在一间宿舍里，没有摩擦才怪。

有的宿舍楼配有公共电视房，不加班的日子，同一楼层的员工可以凑在一起，看电视打发时间。电视房也是弱肉强食的地方，电视机只有一台，观看者众多，每个人的品味不一样，为选频道经常争抢遥控器。胜出的办法，是多找老乡，多找一条生产线上的工友，人多力量大，别人捣蛋，就群起围攻。

工厂男女工宿舍分开，平时禁止串门。但规定是死的，人是活的。总有胆大的男工，跑到女工的宿舍，与心爱的女友倾心相谈，甚至拉上围在床边的布帘，与女友同睡。也有女工跑到男工的宿舍，与男友卿卿我我，欢度良宵。毕竟都是年轻人，荷尔蒙爆棚时，也就顾不上那么多了。

集体宿舍里，女孩子们喜欢用布帘把床的四面围起来，里面就是自己的私密空间。她们还喜欢在床周边的墙上，贴上喜欢的明星照和收集的图片，或者在地摊上花5元钱买的一张别墅美景，来装点自己的梦。男人们喜欢泳装美女，喜欢各类豪华的轿车，更喜欢旅游地的风光，把这类画买来贴在墙上，生活又多了一些梦想。

100个人本来有100种生活方式，在集体宿舍里，最终只有一种生活方式，回宿舍上床睡觉，不睡就到外面去。打工人为了生存，住在集体宿舍，所有的私生活都要公开，所有的个性都要磨平，从众是唯一的选择，久而久之，自己把自己打败了，在从众中失去了自我。

（左）2010年5月26日，广东东莞某工厂集体宿舍。每间十几平方米，里面往往要住10个人以上，很多打工人会在床四周围上一圈布帘，为自己圈出一小方相对隐私的空间。
（右）2010年5月26日，广东东莞某工厂。在智能手机和网络尚未普及的年代，有的工厂会在每层宿舍楼设置一个电视房，供打工人们休息时间观看消遣。

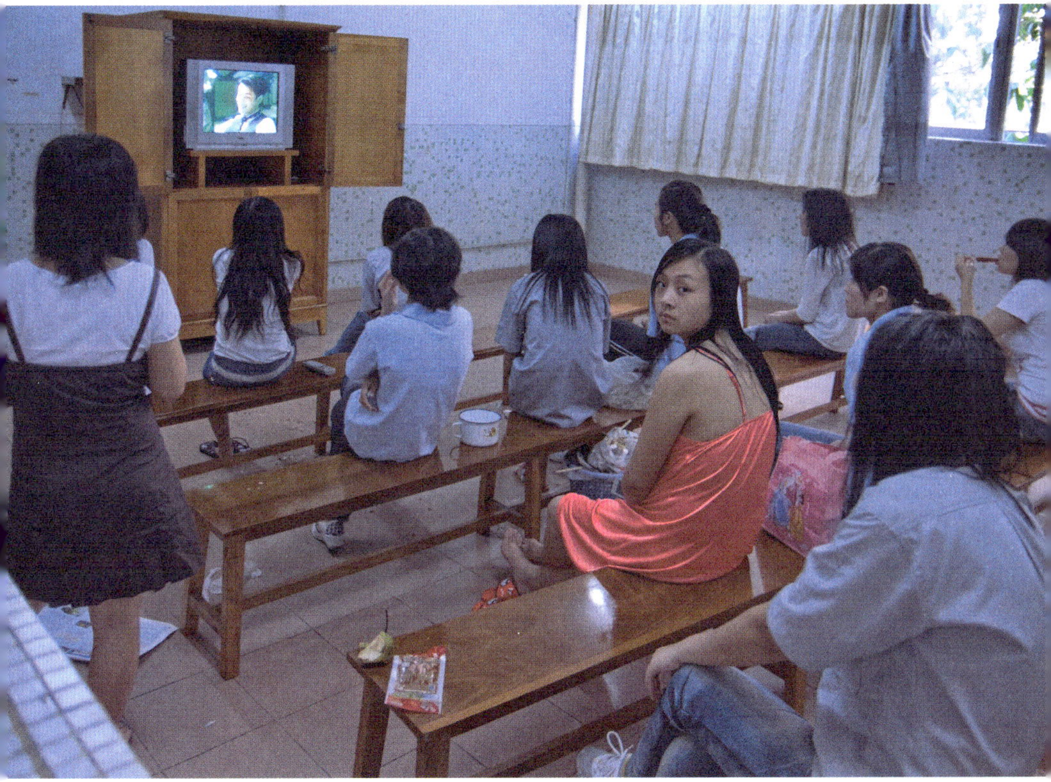

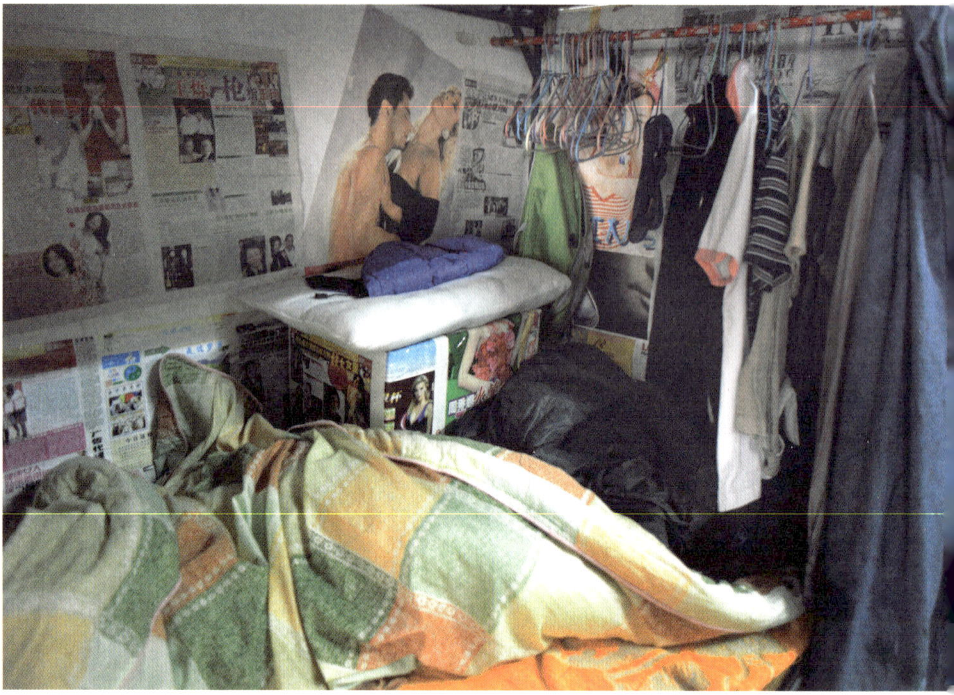

2012年12月1日，广东东莞某表壳厂男工宿舍的床位。床内侧的墙上贴着收集来的明星海报。此时工厂老板已跑路，员工们被拖欠了两个月的工资。

除了明星海报外，工厂集体宿舍也常见情侣、豪宅、美食、风景之类的画报，一米多宽，半米多高，只需10元。打工人们把愿景贴到墙上，伴着脚臭味、呼噜声、放屁声，在昏暗的灯光下审视了一次又一次，慢慢产生幻境，带入梦乡，忘掉流水线上的疲惫，身体得到短暂的放松，为第二天重新投入流水线积蓄力量。

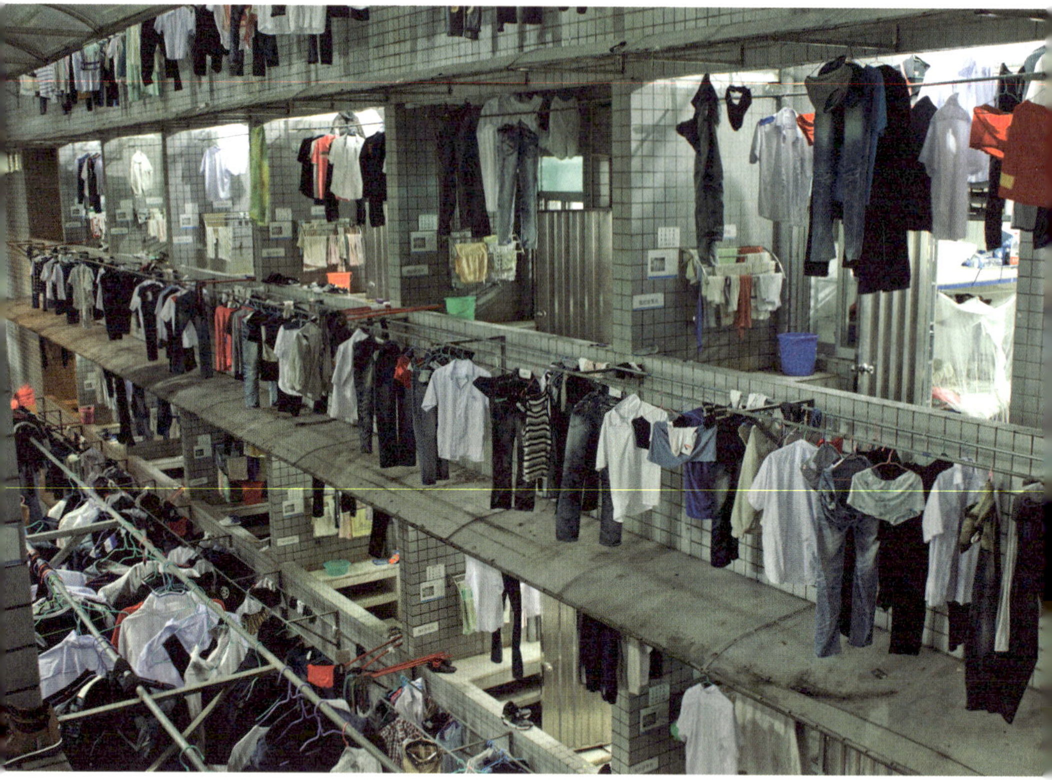

（左）2012年5月9日，广东东莞某工厂。集体宿舍住的人比较多，阳台内部的空间有限，工厂就在每个阳台外焊上钢管架子，让打工人悬挂衣物。
（右）2017年6月6日，广东东莞，某电子厂集体宿舍的阳台上，挂着密密麻麻的衣物。

## 吃饭，是场快速打完的硬仗

2010年，儿子10岁，在长安镇某小学上四年级，我在那里租了一室一厅，面积约30平方米，租金每月320元。全家四口人住在一起，妈妈、妻子、儿子和我。

妻子每天早上6:00起床，6:30之前赶到工厂打卡上班，她的早餐在外面的小吃店或公司食堂解决。我早上有时6:40起床锻炼身体，有时直接睡到7:20起床，7:50左右到工厂，用工牌刷卡，8角钱买一块面包，1.6元买一盒酸奶就解决了早餐问题。每天早上妈妈把儿子送到学校，早餐在小吃店解决，所以我们家一般不做早餐。

妈妈送儿子上学后到市场买菜，妻子中午11:00下班，她的班次很特殊，下午4:00上班，晚上10:00下班，所以午饭由她做。我中午12:00下班回家吃完饭后，再回到工厂上班，中间只有一个小时。晚饭由妈妈做，一般是吃中午剩下的菜，有时再炒一个菜。

2010年4月，我专门用相机记录下家里一周的午餐，这周的午餐没有任何特殊安排，只是很普通的生活餐。图片全部摄于长安镇出租屋中。

4 月 19 日午餐

菜式：干豆角炒肉、莴笋叶、腊肠、粉丝汤、鱼罐头。
干豆角是从老家带来的，约值 2 元；腊肠是春节做的，约值 6 元；莴笋叶 2 元；粉条 2 元；鱼罐头约 6.5 元。当天还买了一个西瓜，约 10.3 元，2 斤香蕉，约 5 元。

4月20日午餐

菜式：玉米、花生米、土豆炖鸡。
玉米5元，花生米3元，土豆2元，鸡肉10元。还买了一根甘蔗，2元。

4 月 21 日午餐

菜式：南瓜、花生米、荷兰豆炒肉、白菜粉丝汤、蒸水蛋。
南瓜 2 元，荷兰豆 2 元，瘦肉 4 元，花生米 3 元，白菜 1.5 元，粉丝 2 元，蛋 1 元。

4月22日午餐

菜式：拌黄瓜、辣椒白菜炒肉、水饺。
黄瓜 1.6 元，白菜 2.3 元，瘦肉 3.5 元，辣椒 5 元，佐料 1.3 元，苹果 4 元。

4月23日午餐

菜式：莴笋叶、青豆炒肉、萝卜干、花生米、白菜炒肉。
生菜2元，青豆1元，肉4元，花生米3元，莴笋叶2元，白菜1.5元，西瓜11.5元。干萝卜丝是从老家带来的，约值2元。

4月24日午餐

菜式：莴笋叶、蒸水蛋、蒜薹炒肉、萝卜干、豆腐、花生米。
莴笋叶2元，花生米3元，肉4元，豆腐2元，蒜薹2.5元，蛋1元，萝卜干是从老家带来的。

4月25日午餐

菜式：藕炖排骨
藕7元，排骨17元

我 1995 年到广东打工，直到 2004 年，妻子和儿子从湖北老家过来团聚，才吃上了家里的饭。在这之前，我都是在公司食堂吃。

我打工吃过的第一个食堂，是酒店的员工食堂，在酒店停车场的外面，几间铁皮屋，两口大锅，厨工用种田的铁锨当锅铲，把一筐一筐的白菜倒进锅里，再加一些猪肉的杂碎，外带一大桶水，煮熟，成为打工人的午餐、晚餐、夜餐。早餐是没有的，想吃自己到路边买两个馒头，5 角钱。

食堂的米饭，发黄、粗糙，还有细沙，胃里饿得翻江倒海的时候，可以吃一大盆，只敢狼吞虎咽，不能细嚼，米饭中的细沙，会把牙齿咬烂。每餐都有豆芽，有时有猪血，这是打工神菜，简单洗一下就能下锅，省时省力，唯有一点，长期食用，打工人的胃受不了。

我在一家玩具厂当主管时也管过一年食堂，老板给的生活费，每人每天 2 元左右。一天做四餐饭，算上油、盐、损耗的碗碟、灶具、抹布等，2 元钱已经是最低生活费的极限了，这是当时打工人大约一个小时的工资。

厨房有三个人，一个厨师，一个打杂男工，一个洗碗女工。当时灶里烧的还是木柴。土豆、豆芽、猪血、豆腐、冬瓜、南瓜轮番上桌，米饭虽没发黄，也比酒店的员工食堂好不了多少。

有天晚上加班，老板让我去市场买东西，无意中碰到了厨师，他正在跟准备收摊的肉铺老板订货，当天卖不掉的肉碎，他全部买了下来，当然是用于第二天的午餐、晚餐。第二天我跟厨师聊起这个事，他说如果正常采买当天的新鲜猪肉，每人每天 2 元的生活费，根本无法保证能做四餐。

（上）2011年7月8日，广东东莞。
（下）2012年3月2日，广东东莞。

有的工厂不提供早餐，打工人先在厂外的小摊上买了早餐吃完，再去上班。

## 食堂餐标

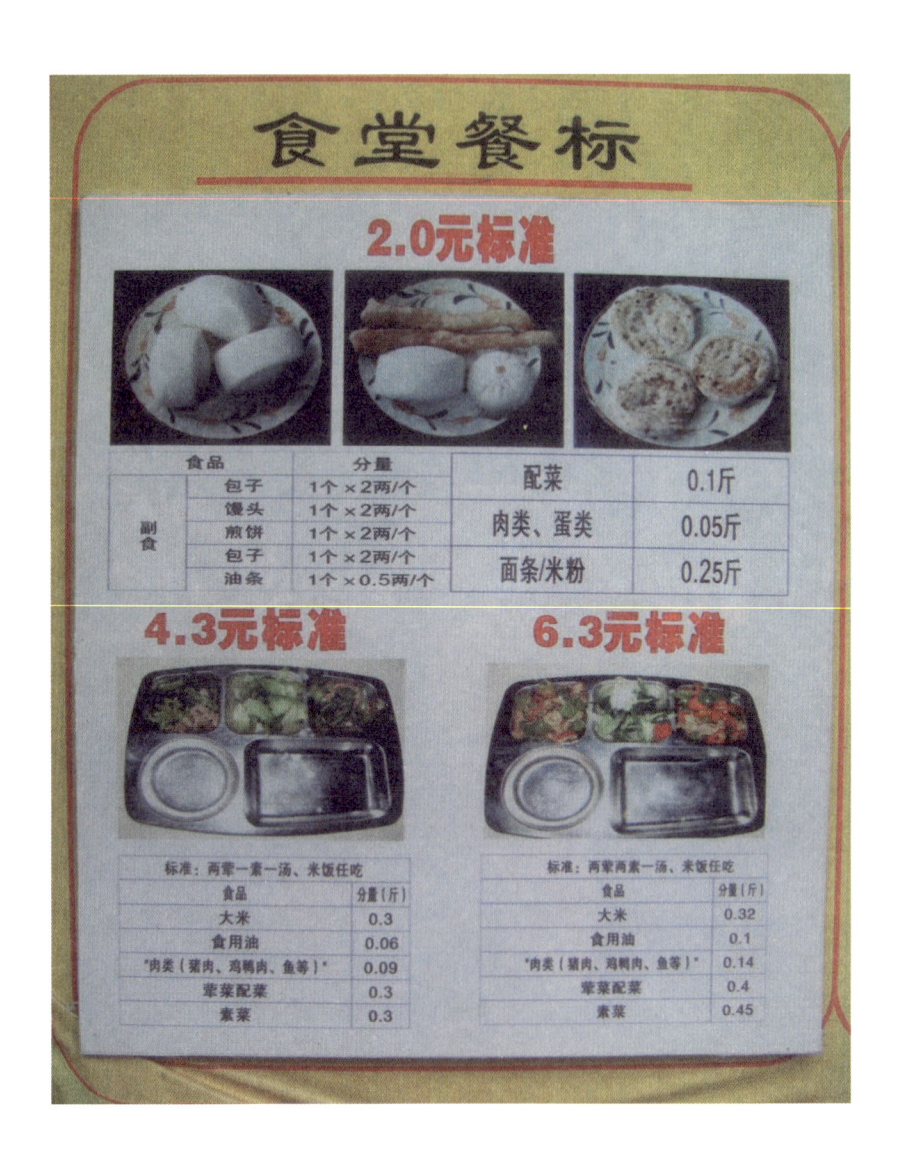

### 2.0元标准

| 食品 | | 分量 |
|---|---|---|
| 副食 | 包子 | 1个×2两/个 |
| | 馒头 | 1个×2两/个 |
| | 煎饼 | 1个×2两/个 |
| | 包子 | 1个×2两/个 |
| | 油条 | 1个×0.5两/个 |

| 配菜 | 0.1斤 |
|---|---|
| 肉类、蛋类 | 0.05斤 |
| 面条/米粉 | 0.25斤 |

### 4.3元标准

标准：两荤一素一汤、米饭任吃

| 食品 | 分量（斤） |
|---|---|
| 大米 | 0.3 |
| 食用油 | 0.06 |
| "肉类（猪肉、鸡鸭肉、鱼等）" | 0.09 |
| 荤菜配菜 | 0.3 |
| 素菜 | 0.3 |

### 6.3元标准

标准：两荤两素一汤、米饭任吃

| 食品 | 分量（斤） |
|---|---|
| 大米 | 0.32 |
| 食用油 | 0.1 |
| "肉类（猪肉、鸡鸭肉、鱼等）" | 0.14 |
| 荤菜配菜 | 0.4 |
| 素菜 | 0.45 |

2012年，某员工过万的公司的食堂餐标。早餐2元，中餐4.3元或6.3元。每人每天有不到15元的生活费。打工人都知道，餐盘中的那几种菜，一定是市场中最便宜的，米饭也糙得难以下咽，再加上厨师们水平有限，要么太硬要么太软的饭，就是打工人们每天填饱肚皮的材料。

吃饭对打工人来说是一场快速完成的硬仗。通常中午只有 50 分钟的停拉时间，在这段时间内，要完成的动作包括：脱无尘衣，出更衣室，到鞋柜区，拿鞋，下楼梯，排队，打卡，出闸机，小跑到食堂，排队，刷餐卡，点菜，吃饭，倒剩饭，送餐具，出食堂，回工厂，打卡，过闸机，脱鞋，提鞋，送鞋回鞋柜，穿拖鞋，去洗手间，方便，洗手，出洗手间，穿无尘衣，过风浴室，到座位。这整个过程，都是几百人同时在进行，动作稍微慢一点，就会加入排队的大军，回到岗位时，可能已是上班铃响的时间。

细嚼慢咽是理想的进食方式，可对于打工人来说，扒饭赶时间才是最主要的。从拿到饭菜到走出餐厅，超过 10 分钟的人会被称为"老磨"，就是磨磨蹭蹭的那种人。打工人常常是菜、汤、饭搅拌在一起，闭上眼，嘴贴着餐具，用筷子不停地扒，然后咽下去，接着再扒，直到光盘。

食堂除了米饭，也会供应包子、馒头、面条之类的食物。从河南、陕西等地来的打工人，常常吃几个馒头就当作一顿饭，有时是面饼中夹点豆芽之类的菜，叫菜夹馍。

菜中常被赠送额外的"加菜"，这些"加菜"可能是蟑螂、青虫、铁丝、编织线之类的杂物。最恐怖的一次是，有同事吃到了打吊针用的针头。至于菜中的肉，几乎要戴着放大镜才能发现蛛丝马迹，并且常常是肥膘。听一个曾在工厂食堂做采购的朋友说，食堂用的猪肉要么是冻肉，要么是猪肉档卖的下脚料。

虽然打工人都说菜汤是洗锅水，但这里还是有秘密的。每天第一个到食堂吃饭的人，会用大汤勺在汤桶中搅得天翻地覆，把其中可能有的骨头捞出来，当作对自己的犒赏。食堂里不止一次发生过为抢菜汤中的骨头大打出手的闹剧。

20 世纪 90 年代，各个工厂的管理模式是包吃包住，每个人只能到食堂用餐。到了用餐时间，餐厅里站着保安员执勤，他们监督打工人是否倒剩饭，必须做到光盘或者把米饭全部吃完。菜可以剩，因为菜是食堂的厨工帮打工人分的，米饭是打工人自己取的，取多了就要承担责任。如果被保安员抓住倒剩饭，轻则罚款，重则记过。如果一个月之内有三次类似的问题，就会被开除。

每到过节，工厂会加餐。加餐吃什么呢？有个说法在同事之间流传了很久，"一个似鸟腿的鸡腿，一口吞下不满嘴"。每人发一个鸡腿，外加一个苹果，就是加餐。如果加餐时你不到食堂吃饭，还享用不到鸡腿和苹果，因为加餐是捆绑的福利，食堂用电子卡计费，当日用餐的人，工厂会根据用餐统计数付加餐费给厨房，如果不在食堂用餐，厨房就没有加餐费补贴，当然也就不会发似鸟腿的鸡腿和苹果了。鸡腿最初有油炸和水煮两种做法，后来为了省事，全部水煮，别无选择。

平常靠着食堂的饭菜填饱肚子，每到生日，打工人们也会想着改善伙食，为自己庆祝一下。

每年过生日，老黄最奢侈的就是请自己吃一只 9.9 元的烧鸡，喝一瓶啤酒，再吃上一碗面条。老黄在外打工超过 20 年了，孩子从出生就留在老家，每年孩子的生日，他要买玩具、零食和衣物寄回去，还特别交代家里的老人多买些菜，让孩子在生日那天吃得丰盛一些。老黄为了省钱，两三年才回一次家，孩子眼中的爸爸只是相片中的爸爸、电话中的爸爸，见面时孩子从来不叫爸爸，也不愿和他交谈。他说每次离家几乎都是哭着出来的，心里的苦，无法一一表达。

有个同事，讲她 19 岁那年过生日，那是她出来打工的第一年，当天工厂要出货,得连续加班到第二天的下午 5 点半,她利用中午去食堂吃饭的时机,花 3.5 元买了一碗最好的康师傅碗装方便面,加了开水吃。从当天下午到第二天下午下班,她心里无数次地想,过去在家时,妈妈不但会准备丰盛的饭菜,还会买蛋糕,亲戚们热热闹闹地聚在一起为她庆生。每次想到这些画面,她都会在心里给自己唱一遍生日歌。下班后,她又吃了一碗方便面就睡觉了,用她的话说,"太困了,哪里还有心思去想过生日的事"。

20 岁那年的生日,恰好赶上发工资,工厂放假,她就请了两桌老乡和同事,在大排档疯狂喝酒,直到自己被人抬回宿舍。

过 21 岁生日时,她已经失业两个月,这期间她尝试寻找新的工作机会,但面试时因为高中学历屡屡被拒。她不甘心仍在生产线上做工人,于是就硬挺着。生日前一天,她接到一家工厂的面试通知,生日那天早上吃了一碗牛肉面,信心百倍地去面试,最终如愿当上了办公室的文员。

22 岁生日,是她男朋友在西餐厅请的烛光晚餐。

(左)2003年,广东东莞某电子厂举办年会,员工们在台上表演节目
(右)2010年2月10日,广东东莞,某电子厂年终给员工发福利品,每人一袋年果,领年果的打工人挤满了篮球场。

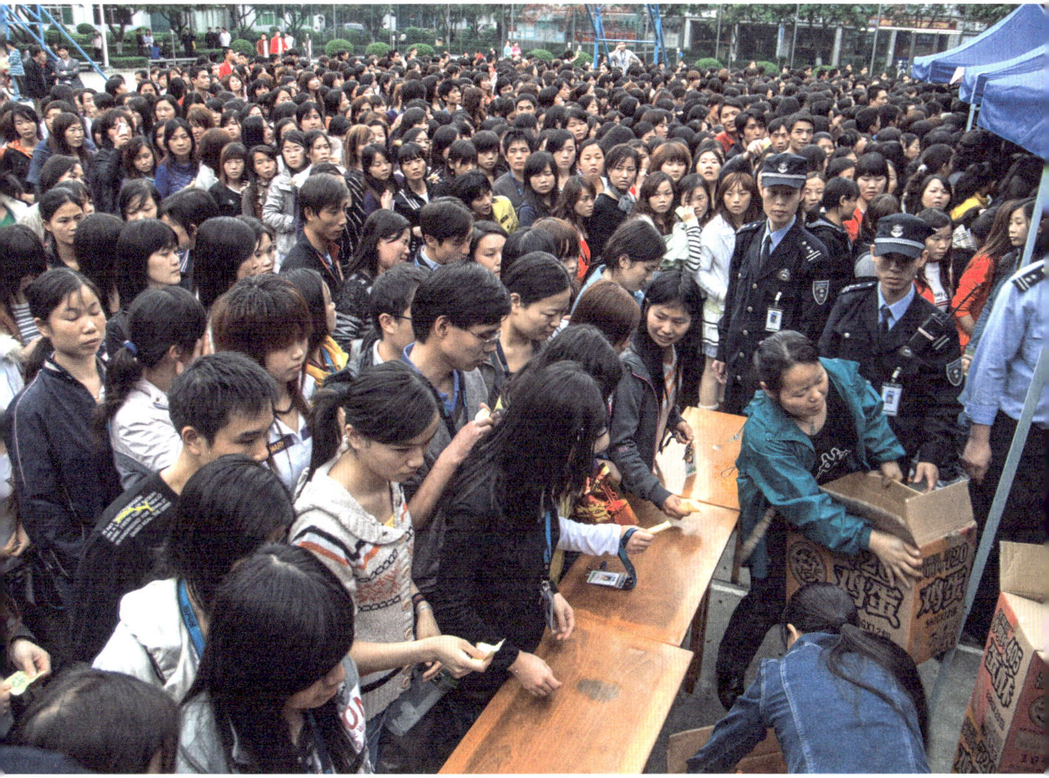

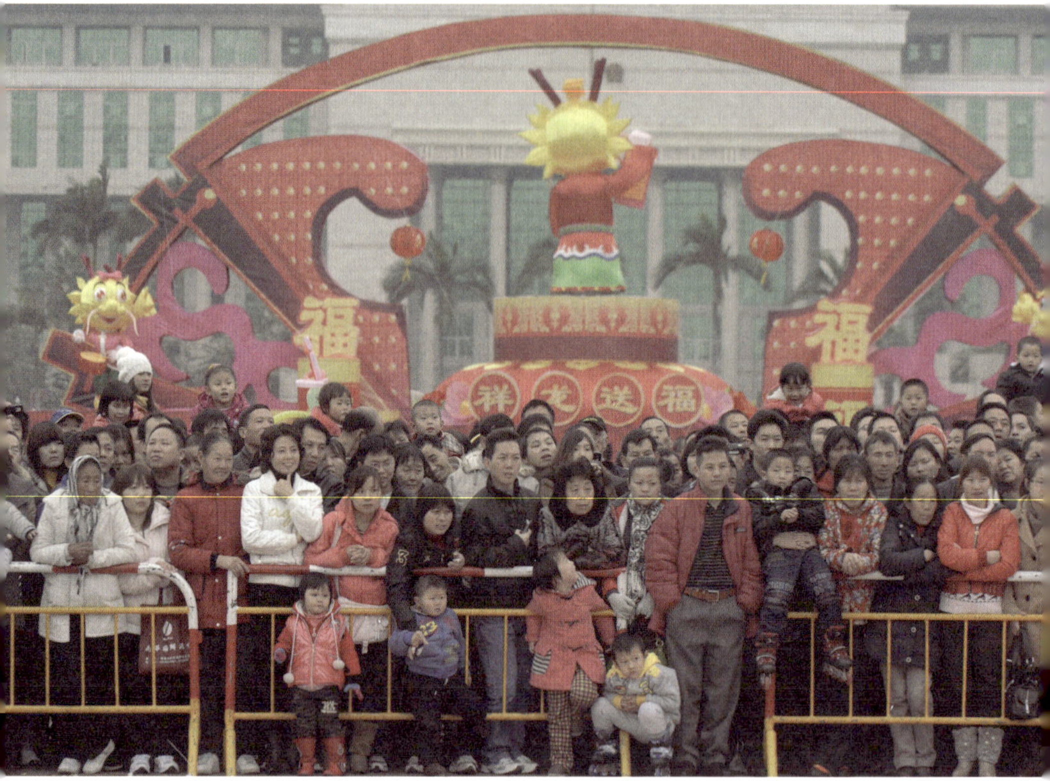
福
祥 龙 送 福
福

(左) 2012年1月26日,广东东莞,留在东莞过年的打工人正月初四在广场上观看舞狮表演。
(右) 2015年1月30日,广东东莞,某玩具厂的员工穿着蓝色的厂服,聚在一起吃团圆饭。

## 发工资这一天

2000年之前，很多工厂实行封闭式管理，打工人从进入工厂开始，每个月只有发工资这天可以出工厂大门，其余时间禁止出厂，连生病去看医生，也要获得工厂管理者的书面批准。

发工资这一天，对打工人来说非常重要。他们离开农村老家来到沿海城市，都怀揣各种各样的梦想，同时也担负着很多重任，其中最重要的自然是挣钱。挣了钱汇给家里，弟弟妹妹可能等着这笔钱交学费、生活费；年迈的老人等着这笔钱去小药店或村庄的赤脚医生处买药；家里农忙，等着这笔钱去买种子、农药和化肥；也不排除等着这笔钱去给亲戚家送礼金，毕竟农村红白喜事司空见惯。

打工人在邮局排队寄钱，又是一种心理考验。从拿到汇款单开始，小心翼翼地填写，常有写错字的打工人一遍又一遍地重填。即使在冬天，也常能看到有人额头冒汗，手心沁出的汗水将汇款单浸湿。好不容易填好了，打工人就站在长龙一样的队伍后面慢慢等。那天邮局排队的人会格外多，从柜台排到大厅，在门口处绕几个来回，再排到很远很远，等待时间最长的超过4个小时。

发工资这一天，工厂早上8点钟才允许外出，晚上7点之前必须回厂。要办的事很多，除了到邮局排队汇款，还要补鞋、补衣服、买日用品，对自己大方一点的打工人，还要和同事到大排档炒两个菜，喝几杯啤酒。年轻的打工人，还惦记着工业区步行街处的桌球，也有人到录像厅去看香港拍的武打片或搞笑片。

JB 工艺厂的老王是搬运工，发工资那天，他通常会请在同一个厂干活的侄女帮着给家中汇款，他不识字，去邮局也白搭。他除了偶尔光顾补鞋摊外，最大的爱好就是买半斤花生，坐在工业区杂货店门前，边看电视边吃花生。电视是杂货店的老板为了聚集人气，放在门口供打工人看的。老板也会提供几把椅子，但聚集的人太多，大家就或站或靠或蹲，让眼睛接收一些外界信息，至于电视里播放什么节目，他们也不太在乎。

每次看到这种情景，我就会想到 1990 年以前的农村老家，那时全村最富裕的家庭才买得起电视，还是黑白的，播放时雪花点比画面内容还多。尽管如此，夏天和秋天的夜晚，全村的男女老少吃完晚饭后，都会搬把椅子，围到那家门口看电视，像看露天电影一样。直到电视中出现"祝您晚安"，大家才恋恋不舍地回家。

发工资这一天，工业区里各个小店的老板最高兴，因为无论平常如何节俭的打工人，这一天或多或少都会大方一次。卖炒粉的老板早早就泡好了几桶米粉，青菜炒粉 3 元，加蛋 4 元，加肉 5 元，这天能卖出上千份。4 元钱一瓶的尖庄白酒，1.5 元一瓶的啤酒最畅销。每个人都清楚，一个月只有这一天能出厂，如果想吃炒粉又没舍得吃，就得再等一个月呀。

工厂里最多的就是年轻人，到了谈婚论嫁的年龄，非常渴望同异性交往。到了发工资这一天，恋爱中的打工人会奢侈一点，先去逛逛商店买好日用品，再到录像厅看一场录像，中午到川菜馆炒两个菜犒劳自己，下午可能还到工业区的公园里再玩一下。公园门票 3 元，里面有碰碰车、小火车、划船之类的收费游乐项目，还有人出租相机，打工人尽兴玩一天，差不多要花掉一个星期的工资。

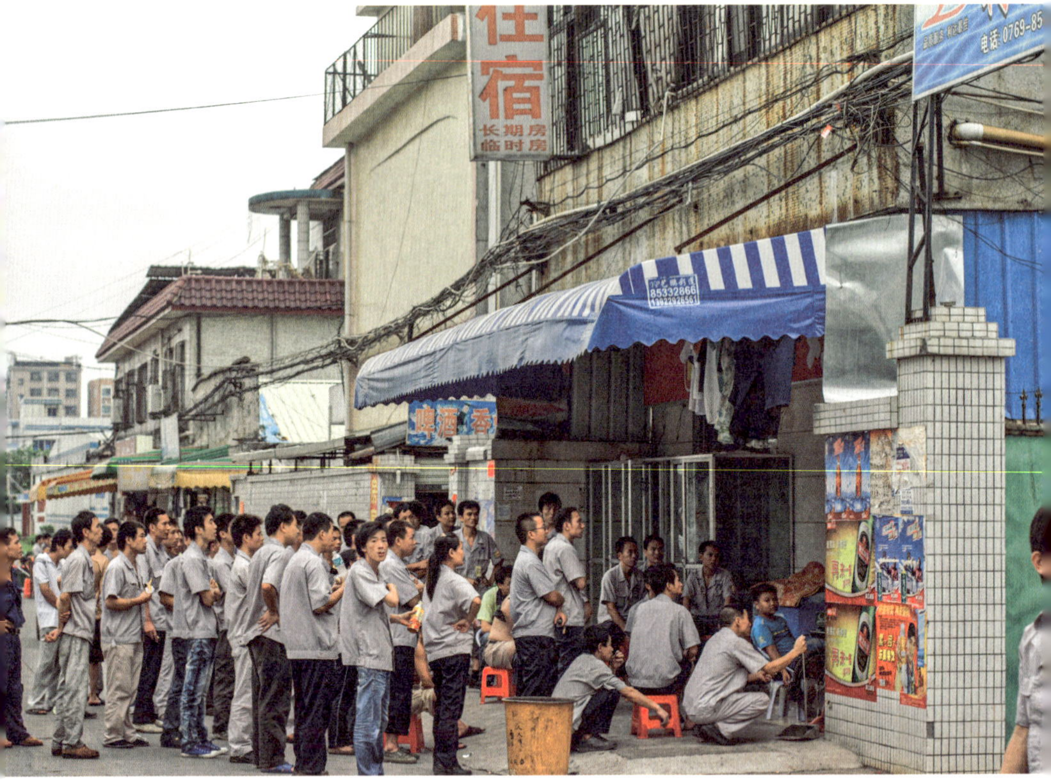
宿
长期房
临时房
啤酒
85332866
电话：0769-85

（左）2011年9月4日，广东东莞，打工人吃过晚饭后在厂外的杂货店看录像，然后再加班。晚餐时间一个小时，吃完饭后还剩不到半小时，看录像既是放松，又能打发时间，还免费。杂货店老板提供免费录像主要是吸引人气。

（右）2012年11月2日，广东东莞，打工人利用工余时间，在杂货店门口的台球桌上打台球。

这一时期，因为工资是发现金，工厂也出过很多携款潜逃的事，令老板们很是伤神。

1997年，我妹妹所在的JB工艺厂有近万名员工，每次发工资，都要一次性从银行取近百万元现金，工厂会派专门的车去拉，再派保安和高管全程跟进。有一次，取钱的车开进厂后，跟车的人刚下车，工厂的大铁门还没有关上，司机就直接拉着钱跑掉了。工厂的保安没追上，报了警，等警察赶到，司机早就没影了。

有个同学也跟我说过类似的事。她在FY鞋厂打工，会计是个年轻姑娘，当时和工厂的一个男孩子拍拖。有次工厂准备发工资，会计拿着几万元，和男孩子一起跑掉了。本来工厂有严格的出厂管理制度，会计和她的男朋友策划了很久，提前给大门口的保安买健力宝喝，和保安混得很熟，跑掉时还和保安打招呼，装作要出去接人，只要十几分钟就回来。管理者很生气，后来，保安被开除，还被扣了一个月的工资。

同时期的治安状况也不太好，公路上常常会遇到抢劫，带着现金到邮局汇款的打工人也有可能被抢。

抢劫者通常两个人乘一辆摩托车，一个人骑车，另一个人坐在后面。发现目标后，开车的人从后面慢慢靠近目标，坐在后面的人负责动手。

女同事阿洁，有次背着包在街边等公交车，她穿的衣服质地较好，小包也很漂亮。抢劫者突然从后面拉住包的背带，背包里有她的身份证、银行卡，还有1000多元现金，她死死抱着包不放，抢劫者把她拖倒在地，还用脚踹她的手。被摩托车强行拖行近100米后，包的背带断了，抢劫者得逞，阿洁也在医院躺了近3个月。

2000年之后，有一些工厂和银行合作，为打工人办理存折，工资发到存折上。很多打工人没有接触过存折，工资发了后，还是把现金取出来才放心。

2001年以后，工厂和银行的合作升级，给打工人办理银行卡，每个月的工资直接转到卡里，厂内还设置了柜员机，打工人足不出厂就可以取钱了。刚换成银行卡时，打工人不适应，取钱的时候不是被吞卡，就是忘记密码。

2003年以后，实行封闭式管理的工厂变少了，工厂的后勤设施也有了改善，宿舍里有电视、娱乐室、图书室的工厂多了，有些工厂还专门提供夫妻房。

2011年至今，工厂为员工提供的后勤设施就更多了，有些工厂的宿舍提供空调、洗衣机，工厂内也有网吧、歌舞厅等。2013年，我见到一家工厂的招工广告是：入厂满一个月，送千元大屏智能手机。

## 看病是件奢侈的事

身体不舒服了，普通人最先想到的是去看医生，但对打工人来说，是忍一忍，直到坚持不住了，才会去看医生。

为什么我们不在第一时间去看医生，要强忍呢？这得先从工厂的管理制度说起。工厂请假制度规定，打工人请病假，必须提供医疗机构的病假证明和收费票据。比如一个女工痛经，她只是需要适当休息就能好，但为了病假证明和收费票据，她必须忍痛去办理。比如拉肚子，到药店买些止泻的药就可以了，但药店不能出具病假证明和医疗票据，必须要去医院。

工厂为了保证每天准时开工，设置了全勤奖，每月发放一次，几十元至100元不等，打工人必须每天准时上班、准时下班，发工资时才能得到全勤奖。另外，只有不请假的打工人，才会被评为优秀员工，获得优秀员工奖金。根据请假的天数，季度奖、年终奖都会相应地减少。请假对调薪也有影响，根据请假的次数，调薪的幅度会被相应扣减。

员工不愿意去看医生,与工厂周边的医疗状况也有关系。工业区附近有很多私立医疗机构,长期向打工人分发医疗广告杂志,主打低价,还承诺有免费的医疗车接送。当打工人真有一天病得较重时,会被广告迷惑而去这些医疗机构看医生。结果,牙痛会花掉上千元医疗费;下阴骚痒会被诊断成淋病、梅毒之类的恶病;普通的感冒会被诊断成肺炎。就诊时不但被要求验血、验尿、做 X 光、做 B 超和 CT,还要打吊针、吃大量的补药,最后不但花了很多钱,身体遭了一通罪,还不得不请假。

曾经有个同事说,他看到医疗广告杂志上说长包皮不好,手术只要 88 元就能割掉。有次休息,他乘坐免费医疗车到了医疗机构,躺到手术台上后有些后悔,说不想做了。但医疗机构的人根本不理,甚至还有一个管理人员说"来了就得做"。手术结束后,他被告知 88 元只是手术费,还需要消毒费、人工费、麻醉费、药费等,共计 800 元。

他非常懊恼但也没办法,准备付钱的时候发现钱包不见了,只有打电话给妻子。后来,他说可能在手术的过程中,裤子口袋中的钱包滑落,被医生踢到手术台下,再由另外的护士捡走了。

有个女孩子意外怀孕,想堕胎,被免费医疗车接到诊所,又是打针又是手术,一共花去 5000 多元,而不是广告上说的 380 元,最后还染上了妇科病。她也因此不得不请假一个月。

生产线上,每天准时上班,长时间干活,休息时间受限制,打工人不敢多喝水,结石的发病率很高。在工厂,不论是早班还是夜班,每个月总有几起这类病例。发病的打工人痛得全身冒汗,晕倒在车间,被同事们送往医院。超声波碎石后,一切正常,再次成为生产线上的一部分,开始运转。

粗略算一下，如果打工人想看病，首先损失的是当天的工资，再就是花去的医药费、车费及补充营养的费用，加上全勤奖、季度奖金、年终奖金、调薪减少，综合下来几乎是打工人当月工资的三分之一以上。病情稍稍重一点，花去的甚至可能是打工人几个月的工资。

看病，对打工人来说，是一件相当奢侈的事！

2010年11月25日，广东东莞某电子厂车间外的茶杯柜，最下层放着很多药，都是打工人们带来的。工厂每月有全勤奖，员工不请假才能获得。有小病时，员工一般会边服药边坚持上班。

第三章

# 娱乐、爱情和发财梦

　　街头，是打工的情侣们最常去的地方。工业区的草地、公园的长椅、路边的绿化带、工厂外的田野，随时可见在一起亲昵的情侣。当一个人最私密的生活，都只能在公共空间展现时，说明其生存处境是比较艰难的。

## 业余活动也没啥意思

为了丰富打工人的业余生活，工厂会频繁举行种类繁多的活动。从普通的篮球赛、排球赛、足球赛、乒乓球赛、田径赛、象棋赛、桌球赛、拔河赛、跳绳赛，到唱歌赛、书法赛、写作赛、手工制作赛，更专业的还有消防技能大赛。

对刚从农村到工业区的打工人来说，业余活动可以开阔视野，也让好奇而又年轻的心得到暂时满足。但对于一些在工业区生活了好几年的打工人来说，业余生活也没啥意思。在他们看来，所谓业余活动，只不过是老板们制造良好企业文化的噱头，根本上是为了让熟练的生产线工人留下来，进而提高生产效率，更方便管理。

经常参加工厂业余活动的人，大都是冲着加班费和补贴去的。

萍的老家在广西百色，她第一次出来打工，就进了一家大型电子厂。每天下班后，她都到文体部参加各种各样的活动，很晚才回集体宿舍。她觉得参加这些活动可以多挣到一些加班费和补贴，也常有上台表演的机会，还到过一些星级酒店及大型活动的现场。她说自己该见的全见过了，该玩的全玩过了，她很满意今天的生活。

她又说满意之余也有烦恼。她出来打工很多年了，仍旧是一名生产线上的普通工人，第一年还给家人寄钱，现在几乎很少寄了。她喜欢漂亮的衣服，喜欢买化妆品，喜欢新潮的手机，喜欢去KTV唱歌，喜欢吃大餐，每个月的工资所剩无几。萍偶尔也很迷茫，自己出来打工到底是为了什么？

在另外一些打工人的眼中，业余活动只不过是闹哄哄地折腾一番，会让无志者消耗青春。因此，他们倾向于利用一切业余时间，实现自己的追求和进阶。

生产线上的打工人，文化程度普遍不高，上完高中的打工人只占少数，初中未毕业或更低学历的打工人，是生产线上的主力军。

进厂干个一两年后，不愿意一直在生产线上劳作的打工人，会寻求路径提升自己。于是，工业区又应运而生一些商业培训机构，主要是英语培训班、化妆培训班、电脑培训班等。

华刚出来打工时，只是一名普通的文员，后来在工厂内受到上司的重视，不断晋升，直到成为一名经理。华说，自己从来没有参加过工厂举行的活动，她的业余时间是在背英语单词、学语法、听课文、看原版英文电影中度过的。华很享受现在的生活，每周都会抽出一天晚上的休息时间到羽毛球馆打球。

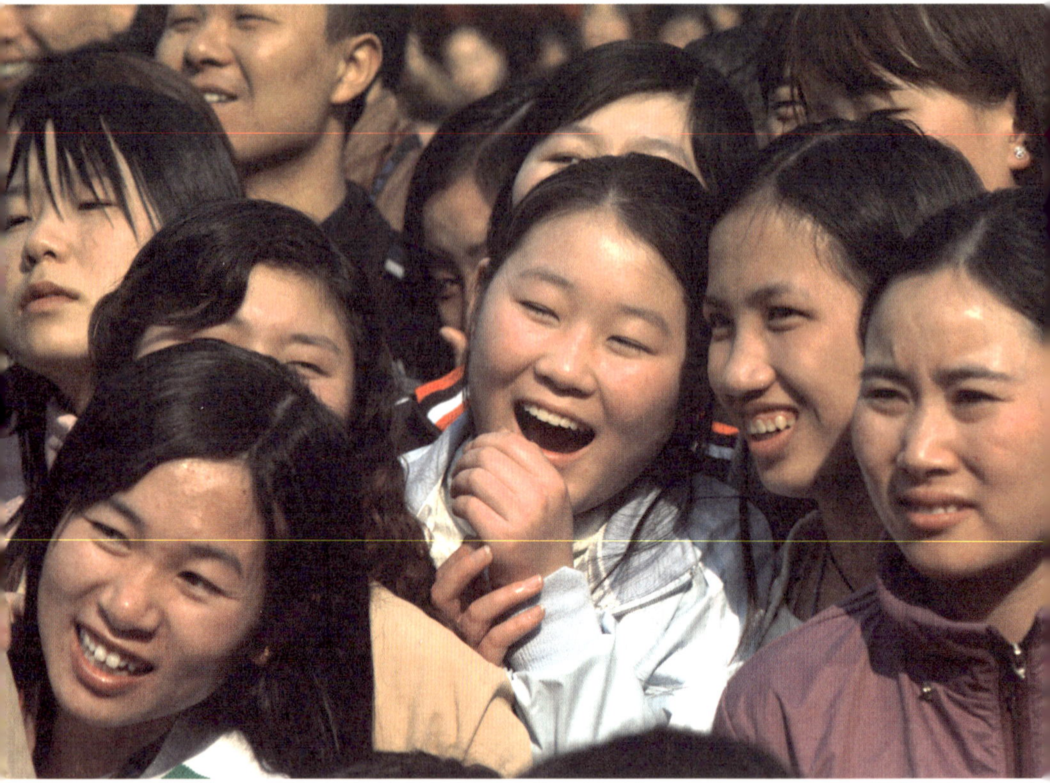

（左）2007年2月3日，广东东莞，电子厂的女工们在观看工厂举办的文艺表演。
（右）2008年8月8日，广东东莞，工业园用大屏投影播放北京奥运会开幕式，吸引了不少打工人观看。

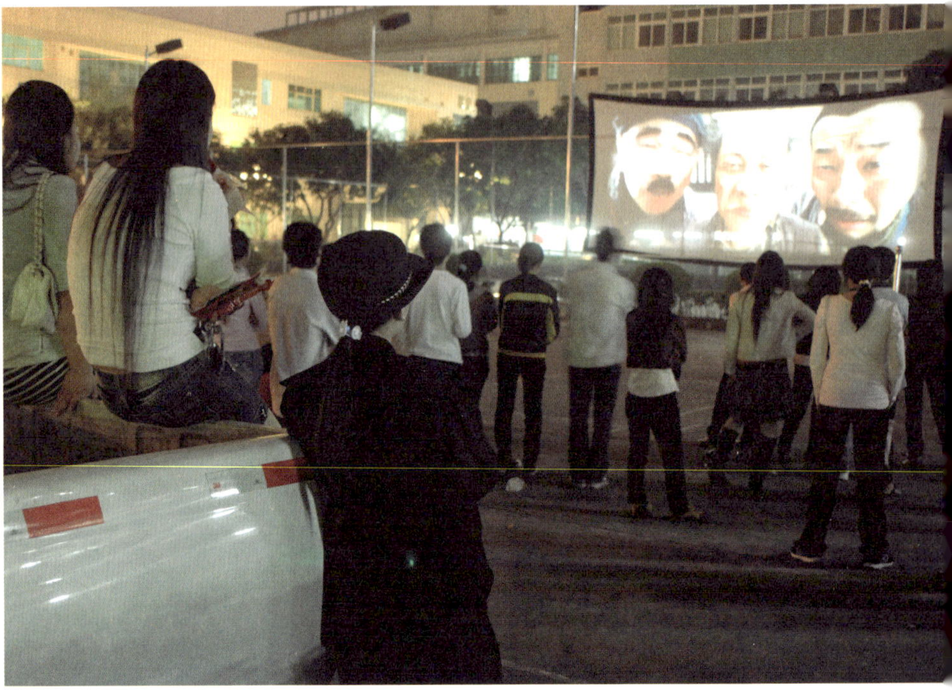

（左）2010年11月29日，广东东莞某电子厂的打工人下班后，在工业园的球场上看露天电影。
（右）2010年5月22日，广东东莞某电子厂的女工们夜班结束后，自费参加美容培训，上课前先跳舞练胆量。

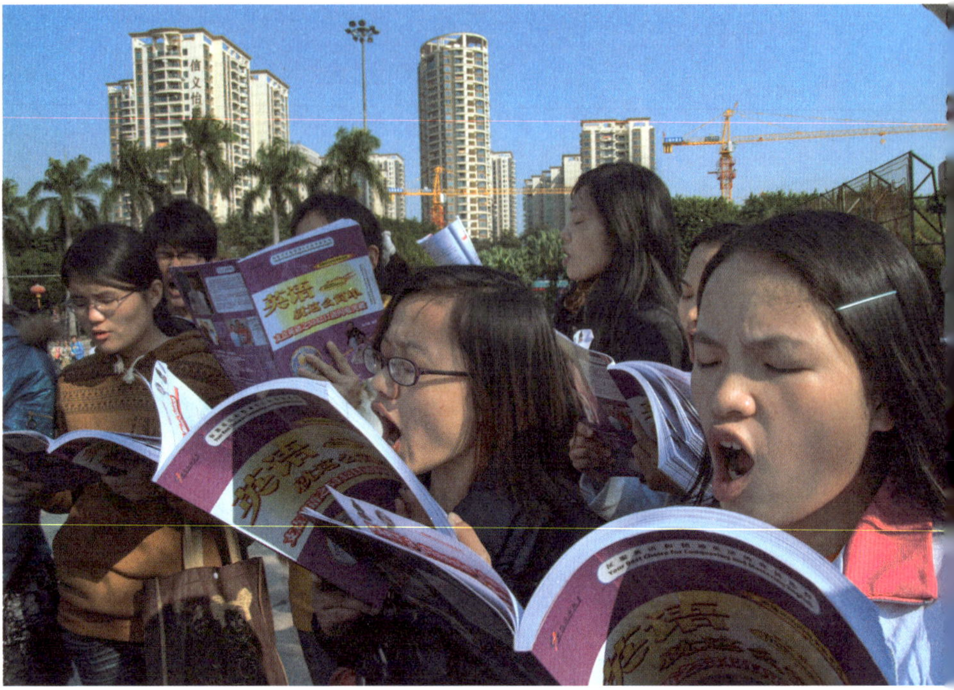
英语

（左）2011年元旦，广东东莞，参加英语培训班的打工人在广场上练习口语。
（右）2012年9月25日，广东东莞，打工人晚上下班后，自费参加英语培训。

## 逛街，在晚上 10 点以后

工业区附近，一定会有街市。这种街市，白天门可罗雀，晚上却熙熙攘攘。还有数量众多的地摊，也是太阳落山了才摆摊，月亮高挂头顶时才收摊。

街市和地摊常常是一些简易的建筑，有的是铁皮屋，有的是简易竹棚，也有小平房。餐饮类的店铺占了六成以上，还有二成的杂货店、一成的服装店，零星的手机店、理发店、化妆品店也掺杂其中。

这里的店主很多曾经是生产线上的打工人。他们打了几年工后，有了几万元的积蓄，就想摆脱天天上班、加班、被严格的厂规厂纪管理着的生活，当一名小老板。他们的铺位，也大都是从前任店主手中盘过来的，要花几万到十几万元不等的转让费。

因为很多人是第一次做生意，不太懂得算经营成本和利润，只觉得能当老板就行，结果当上老板就后悔，每天的营业利润减掉开支后，还不够自己的工资，更别提巨额的转让费何时才能赚回来。所以又开始了击鼓传花的游戏，铺位会被盘给下一个急于当老板的打工人。

街市和地摊的主要顾客是生产线上的打工人，他们工资微薄，每个月只能拿出几十元做零花钱。5元一份的炒田螺、3元一份的米粉、1元一串的麻辣串、5角钱一个的包子、1.5元一根的甘蔗、1元一块的西瓜和菠萝、5角钱一支的冰棍,是工业区夜市的畅销货。

流水线停下来,打工人离开岗位,打卡,出厂。不管是晚上10点下班,还是12点下班,第一件事就是到夜市逛一逛,即使不花一分钱,也要让眼睛换一下频道,从没完没了的产品中逃出来。

逛街,是打工人疏通关系的重要时机。如果上班时间管理者对自己有意见了,下班后请他们到小饭店炒两个菜,喝几瓶啤酒,一切意见就都随着啤酒下肚,又跟着尿液排除掉了。如果生产线上产生了一个助拉或拉长的职位空缺,管理者会被反复请到夜市上吃宵夜,通过这样和那样的沟通,有志者事竟成。

工业区的夜市,也是热恋中的情侣们逛得最多的地方。下班后挽着手从街头逛到街尾,到一间杂货店买两块西瓜,慢慢地吃、亲热地聊。或者到网吧上网,到影吧看碟,偶尔去一下旱冰场,在玩笑中交流,在共处中相互了解对方。发工资的日子,两人到小饭店打牙祭,让被食堂大锅菜长久占据的胃也欢喜一下。

曾经,夜市中最时尚的生意是下载,就是用电脑给手机里下载电影、音乐、小说。电影和小说1元三部,音乐1元十首。老板会提供打印好的目录供你挑选,再帮你存到手机上,过一段时间可以去更新,当然费用也得再给。

20世纪90年代,工业区夜市人气最旺的地方是投影厅,2元钱一场,5元看通宵。2005年以后,工业区新开了很多网吧和影吧,投影厅就消失了。

杂货店门前的台球桌也很有人气,每小时4元,打台球的只有两个人，观战的却有一堆，偶尔也会有人打球赌饮料。

"90后"不喜欢加班，下班后喜欢上网，喜欢打游戏，喜欢玩轮滑，喜欢街舞，喜欢时尚。夜市也有了卡拉OK厅，有了化妆品店，有了饮品吧，有了美甲店，有了咖啡厅。

"00后"也加入了打工大军，手机每天伴随着他们。他们通过手机，玩游戏、叫外卖、叫顺风车、网购。进入AI时代，"00后"也通过各种AI软件，写工作报告、做工作幻灯片。更有一些上进的"00后"，下班后参加夜校的补习班，学技术、学管理、学外语。

2010年6月25日，广东东莞，打工人晚上加班结束后，在工厂外的小摊上吃西瓜，每块1元。

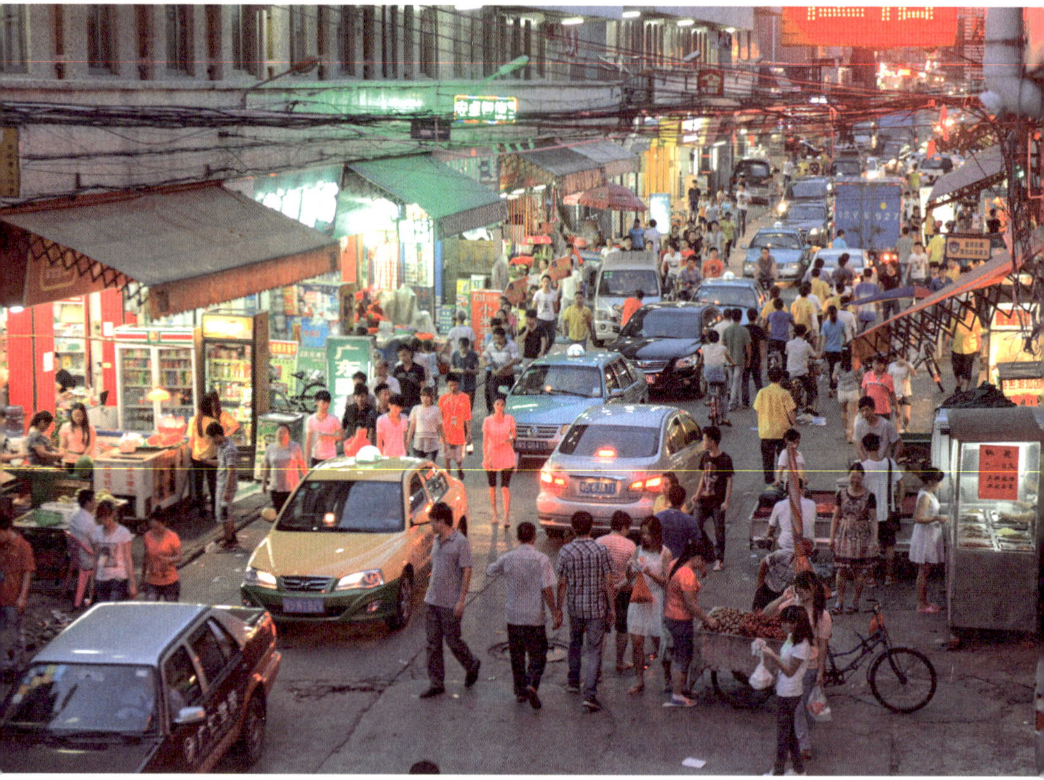

（左）2014年11月22日，广东东莞，工厂的围墙外搭上棚子，就成了工业区的夜市。
（右）2014年12月29日，广东东莞，打工人下班后在小摊上选电视剧，小摊提供收费下载，每集电视剧1元。

# 网吧，精神自留地

工业区的网吧每天都生意兴隆，不上班的打工人以此为家，待在网吧的时间比待在宿舍的时间长。

网吧不但能上网，还提供游戏充值、代收快递、代订快餐、售卖饮料、香烟、槟榔、方便面等服务。网吧舒适的大班椅，让在生产线上劳作的打工人找到一点打工的尊严。

生产线上不许讲话，打工人上班时一律"静音"，加上人员流动频繁，即使是同一条生产线上的打工人，也不都认识。集体宿舍里，为了最大化地利用床位，每一个离职人员的床位都会被一个新人顶上。新人和住在宿舍的老员工们，很可能不属于同一条生产线，甚至不在同一个部门，他们之间完全陌生。

网吧是个好地方，在网吧不但可以和恋人、同学、朋友、亲人联系，还可以玩游戏、听歌或者看影视剧消遣。白天在生产线上忍受的委屈，在网络中可以得到充分的宣泄。

在网吧也可以随时看到学习的打工人，他们认真地练习打字、初步的文字排版、表格制作。早年从农村出来的打工人，没有机会接触电脑，甚至在出来打工前，每天填饱肚子都是问题。来到工厂后，他们从生产线上的普工做起，但电子厂生产线上会涉及电脑显示和操作。为了适应工作，网吧就是他们下班后学习电脑知识的最好场所。

军是一名普工，从上班开始到下班结束，提起电动螺丝刀、装螺丝、打螺丝就是他工作的全部。每天打了多少个螺丝，他也数不清，用他自己的话说："我就是个打螺丝的机器，除了打螺丝，我啥都不会。"生产线上高度分工，每个人都在重复最细小的一个动作，反反复复。上班、加班，在车间不能随意交谈，他的表达只能在头脑中反反复复地预想。下班后，冲进网吧，他预想的一切通过键盘和鼠标倾泻而出，化作QQ上的留言，化作电邮的内容，化作微博的博文，化作游戏的动力。

琴是一名组长，喜欢写日记，也喜欢写一点小文章。她每天下班后，都要到网吧坐上两个小时，静静地写完，存储到U盘中，然后才回宿舍看书。有时，她会把文章用电子邮件发给媒体编辑，也会和网友探讨写作技巧。

慧是轮滑俱乐部的铁杆会员，她业余时间最喜欢到网吧上网，在网上与朋友们讨论轮滑俱乐部的活动召集、活动图片分享、轮滑技术。偶尔，她也会利用网络和俱乐部的朋友们一起玩游戏。更多的时间，她会和俱乐部的朋友们刷街（指在街头轮滑），从一个工业区刷到另一个工业区，节假日也从一个城市刷到另一个城市。

# 通信的变迁：打工人与家里的沟通

### 前电话时代

"奶奶故，速回。"

收到这封电报，我内心有愧。

1996年，我在深圳 LW 大酒店当保安，干了三个月后，在机场大酒店工作的表弟让我辞工去他那儿，工资能涨近一倍。那个时代，打工人进厂后厂方会扣押身份证和一个月工资，有的甚至扣押两个月工资。按辞工流程，需提前一个月申请，工厂有可能不批准或以各种理由从押下的工资中扣一部分钱。我问 LW 大酒店的老保安，他们帮我支了个招：发来电报说家人去世。

在家乡还没有电话的时代，电报是最快的通信方式。发电报按字数收费，每个字一角五分钱，除了正文外，收发人的姓名和地址也要收费。

工业区的打工人们，大多数都使用过发假电报这一招。如果找到了新的工作，正在干的工作不好辞，就写信回家或者请准备返乡的老乡给家人带话，让家人发一份电报，说家里的老人过世了。

通常，家里人为配合打工人撒谎，就让已经过世的爷爷、奶奶再死一次，电报内容写上："××过世，速归。"打工人收到电报后，拿给工厂的负责人看，能快速领到工资。我那次用这招，离职的过程很顺利。

写信，是另一种常用的联系方式。写信可以玩出花样，信纸有多种样式，写好的信纸能折出多种形状，邮票可以选择不同图案，有时还可以把一张在照相馆拍的布景照夹在信封中寄出去。我和妻子谈恋爱时是异地恋，当时我每月给她写两封信，聊广东打工的见闻和对未来生活的设想，当然也少不了一些肉麻的求爱之语。写了几十封信后，工业区有磁卡电话和200电话了，我的信就越写越少，直到中断。

当时同一家工厂有很多老乡，有人回老家，大家会托他捎口信，带钱和东西给家里人。家人见到钱或东西，知道打工人在广东过得不错，担心会少一些。

我在机场大酒店时，妹妹还在JB工艺厂，我们相距10多千米，她上班时，没有任何通信方式可以联系上她，只能站在工厂门口等。全厂员工下班时，我努力地在人潮中张望，老乡们见到我，会帮着叫妹妹。那时的工厂，员工都穿着统一的厂服，5000多人几分钟就出完了，大家急着去吃饭，然后再上班。每次找完妹妹，我俩就约定下次见面的时间和地点，双方都要很守时，见面后先买几瓶健力宝和半斤花生，坐在路旁边喝边聊。

尽管那个时代通信不便，人们见一面很难，但人与人之间的感情很真诚，每个人都很单纯。

### 电话时代

我上高中时，湖北省电信局来家乡招电话安装工，我的初中同学去了。后来他写信给我，说武汉真好，武汉人真有钱，安装一部电话竟然花3000元，有时还另外交钱。那时电话离我还很遥远，我的家乡很穷，大部分人还装不起电话。

1995年，我到广东打工时，数字BP机已经比较普及了，LW大酒店的周边，每个杂货店都有公用电话。

1998年，为了跳槽，我买了人生中第一部BP机，每月传呼费15元，把BP机挂在腰带上，生怕别人看不见。BP机一响，我立即找一部公用电话，按BP机上的来电号码回拨过去，这样就有了自己可控的联系方式。

在BP机流行的同时，街上出现了200电话机、磁卡电话机。200电话卡是一种预付费卡，上面有账号和密码，按提示即可拨打。磁卡电话卡也是预付费卡，插上电话就能拨打。工业区的宿舍、厂房的周边，很快就被这两种电话机包围了。

1998年，我在ZL电镀厂时，除了给还是女朋友的妻子写信，还经常骑自行车到镇上的200电话机旁打电话。女朋友家有电话，可以尽情地聊。

在此之前，表嫂给我介绍过一个女朋友，她家没有电话，她叔叔家有电话。我晚上打电话时，她得站在叔叔家卧室接，那场面想想就很尴尬。年轻时想问题简单，只觉得她讲话支支吾吾的，现在过了知天命之年，回想起来才知道自己当时真傻。

我在SL电子厂的时候，办公室有座机，但只能拨打市内电话，长途电话要特别申请，有专人登记。如果工厂的电话费超过预算，就有专人根据拨打的长途号码依次核对，然后按市场价格从工资中代扣，还会罚款。

电话时代，我用过的通信工具有座机电话、分机电话、无绳电话、数字BP机、中文传呼机、小灵通、手机、对讲机等。1997年，我借过同事的大哥大，给家里有电话的姑父打了一个电话，显摆了一下。

我当主管时，每次查岗，刚出办公室，各个岗位上的保安就用分机电话把我的行踪提前报告给下一个岗位，因此我见到的现场基本上都符合工作要求。有时，我会骑自行车，在不同的工厂之间来来回回，这样就能发现许多问题，不规律的行进路线和不定时的出现，让提前报告失效。

在 KT 电子厂当保安队长时，我特别较真，晚上回宿舍，也带着对讲机，睡觉时将对讲机的声音调小，以便可以随时听到保安相互呼叫的信息。年过 50 岁，回想当初的做法，未免太孩子气，夜班有保安组长，我根本用不着对他人不信任。

在电话时代，打工人都有一个小电话本，工业区的杂货店就能买到，本子很小，便于携带。2015 年，我帮深圳一家机构拍摄打工人的照片，在一个女工的打工物品中，见到一个小电话本，上面写着电话，每个电话后面备注着不同的信息，如"××厂306宿舍李××，星期天晚上6点以后，11点以前打""上班时间找主管刘××转告""找杨××，这是孙××借的身份证"。

直到今天，我的电话本仍旧在用，上面记着曾经打过交道的朋友的电话号码，没有业务往来后，也一直没有再拨打过。或许，很多座机电话已经停机，成为时代的印迹。

后电话时代

网络的普及带来了后电话时代，通信方式变得丰富起来。曾经的电报、传真、信件，被电子邮件和各种即时通信取代；曾经在邮局排队汇款，被手机转账取代；曾经工业区的公用电话亭，被人手一部的智能手机取代。

智能手机，已经成为人的体外器官，对于打工人也不例外，人与手机形影不离，各种网络游戏、短视频、段子、笑话侵占了打工人的业余时间。

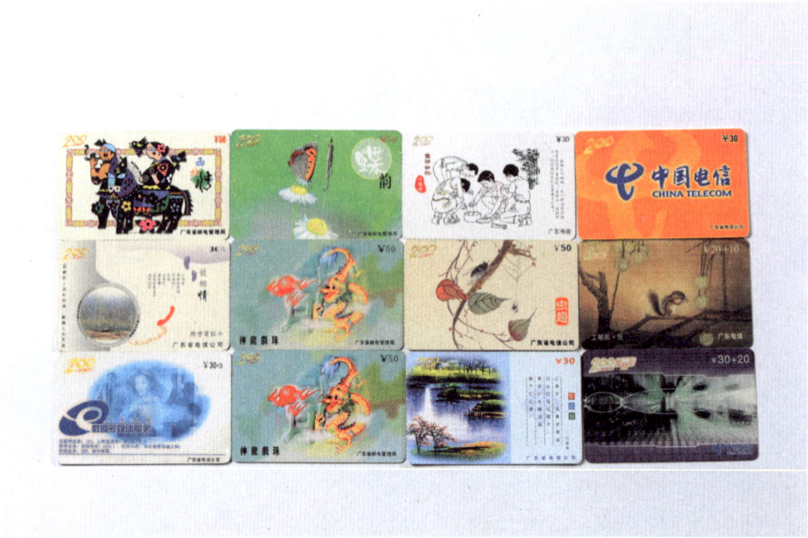

（左）我使用过的各类电话卡。
（右）我使用过的各类通信设备。

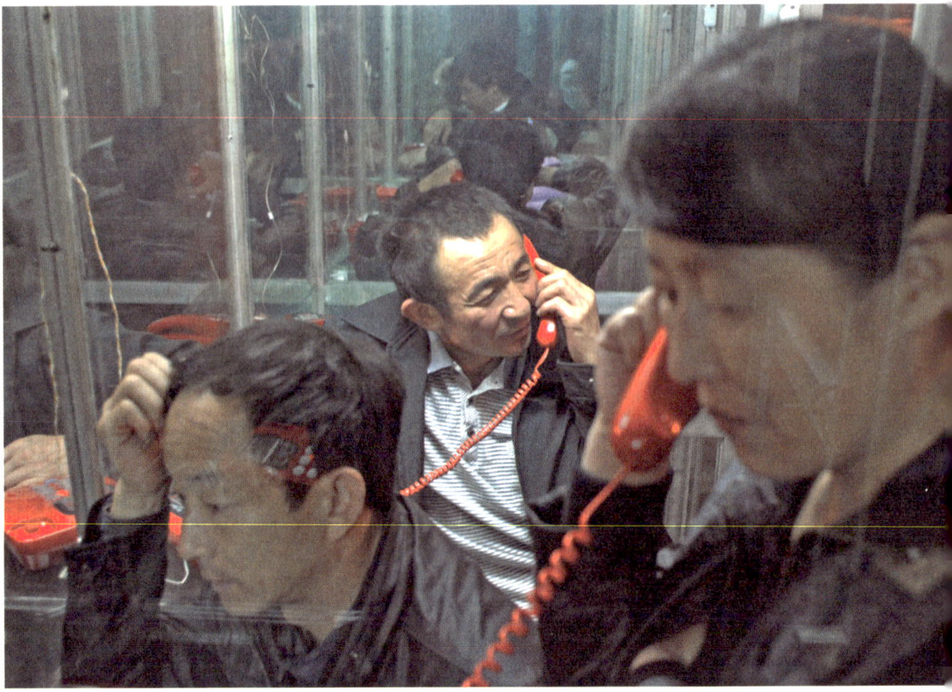

（左）2012年元旦，广东东莞，打工人在公共电话亭里给在家乡的亲人打电话。
（右）2016年6月1日，广东东莞，公共电话亭内的打工人。当时工业区的话费每分钟1角钱。

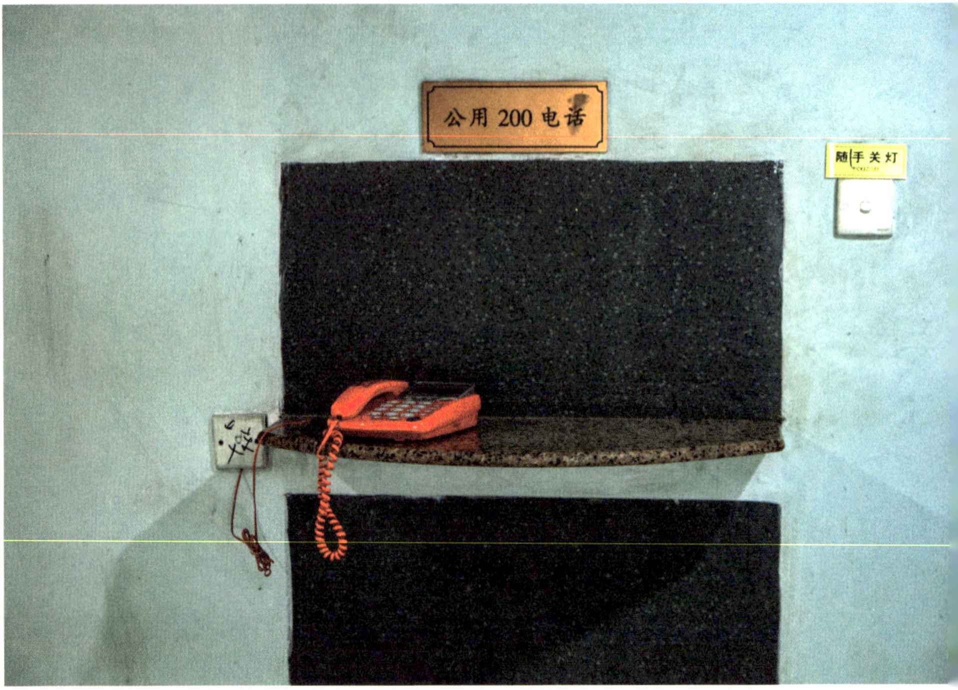
公用 200 电话
随手关灯

（左）2010 年 5 月 19 日，广东东莞某工厂宿舍楼的 200 电话机。
（右）2013 年元旦，广东东莞，有的工厂的集体宿舍里没有充电的地方，电子厂的打工人在集中充电处给手机充电。

# 工业区的爱情

打工是一场冒险之旅，打工爱情是一生的冒险。2008年以前，工厂18岁至25岁的年轻人占多数，工业区处处是旺盛的青春，荷尔蒙弥漫在空气中，恋爱、结婚、生子、搭伙、离婚、寻找真爱，工业区的爱情故事惊心动魄。

工业区流传着这样的说法：电子厂是姑娘村，五金厂是和尚庙，制衣厂是婶子店，玩具厂是三七队，印刷厂是七三队。这些，都是男女打工人的比例。

年轻，精力充沛，正是生产线所渴求的。处于青春期的年轻打工人，渴望与异性交往，但比例严重失调的性别结构，上班期间禁止说话，离开岗位必须领"离岗证"，下班后住集体宿舍，封闭式的管理，极大地限制了打工人们在工厂内部找异性朋友。

进厂打工超过两年，打工人就面临着交友、结婚的问题了。大多数人的选择，是利用春节回老家的机会，让亲友介绍本地的同龄人，然后交往，甚至一方辞掉原来的工作，跟随另一方去打工。另外一些人的选择是通过同事的介绍，与同事的亲友相亲。当然，也有一些人，是自己在工厂里找到的另一半。

打工人的婚恋，往往匆忙又慌乱。

上班时，人是流水线上的万能工具。上了工位，跟随流水线的节奏，白班、夜班、加班，永不停息，源源不断输入原材料，产出衣服、鞋、玩具、行李箱等。

终于等到下班，年轻人体内的荷尔蒙苏醒，急不可耐地去找恋人。成双成对的年轻人在工业区的林荫道席地而坐，开始了无他的卿卿我我。加班时间到了，又急急忙忙赶赴车间，恋爱也需要生存呀。

周末，工厂仍旧加班。赶上发工资的日子，工厂会开恩放假，国家法定节假日，也会象征性放假。但如果放假的时间长了，工友们不愿意，因为少了加班费，当月的收入会锐减。但加班不放假，就没有时间恋爱，生活就这么矛盾着，但还必须继续。

到了假日，街头，是打工的情侣们最常去的地方。工业区的草地、公园的长椅、路边的绿化带、工厂外的田野，随时可见在一起亲昵的情侣。私密的爱情展现在街头，那是生活的困境。

工厂外的短租房和小旅馆，是身处异地的情侣们最中意的地方。低廉的价格，独立的空间，让久别重逢的两颗年轻的心异常兴奋。工厂外的出租屋，恋爱中的情侣也中意，租房了，在交流中培养感情，共同体验生活。

拍拖一年半载后，老大不小了，到了该结婚的时候。出租屋成了婚房，没有车队迎送，有的是同事们在婚礼中开的小玩笑，有的是老家乡亲们的热情，有的是生产线上带回的坏情绪，有的是小两口磨合时不断产生的小插曲，有的是孕期种种不舒服的反应。

在孕期，准妈妈们还是要坚持上班。大多数工厂对孕妇的管理与普通员工无异，不允许她们上班时带食品，不允许随意走动，有些准妈妈甚至还在继续从事着有毒有害的工作。

曾经有个孕妇，下班时过闸机。正好赶上闸机坏了，她行走的速度太快，肚子撞到闸杆上，当时就痛得躺在地上，被保安送到医院后就流产了。

孩子出生，新一轮的难题也来了，工作和带孩子，必须选择一个。养孩子虽重要，但大多数打工人还是选择工作优先，把孩子留给老家的父母带。这些孩子，出生后不久，就成了留守儿童。

打工人，有情，有爱，却爱得艰辛，爱得沉重而不浪漫！

在工业区，也有跨国婚恋。制造业从发达国家向发展中国家转移，也带来了人口的流动，这些人即便在自己国家很普通，但在工业区担任着管理、技术、销售等中高层职位，收入明显比国内打工人高很多倍。他们以爱情之名伸出手时，小姑娘们往往趋之若鹜。最终，有一部分相爱成家，但还有一部分小姑娘，成了别人的"宠物"，用青春陪伴他们消磨漫漫长夜。

2006年8月13日，广东东莞，打工人在工厂外的绿化带旁拍拖。

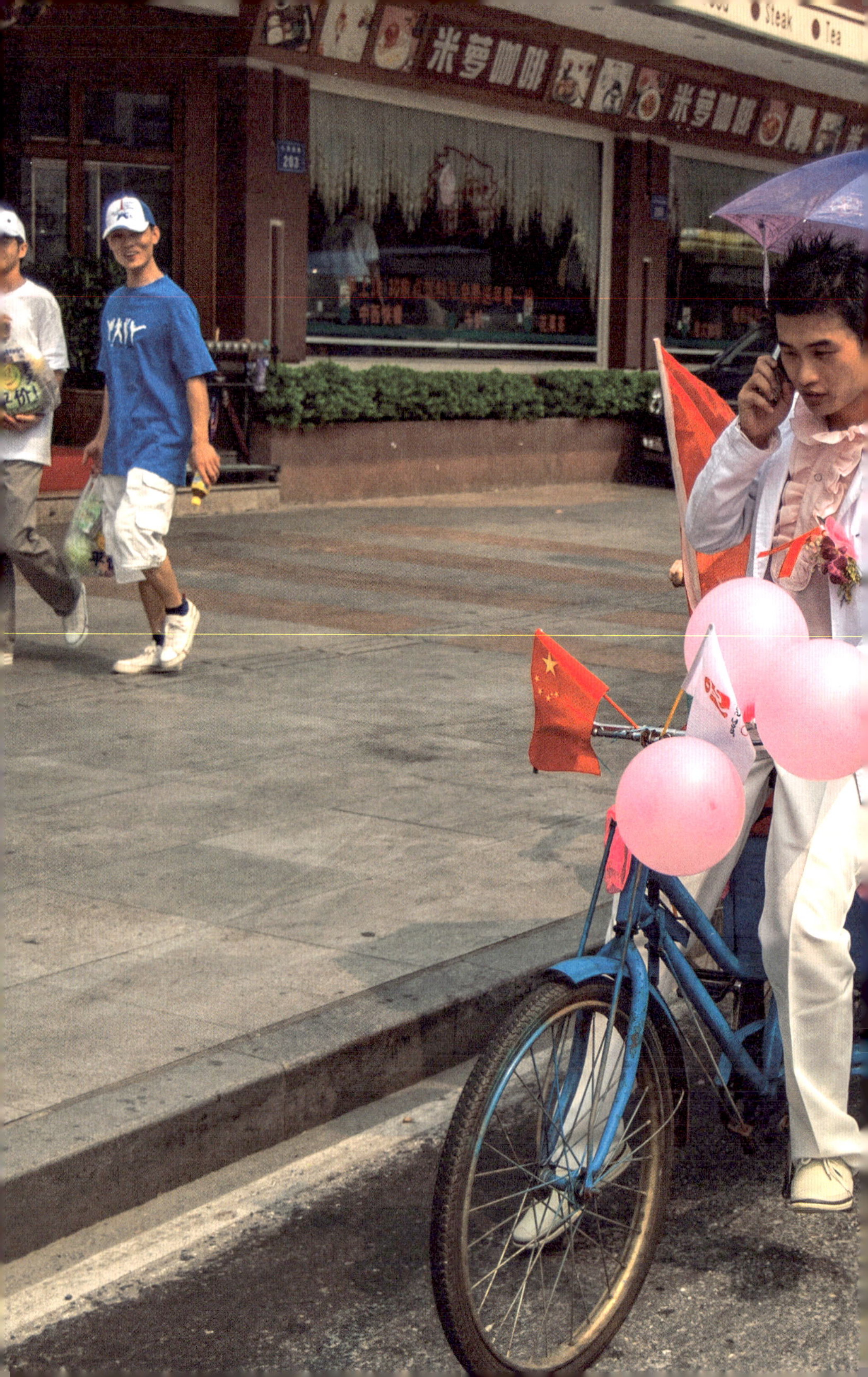
米萝咖啡
Steak
Tea
203
米萝咖啡

2008年8月10日,广东东莞,打工人在举行自行车婚礼。

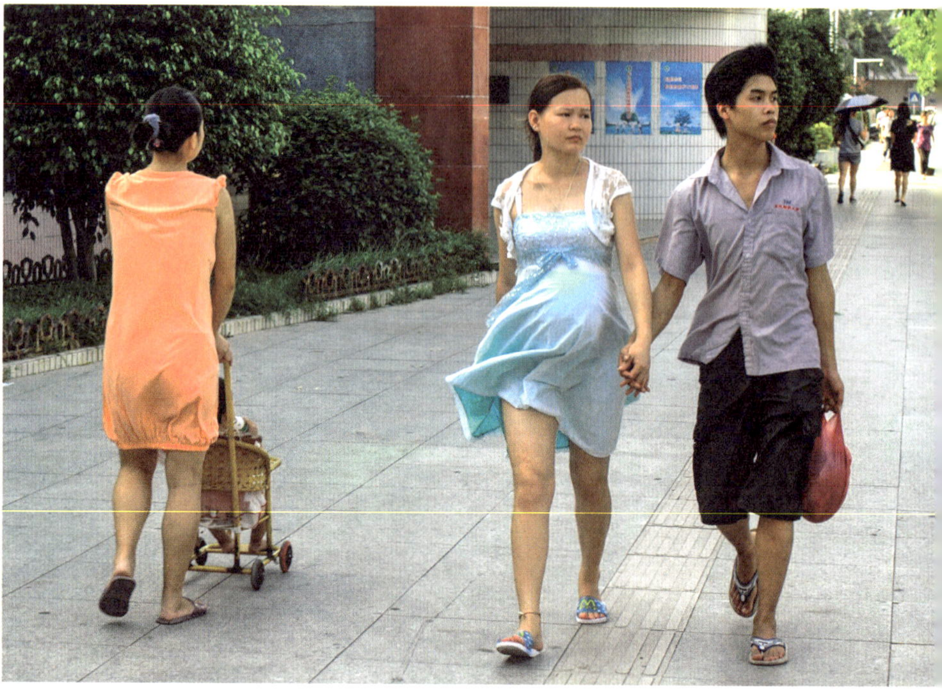

（左）2009年7月1日，广东东莞，一对打工夫妻从市场买菜后返回出租屋的途中。
（右）2012年9月5日，广东东莞，打工夫妻休息日带着孩子外出购物，中途坐在长椅上歇脚。

第三章 娱乐、爱情和发财梦

第一代打工人出来时，夫妇同时进厂，住在集体宿舍，晚上用一块布帘围着铁床，就过起了夫妻生活，一个宿舍同时有多对夫妻都是这样。

记得刚到东莞，寄宿在姐夫厂里的时候，听一个老乡讲了一个真实的段子。

说是有一对中年夫妻，男的在印刷厂，女的在制衣厂，两家厂相距约一千米。离印刷厂不远的地方，有一幢烂尾楼，夫妻二人每次下班后相见，就躲在烂尾楼里亲热，然后男的再送女的回厂。

有一天晚上，他们俩正在烂尾楼里亲热，突然闯进来几名治安员，用手电筒照在他们赤裸的身体上，说他们从事性交易，各罚3000元。

他们一再解释是夫妻，都无济于事，最后男员工所在厂的厂长来了，但他们夫妻又拿不出结婚证，最后还是被治安队罚了1500元，这是男人4个月工资的结余。后来，这事传到同事们的耳朵中，被当成笑话讲来讲去。

我收集的一则工厂管理通告，反映出其中隐藏的风险。

## 通告

接东莞市公安局通知，大量的信息资料表明：当前许多青年外来工恋人外出拍拖时，喜欢选择山林或荒野地方相处，而犯罪分子却利用在野外僻远难以求救的弱点，大肆进行犯罪活动。

在今年发生的杀人案中，有24%是青年男女在野外谈恋爱被抢且男青年被害的，而被劫后未造成伤亡的比去年同期也有上升的趋势。为了工厂职工的人身和财产安全，现工厂要求我厂职工在外出时，务必注意以下事项：

1.公安机关将在事故多发地点装置警示标志，一旦发现在宵禁地面拍拖或逗留者,将带回派出所备案处理。

2. 工余饭后,情侣们请不要在野外偏僻地带谈恋爱,而应选择工厂宿舍或附近地方聊天、谈心。

3. 如遇不测,不要轻举妄动,应当采取适当策略,灵活与犯罪分子周旋,脱离控制后尽快大声求救,争取巡逻人员或群众及时救助。

以上事宜,特此通告,敬请广大职工高度警惕!

人事行政部

一九九八年三月十二日

2010年,我到深圳公明看望一个曾经的同事,我们一起到工业区附近的公园逛。当我们沿着台阶,爬到公园的最高处时,那个凉亭,让我至今难忘。

"李娜:爱你是这样辛苦与痛苦!坚守或弃舍都会让我迷茫。你感应到我的心情了吗?哥到此一游!"

"华,我爱你!我好爱好爱你!我只想与你在一起,你知道吗?华,我真的不能没有你,玲儿。"

"华哥哥,我永远爱你,永远戴着你送的戒指,在来生等你!永远爱你的玲儿。"

"琳:遇见你是我这辈子最开心的事之一。谢谢你一直以来对我的好,我会好好地去维护我们之间的感情,更会用人生有限的时间去呵护你,疼爱你,一直到老! 2010年5月14日,黄鑫。"

"金品贤妻:朗朗青天为证,绵绵青山为鉴,与你结婚十多年一直不离不弃,以后也一样,生死永不分离,失去你,我愿意用生命向世界证明,爱情的坚贞和我内心的挚诚!"

这些字，用不同的笔，写在公园山顶凉亭的四处，成为打工人留下的爱情宣言。

十几年过去了，曾经人山人海的工业区，已经发生了巨变，来料加工厂搬走了，中小型民营企业入驻了原来的厂房，打工人在工业区也经历了多次离厂、求职、培训、上岗再离职等过程，那些爱情宣言有动荡吗？只有风吹过，只有天知道。

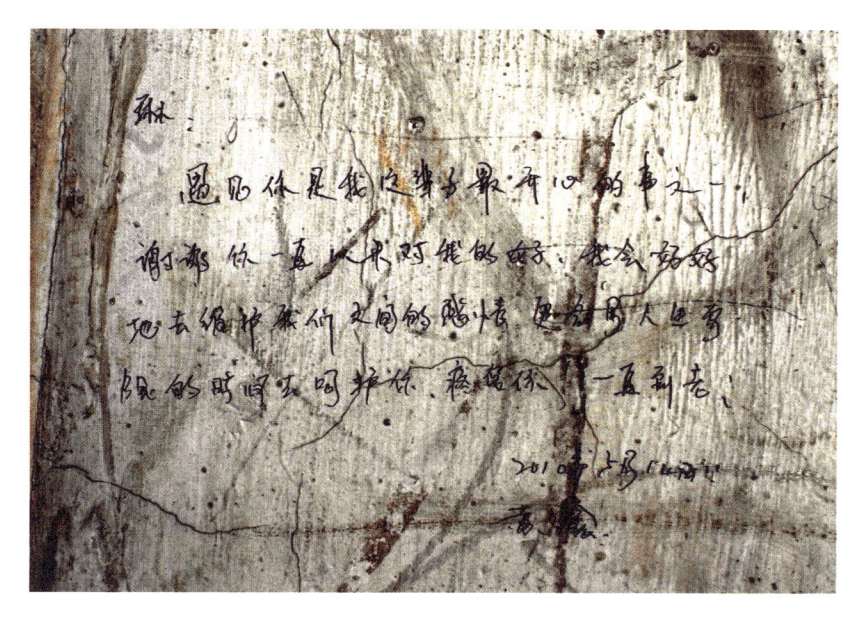

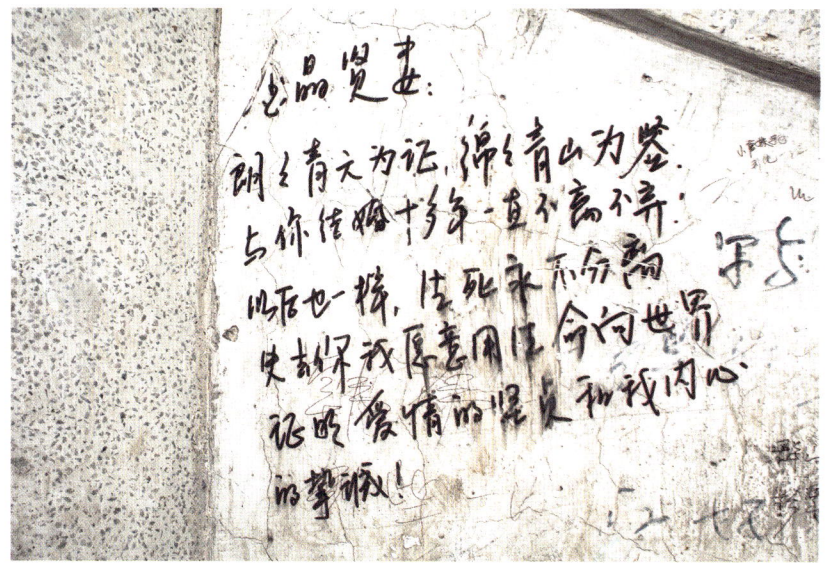

2010年6月19日，广东深圳。工业区公园凉亭里，打工人们写下的爱情誓言。

## 我写给妻子的信

1995年我到广东打工时已经22岁,每次回湖北老家,家里人总是忙着为我介绍对象,怕我娶不到媳妇。

我在工业区打工,工作不稳定,刚试着与看上眼的姑娘聊一下,还没进入拍拖,不是我被炒掉,就是我炒了老板。

表姐、表嫂先后为我介绍过很多姑娘,试着接触过,都没有特别的感觉。我虽然只是个打工仔,也不想在婚姻这件事上将就。

我和堂嫂的妹妹是小学和初中同学,我考上高中后,她先工作了一年,又去读了技校,后来在镇上的粮管所上班。她每天骑自行车上下班,会经过我家门口,有时也会到堂嫂家玩,堂嫂家就在我家正对面。

有一年春节,我从广东回到老家,恰好遇到了堂嫂的妹妹,就和她打招呼,还聊了一会儿。

堂嫂第二天到我家,问我有没有女朋友。我说没有,堂嫂说她妹妹也还没有男朋友,想把她介绍给我。我是农村娃,堂嫂的妹妹是商品粮户口,还有工作,我怕配不上她,就如实把担心告诉了堂嫂。堂嫂和她妹妹交流后,她妹妹愿意,我们就开始谈起了恋爱。

我依然在东莞打工,女朋友继续在老家粮管所上班。女朋友的家庭条件好,我们拍拖时,她家里已经安装了有线电话,那时有线电话安装费要 4000 元左右，每月的通话费还要另交。当时有 200 电话卡，我每次花 50 元买一张。晚上下班后，我骑自行车到离工厂两千米外的地方，找到 200 电话机，刮开电话卡的密码，先拨卡号，再拨密码，接通后就拨女朋友家里的有线电话号码。在电话接通前的瞬间，我心里像揣着几只兔子，七上八下跳个不停。

因为我打电话比较晚，女朋友的家人一般已经睡了，我俩聊起来就不用顾忌太多。虽然如此，话费每分钟要几角钱，我一边打电话一边心疼话费，很多时候都因为要省钱不得不挂断电话。挂断电话后，我有时仍在电话亭里站一会儿，回味一下刚才美好的时刻。

只打电话不过瘾，我们还会经常通信。晚上下班后，我以床为桌，把水桶反过来放在地上当椅子，拿出从各种渠道找来的信纸，写下我想对她说的话。当我把写好的信装进信封、贴好邮票，第二天交给送信的邮递员后，就盼着信能及时送到女朋友的手中，想象她拆开信的样子，想象她读信时的羞涩，想象信被她反复阅读，就觉得很开心。

每次拿到她的回信后，我都迫不及待地拆开，想看她给我带来了什么好消息。拆信的时候，我的耳朵都是红的，手激动得有些颤抖，信是爱，信是女朋友送到的荷尔蒙。

寄信用的是平邮，从东莞邮回湖北要一周左右，从湖北邮到东莞同样如此。每个月，我写两封信，女朋友也回两封。

1999 年 5 月，我和女朋友在老家举办婚礼，组成了小家庭。我们成家后，有一次回老家，整理旧物时，妻子拿出我写给她的信，问我要不要保留。我说这是宝，一定要留下来。后来，我把她写给我的信也带回去放在家里。她看了觉得羞死人，过去写得那么肉麻，怕别人看到，就一把火烧掉了。现在家里只留有我写给她的信，随手选了几封，放在这里。

FL：

　　现在秋季收购工作已经结束了吧，你也该轻（清）闲一下了。

　　收到你的来信，阅后一切尽知。其实，我目前的生活习惯和当兵时差不多。记得我在康定当兵时有一次给我姑父家打电话足足等了四个钟头，因为康定太落后，那时还未有程控电话，全靠人工转接。而且这个电话也是三年中给家里唯一的一次电话，所以特别盼收信。从来信中可以知道家中的一些情况，还能了解外面精彩的世界以填补驻地康巴高原的荒凉。现在到了广东，虽然打电话十分便捷，但收阅信件仍是一种乐趣。有时收到你写的信后连看三遍还觉得不过瘾。特别是想你的时候，拿出你写的所有来信，看看那熟悉的照片，真可以消除暂时的相思之苦。

　　我认为两个人相处，最主要的是理解对方。每一件事都应站在对方的立场上去考虑再权衡才不致（至）于独断。我们婚期的决定就是一个例子吧。我俩结婚以后，凭你的聪慧、善解人意和我的性格及我的宽容，和睦相处应该是很正常的。凭我的感觉，我们会是很好的知心朋友，我们的小家中是不会有"战争"的，你说呢，我的玲。

　　前次买了一块石英表给你邮回去了，在收到信时你应该已经把它戴上了。因为东莞这地方没有深圳那么繁华，有的东西品种就单一，而你又要求是黑色圆盘的，所以选择了一只双狮的。希望你能喜欢。

　　目前我很想学习电脑知识，所以初步打算自己去买一台比较便宜的，但如果没有合适的，也可能不会去买。我觉得电脑这东西以后带回家也都派得上用场，起码你可以学会，高兴的时候还可以用来当游戏机用。

　　又值秋季，天气变化无常，要多注意自己的身体，平常注意合适穿衣以防感冒。你爸的身体现在不是很好，平常你回家后多同老爸谈谈心，多帮家人做点事，别给老人家们添烦恼。如若有什么烦恼，告诉我之后自然会替你分担。

牵挂你的人是我！<br>时刻想你的有兵<br>98.10.21

FL：

特想你！

　　下午刚收到你写的来信。看完信后再拿出你送给我的那些像（相）片一起欣赏，好爽！

　　谢谢你又为我织好一件毛衣，因为广东的冬天并不很冷，而且我还有一件羊毛衫在，所以就暂时放在家，等我回去后再穿。千万别寄过来，好吗？

　　我在外做事，知道"万事和为贵"的道理，在广东近3年了，虽然干的工作大部分是得罪人的，但处理得当，从未和别人发生口角或是动手打架之类不愉快的事，所以你要相信我会平平安安地度过每一天。

　　上周日和几个同事到公园去玩了一下，因为别人带有相机，就顺便照了两张像（相），今邮一张给你，看怎么样？

　　目前这里的天气比较好，一般白天穿一件衬衣就可以了，中午穿外裤、T恤都感觉不到冷。当地农民正在收水稻（晚稻），甘蔗也差不多成熟了，差不多每周都有本地的同事送一些给我们吃。

　　我的工余生活也比较充实，主要是练习毛笔字、打篮球、乒乓球，看一些名著、管理方面的或是电子等方面的书籍，有时自己也买书，但向别人借着看的也不少，不知道你的八小时之外是怎么度过的？是否有空虚的感觉？这里有几个趣味问题，试着做一下吧。

　　1）偷什么东西不犯法？

　　2）太监进宫前的最后一声呐喊是什么？（一首歌名）

　　3）十棵树栽五行，每行四棵，怎么栽？

　　4）一未婚男子和他女朋友及未来丈母娘到公园去划船，船行到河中间，丈母娘问男子，如果此时船翻了，你先救谁？这个男子怎样回答才能令丈母娘满意？

想你的有兵<br>98.11.12 晨 4:00<br>东莞

FL：

好想你！

我离家到这里也有一周多的时间了，说真话，我除了想你和儿子外，心中还是想儿子和你，但因为离开这里回家时遗留了一些问题需要处理，故等今天才写信给你。

首先告诉你一个好消息，3月28日我们厂建厂3周年的厂庆日，因为要上班做事，所以把庆祝厂庆的游园活动推迟到了3月31日，当时的气氛很热闹。厂庆结束后我收到了一些当时未发完的礼品，今邮一个小包裹给你，希望你能发现你喜欢的。

从我这次返回工厂时的势头看，我们公司仍旧效益欠佳，从老板讲话的语气看，我们公司可能仍会裁员，当然根据我个人的观察，我有可能会被炒鱿鱼，但我也不是很担心，大不了重新进入人才市场择业而已，或许我会找到更高收入的职位来做工。

老公今年的心愿就是把我们所有的欠债全部还清，到年底由债务人变为债权人，再有结余的钱的话，我们得为儿子将来的教育经费做储备了。当然，保持目前的状态的话，我一定会给你买链坠和耳环。

老婆，你在家除了工作和家务外，得抓紧时间把你的专业和电脑都练得精一点，人要有紧迫感，当你被你今天所在的单位辞退时，你才能走向一个更好的机会，那是因为你有娴熟的业务做保障。

千言万语对你来说是没有必要的，因为你是我心中的精灵，你会感知我所说和我所做的一切，那就让我们暂且告一段落吧。

祝老婆：更上进！更漂亮！

祝儿子：更活泼可爱！

祝妈和所有家人

更加幸福！

占有兵

写于东莞

2001.4.2

2000年，儿子出生，妻子在老家一边上班，一边带孩子。2004年，儿子读幼儿园中班时，一是遇到粮管所改革，一是我租下了一个杂货店，妻子便带着儿子来到东莞和我团聚，我们住在出租屋中，开始了全家在东莞的奋斗历程。

之后自然会婚后分担。

爱抚你的人是我！

听你又要求是黑色圆扇的，所以选择了一只双狮的。希望你能喜欢。

目前我很想学习电脑知识，所以初步打算吧……
如果没有合适我俩有电脑，张哥也用过，何时候还……

要你多穿点以防感冒。好，平常你帮家人你顺便。如……

相思之苦。

我认为两人相处，最多要能思想解对方。每一件事都应尽可能从双方的立场上去考虑，再权衡才不致了结断。我们婚期的决定就是一个例子吧。我俩结婚118后，

……我的愿望……

现在（秋高气爽时的）工作已经结束了吧，你也该轻闲一下。

收到你的来信，顿感一切尽知。其实，我目前所接信的慢初步感受，时差不多。记得我在康定出差时有一次给我幼儿园打电话足足等了四个钟头，原物康庭太脏后，那时还未有摇控电话，全靠人工接线。而且这个电话也是半年中给家里唯一的一次电话，所以特别盼收信。从来信中可以知道家中的一些情况，还能了解外面精彩的世界以情绪舒畅地康吧高度的荒凉。现在到了广东，虽能打电话十分便捷，但收阅信件仍是一种乐趣。有时收到你写的很后连看三遍还觉得不过瘾。特别是想你的时候，拿出你写的所有来信看看再翻翻是你的照片，真可以路路好好的。

我写给妻子的部分信件。

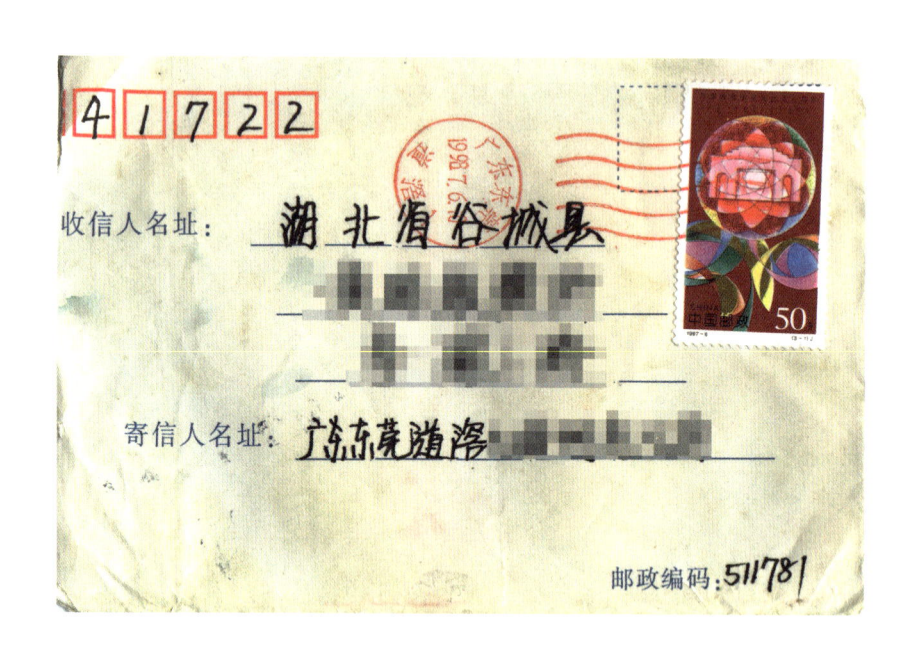

当时从东莞到湖北，信件要一周左右才能寄到。

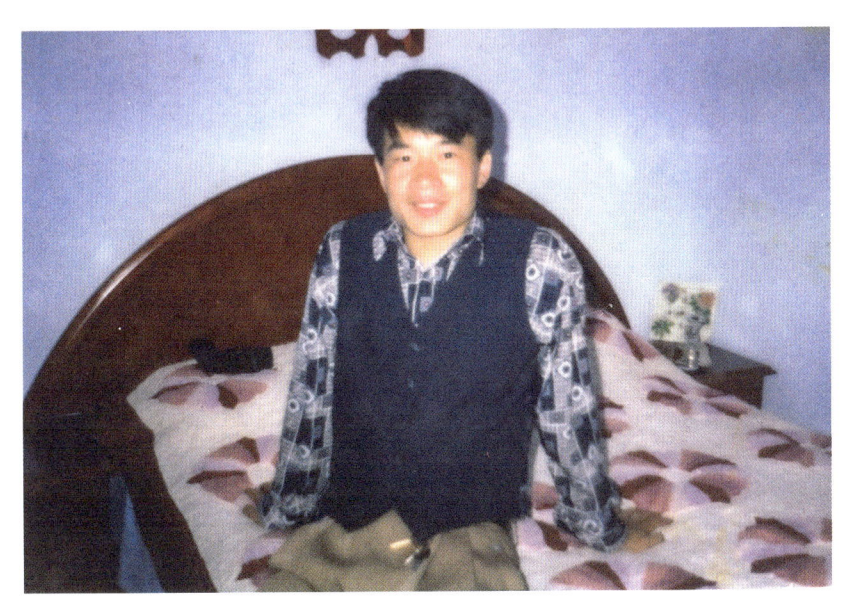

（上）1999年，我和妻子在镇上的小照相馆拍摄的结婚照。
（下）1999年5月1日，我在湖北省谷城县庙滩镇老家结婚时的留影。

## 打工人的发财梦

"东西南北中,发财到广东。"

这是 20 世纪八九十年代特别流行的顺口溜。当时,我们鄂西北的老家比较落后,很多人还穿着打补丁的衣服,住着茅草屋,一年到头仅靠几亩田地的微薄收入来维持一家子的生活。

也有人到广东打工,回家时抽着万宝路香烟,穿着西服、皮鞋,说深圳处处能挣钱,电线杆上贴着招工广告,下班后口渴就买健力宝喝,在工业区捡破烂一个月能挣几百元。当时我姑父是县里的一个科长,每月工资才 200 多元。因此听到这些话,老家的人难免蠢蠢欲动。

堂姐夫在建筑工地打工多年,他认为在工厂上班稳定,不受天气影响,干的活儿比工地轻松,收入也不少。于是,1993 年过完春节后,他和堂姐把孩子留给父母,随着县劳动局组织的劳务输出到了深圳。第二年春节回老家时,堂姐和堂姐夫把妹妹也带上了,并且帮妹妹垫付了车费。等妹妹入厂后上班挣了钱,才还给他们。

当时对老家的很多人来说,到广东的车费是很大一笔钱。把牛卖了,粮卖了,猪卖了,凑够车费,搭上长途客车时,同车的人两眼放光,憧憬着一夜暴富。

我学会拍照后,和一些工友进行交谈,他们离开老家闯广东的经历,就是"发财到广东"的湖南版本、江西版本、广西版本、河南版本、四川版本……

但当落地工业区,打工人才发现面对的现实是,每天在生产线上辛辛苦苦地干活,青春逐渐逝去,得到的回报却极少。用这些回报,无法照顾好老人,无力亲自抚养孩子,更无力为自己的疾病买单。

在工业区,彩票投注站随处可见。晚饭后,打工人揣着省下的早餐钱,迈着自信的步子走进投注站,将心底酝酿了一天的号码变成一张张彩票,然后满怀期望,不断地做着发财梦,预想着中奖后的种种打算,等待开奖的那一刻。

开奖了,期望落空了。继续省钱,继续买彩票,偶尔中个10元的小奖,就更自信了,相信好运即将来临,投的注也更大了,结果依旧在买彩票、盼中奖、开奖落空中重复。

憧憬着一夜暴富的打工人,也容易掉入传销的陷阱,甚至走上坑蒙拐骗的道路。

"90后"的侄儿,不到17岁来到长安镇,加入了打工大军。他租了一间房子,抽烟要上档次的,每月的工资基本都不够开销。他说过18岁生日时,要到夜总会去庆贺,准备花费5000元。他的父亲是工厂里的搬运工,母亲是工厂里的清洁工。我问他,过生日会请父亲和母亲一起去夜总会吗?他笑了,说老年人和年轻人玩不到一起去,另外他们太土了,去了也不协调。

侄儿在工厂干了一年后,有天在篮球场见到我,说他申请辞工了,准备到东北去当店长。我一听有些纳闷儿,让他把详细情况讲一讲。他说有个同学在东北做生意,缺人手,请他去当店长,工资比现在高很多。

我分析了一下,侄儿年纪小,只有一年的打工经历,没有任何经营生意的经验,而他的同学也是同龄人,怎么会有钱来投资生意?既然如此,多次打电话催侄儿去,一定是传销。

侄儿没在意我的话,兴高采烈地去了东北。后来听哥哥说,侄儿打电话回家要钱投资,再后来把自己的亲弟弟也带了去。

过了一年半,两个侄儿又来到广东。问他们在东北如何,小侄儿既羞涩又无奈地道出在东北搞传销的实情,说有时候连饭都吃不饱,只能捡菜叶吃。

1996年初,我在LW大酒店当保安。有天上完夜班,白天正在宿舍里睡觉,突然闯进来几个警察,我吓蒙了,快速把所有干过的坏事回忆了一遍:晚上偷喝过客人寄存的酒,偷吃过中餐厅的点心,在岗位上偶尔打过瞌睡,但没有可以被抓走的事情呀。

这时,我对面床上的武汉老乡突然站了起来,绕过几个架子床,急急地向外走。警察全部扑向他,把他摁在床上,戴上了手铐。

事后我从保安经理处得知,那个武汉老乡前一天晚上和塑胶厂的几个老乡合作,偷了两大货车塑胶原料,卖给收废站,他分了4000多元,差不多是我一年的工资。塑胶厂的几个老乡分完钱后就跑了,他以为没事,就回宿舍睡觉。

急于摆脱贫困时,人就容易短视,仿佛有钱了,一切都会云开雾散,但现实情况要复杂得多。

当然,也有些打工人,得益于自身的某些特质,抓住了一些机会,一定程度上实现了"发财到广东"的梦想。

江西的阿林,1998年到广东打工,在电镀厂当学徒。当时他只有

16 岁,经常被车间的人叫"小孩子"。但就是这个小孩子,跟着香港师傅学手艺、学为人处世,赚钱多的事抢着学,越干越出色,后来自己当师傅,当主管,当业务员,还和朋友一起开小作坊,当老板。现在,阿林有自己的电镀化工厂,有实验室,产品远销国内外。2021 年,他还在报名自修大专,他说人活着,多学习才不会轻易被淘汰。

湖南的小梅,1990 年老公到广东挖煤时发生矿难,当时她怀着孕,还有个 2 岁的女儿。煤矿赔偿的钱被公公和婆婆保管,她带着孩子种田过活,辛辛苦苦一年,年底结余不到 200 元。

1992 年,小梅决定到广东打工,孩子留给公公婆婆,她承诺不会改嫁,每年春节回家一次。到广东的路费,由堂叔担保,从信用社贷款了 200 元。到广东后,小梅进了一家箱包厂,从员工干起,先后任电车工、副组长、组长、总经理助理。

在工厂 32 年,小梅在老家县城为儿子买了房。女儿嫁到了安徽,第二个外孙出生时,她去过一次。但因为从小到大,小梅陪伴女儿的时间很有限,女儿跟她不亲,相处了一周,两人总是吵架。

2007年元旦，广东东莞长安镇长安广场举行现场抽奖活动，2元钱买一张彩票，现场开奖，吸引了数以万计的打工人前往购买。

生
18万
福利彩票 利国利民
一等奖18万
二等奖5000元
三等奖1000元
四等奖100元
五等奖10元
六等奖2元
红K
红Q、方J
红九、花十、方九
黑七、花七
红六、黑六
红二
公平
2元+爱

第四章

# 人为什么活着

> 我们出来打工的目的很明确，讨生活嘛。现在这一代的孩子出来的目的不一样了，他们把这当作一个临时过渡期，可大部分人永远在临时过渡，人生没有方向，很盲目。

# 女工的 QQ 空间

有几个女工友，我曾到工厂拍过她们，加了 QQ，以便把照片传给她们。有一次无意中翻看她们的 QQ 空间，觉得特别有意思，就摘录了一些。

阿兰，出生于 1995 年 2 月，广东化州人，在东莞一家玩具厂从事玩具包装工作，2013 年 11 月入厂，初中文化。
以下内容摘自阿兰的 QQ 空间。

---

**玩具厂—阿兰** 2011 年 12 月 29 日 18:34 来自 Android 浏览 (10)

有时候，我们把自己弄丢了。
有时候，莫名的心情不好，不想和任何人说话，只想一个人静静地发呆。
有时候，突然觉得心情烦躁，看什么都觉得不舒服，心里闷得发慌，拼命想寻找一个出口。
有时候，发现身边的人都不了解自己，面对着身边的人，突然觉得说不出话。

有时候，感觉自己与世界格格不入，曾经一直坚持的东西一夜间面目全非。

有时候，突然很想逃离现在的生活，想不顾一切收拾自己简单的行李去流浪。

有时候，别人突然对你说，我觉得你变了，然后自己开始百感交集。

有时候，希望时间为自己停下，就这样和喜欢的人地老天荒。

有时候，在自己脆弱的时候，想一个人躲起来，不愿别人看到自己的伤口。

有时候，突然很想哭，却难过得哭不出来。

有时候，夜深人静的时候，突然觉得寂寞深入骨髓。

有时候，走过熟悉的街角，看到熟悉的背影，突然就想起一个人的脸。

有时候，明明自己心里有很多话要说，却不知道怎样表达。

有时候，觉得自己其实一无所有，仿佛被世界抛弃。

真的只是有时候，明明自己身边很多朋友，却依然觉得孤单。

有时候，很想放纵自己，希望自己彻彻底底醉一次 。

有时候，自己的梦想很多，却力不从心。

有时候，常常找不到事情，无聊得无所适从。

有时候，突然找不到自己，把自己丢了。

有时候，心里突然冒出一种厌倦的情绪，觉得自己很累很累。

有时候，看不到自己未来的样子，迷茫得不知所措。

有时候，发现自己一夜之间长大了。

有时候，听到一首老歌，就突然想起一个人。

有时候，希望能找个人好好疼爱自己，渴望一种安全感。

有时候，别人误解了自己有口无心的一句话，心里郁闷得发慌。

有时候，常常在回忆里挣扎，有很多过去无法释怀。

有时候，渴望一场轰轰烈烈的恋爱，很想去做一些疯狂的事。

有时候，渴望别人的关怀，渴望一份简单的快乐。

有时候，看着时间一点点流逝，自己却无能为力。

其实，真的只是有时候会想这么多……

**玩具厂—阿兰** 2014 年 3 月 18 日 21:23 来自 Android 浏览 (34)

今天竟然有一个男的问我跟我男朋友什么时候分，神经病的！！！

**玩具厂—阿兰** 2014 年 3 月 27 日 21:33 来自 Android 浏览 (20)

在茫茫人海间能在对的时间遇到对的人，最后还能在一起，这样的概率太小太小了，小到我不敢说……

**玩具厂—阿兰** 2014 年 3 月 27 日 21:52 来自 Android 浏览 (23)

被爱情冲昏了头……

**玩具厂—阿兰** 2014 年 3 月 29 日 13:27 来自 Android 浏览 (28)

我们都说过无论以后怎样都要好好的，不要忘了当初有谁天真许下的承诺，不管贫穷富有都要好好的。

**玩具厂—阿兰** 2014 年 3 月 30 日 13:24 来自 Android 浏览 (19)

什么嘛，吃自己做的饭也会拉肚子，我技术没那么差吧？？？？

**玩具厂—阿兰**　2014 年 4 月 7 日 20:48 来自 Android 浏览 (20)

谈恋爱只不过如此……

**玩具厂—阿兰**　2014 年 4 月 12 日 20:03 来自 Android 浏览 (28)

以后的一切都得靠自己,别想着指望别人。加油!!!

**玩具厂—阿兰**　2014 年 4 月 12 日 23:02 来自 QQ 空间触屏版 浏览 (43)

谁那里有什么好工作介绍的?我快失业了……

**玩具厂—阿兰**　2014 年 5 月 24 日 22:50 来自 Android 浏览 (53)

买了四瓶酒,想把自己灌醉。真的醉了!!!!!

**玩具厂—阿兰**　2014 年 5 月 25 日 20:11 来自 Android 浏览 (49)

一个人的晚餐,一点味道都没有,吃盐都是淡的……

**玩具厂—阿兰**　2014 年 6 月 11 日 19:31 来自 Android 浏览 (32)

老公,加油!!!!!

**玩具厂—阿兰** 2014年7月14日 22:21 来自 海信 浏览(17)

臭男人一个，贱！！！！

**玩具厂—阿兰** 2014年7月14日 23:56 来自 海信 浏览(155)

我现在连哭都哭不出来了，这到底怎么回事？

**玩具厂—阿兰** 2014年8月1日 12:03 来自 海信 浏览(50)

以前上班是好累，而现在是超累！！！

**玩具厂—阿兰** 2014年8月3日 00:09 来自 海信 浏览(25)

今天一点都不开心……

**玩具厂—阿兰** 2014年8月3日 00:28 来自 海信 浏览(28)

男人有没有都无所谓。

**玩具厂—阿兰** 2014年8月5日 21:44 来自 海信 浏览(164)

你从来不愿意跟我拍一张照片，我不知道为什么。两年了，一张照片都没有。

> **玩具厂—阿兰** 2014年8月16日21:35 来自 海信 浏览(36)
>
> 一个个都结婚了，唉！时间怎么过得那么快？？？？？

> **玩具厂—阿兰** 2014年8月23日17:32 来自 海信 浏览(19)
>
> 明天没假放，烦哦！！！

  阿倩是东莞一家鞋厂的员工，打扮得很潮。我拍摄过阿倩多次，她也成为《影像长安》杂志的封面人物，肖像还随展览在北京等地展出。有次我同她沟通，想拍摄她下班后在出租屋里的生活，她说妈妈不同意，妈妈不理解年轻人的事。

  阿倩是湖北咸宁人，1994年出生，她的妈妈、哥哥和姐姐也都在长安镇打工。

  16岁时，她离开学校，随妈妈到了长安镇，通过老乡介绍进厂。鞋厂有很多她的咸宁老乡，他们大部分于20世纪90年代进厂打工。工厂经历了从400多人到5800多人的发展，随后又进入衰退期。2016年起，工厂规模逐步缩小，2018年底关掉，阿倩也被裁员。

  失业后，她在工厂8年熟练掌握的电车技术毫无用处。后来，初中毕业的她学习了会计相关知识，当上了文员。

  以下内容摘自阿倩的QQ空间。

**鞋厂—阿倩** 2013 年 12 月 13 日 12:09 来自 QQ 空间触屏版 浏览 (353)

事实证明，我是一个特别二的人，我就是一个二百五。可是这个世界就是需要一群二百五的存在，不然这个世界怎么平衡？现在才知道我的重要性啊。

**鞋厂—阿倩** 2014 年 1 月 1 日 19:36 来自 步步高 vivo S7（白色）浏览 (284)

2014 年的第一天，无聊到极点。

**鞋厂—阿倩** 2014 年 1 月 14 日 22:31 来自 联想 S820（黑色）浏览 (155)

你改变不了昨天，但如果你过于忧虑着明天，那将会毁了今天。

**鞋厂—阿倩** 2014 年 1 月 15 日 12:35 来自 联想 S820（黑色）浏览 (419)

有一天你会明白，善良比聪明更难。聪明是一种天赋，而善良是一种选择。

**鞋厂—阿倩** 2014 年 2 月 26 日 18:11 来自 iPhone 浏览 (150)

男人总是说，假如我没钱、没车、没房、没钻戒，但我有一颗爱你的心，你愿意嫁给我吗？我想说， 假如我没胸、没屁股、没相貌、又黑又矮，没钱也不工作，同时脸上还有一颗直径五厘米的大黑痣，但我有一颗爱你的心，一颗善良的心，你愿意娶我吗？

**鞋厂—阿倩** 2014 年 3 月 15 日 17:37 来自 iPhone 浏览 (147)

有钱人喜欢说"钱不是万能的",长得好看的人喜欢说"其实长相并不是最重要的",瘦子喜欢说"其实胖一点好,健康",努力的人喜欢说"努力并非决定性因素"。他们只是虚伪地随口说说,我们却都认真地信了。

**鞋厂—阿倩** 2014 年 4 月 14 日 21:25 来自 iPhone 浏览 (340)

世上没有一件工作不辛苦,没有一处人事不复杂。即使你再排斥现在的不愉快,光阴也不会过得慢点。所以,长点心吧!不要随意发脾气,谁都不欠你的。学会低调,取舍间必有得失,不用太计较。要学着踏实而务实,越简单越快乐,越努力越幸运。当一个人有了足够的内涵和物质做后盾,人生就会变得底气十足。

**鞋厂—阿倩** 2014 年 4 月 19 日 19:50 来自 iPhone 浏览 (221)

有时候,就是想大哭一场,因为心里憋屈。有时候,就是想破口大骂,因为心里不爽。有时候,就是想安安静静,因为我对于生活真的欲语而泪先下。

**鞋厂—阿倩** 2014 年 5 月 11 日 20:52 来自 iPhone 浏览 (214)

我对人越来越冷淡,不乱发脾气,也学会了忍让,慢慢地有了一颗成长的心,开始害怕听到任何与病痛有关的事,最大的心愿变成了全家人身体健康。相比一两年前迫不及待要去看远方的心,我更希望花十分之九的时间在温柔灯光下和老妈吃完一餐饭。

> **鞋厂—阿倩** 2014 年 5 月 23 日 22:55 来自 iPhone 浏览 (310)
>
> 我今晚下班后吃了一个苹果，吃了三个西红柿，吃了两包豆腐，吃了一包海带，吃了十几颗李子。表示我是不是太能吃了。

> **鞋厂—阿倩** 2014 年 5 月 25 日 16:45 来自 iPhone 浏览 (334)
>
> 啦啦啦，在京东买的包到手啦，老人头 LAORENTOU 新款单肩女士手提包。快递简直就是飞毛腿。

> **鞋厂—阿倩** 2014 年 5 月 29 日 19:20 来自 iPhone 浏览 (455)
>
> 今天心情不错。请允许我小小地自恋一下。

> **鞋厂—阿倩** 2014 年 6 月 13 日 11:06 来自 iPhone 浏览 (326)
>
> 生病好啊！苦逼的我昨天打点滴打了二瓶。今天更好玩，来个四瓶。有意思啊。起码不用上班。

> **鞋厂—阿倩** 2014 年 6 月 16 日 07:26 来自 iPhone 浏览 (205)
>
> 生个病，休息了三天，还是划得来了。满血复活、兢兢业业上班去。

> **鞋厂—阿倩** 2014 年 6 月 17 日 13:01 来自 iPhone 浏览 (137)
>
> 其实有时候在街上手机不离手，不是有多想玩，而是为了掩饰自己没人同行的尴尬。——此语道出很多人的心声。

**鞋厂—阿倩** 2014 年 6 月 26 日 17:36 来自 iPhone 浏览 (373)

欧耶，欧耶，欧麦嘎。又不加班，爽歪歪。

**鞋厂—阿倩** 2014 年 7 月 2 日 21:45 来自 iPhone 浏览 (174)

最怕拼了命地珍惜，到最后还是什么都留不住。静守时光，以待流年。

**鞋厂—阿倩** 2014 年 7 月 11 日 12:05 来自 画心 iPhone 4s 浏览 (563)

人的潜力是可以激发的，比如说你给我 50 斤的砖，我可能拎不动。但你要是给我 100 斤的人民币，我肯定拎起来就跑。

**鞋厂—阿倩** 2014 年 7 月 14 日 20:37 来自 画心 iPhone 4s 浏览 (141)

如果我突然在人群中很疯或者沉默，那时一定很难过。我越来越讨厌自己，总是卖弄自己虚有其表的口才。其实一点用处都没有。只有一颗虚荣的心，社会处处都是坑，出了这个坑又掉进了另一个坑。老天你要是弄不死那些黑心的人，请你弄死我！

**鞋厂—阿倩** 2014 年 7 月 17 日 20:43 来自 画心 iPhone 4s 浏览 (177)

多少人在异乡城市打拼，忍受着孤独寂寞，下雨了没人送伞，开心的事没人可以分享，难过了没人可以倾诉，一个人走完四季，冷暖自知。人生就是这样，耐得住寂寞才能守得住繁华，该奋斗的年龄不要选择了安逸，度过了一段自己都能感动的日子，就会遇见那个最好的自己，踏实一些，你想要的岁月统统会还给你。

> **鞋厂—阿倩** 2014 年 8 月 2 日 12:07 来自 画心 iPhone 4s 浏览 (231)
>
> 衣服好贵，包包好贵，化妆品好贵，好才贵！喜欢了，该买就买。过了那个年龄段，心境不一样，一切都贵了，30 岁买一堆之前舍不得的玩具，还有意义吗？70 岁买一堆护肤品，能恢复到 18 岁的年纪吗？

阿珍是一家电子厂流水线上的女工，"90 后"，中专毕业，来自湖南永州。2013 年全国农民摄影大展要物色一些基层打工人，用相机拍摄自己的生活。我作为指导老师，认识了阿珍。3 年后，她离开电子厂，开了一家化妆品店。

以下内容摘自阿珍的 QQ 空间。

> **电子厂—阿珍** 2013 年 4 月 10 日 11:54 来自 vivo X3T 浏览 (122)
>
> 很多时候，情感在利益面前真的是太脆弱，不堪一击。这就是所谓的现实吗？

> **电子厂—阿珍** 2013 年 7 月 21 日 10:17 来自 Android 浏览 (183)
>
> 面对别离，我终究是个懦夫。忍得住眼泪不外流，却止不住内心的真实感受……

**电子厂—阿珍**　2013 年 7 月 31 日 16:57 来自 vivo X3T 浏览 (79)

走着、走着，沿途的风景越来越模糊，都快认不清自己的样子。

**电子厂—阿珍**　2013 年 8 月 13 日 16:55 来自 vivo X3T 浏览 (121)

有人思念，再长的夜，也是短的。

**电子厂—阿珍**　2013 年 8 月 25 日 19:56 来自 vivo X3T 浏览 (75)

做最真的自己，遵从自己内心的意愿，让懂的人懂，让不懂的人不懂，不管岁月流年，不管蜚语流言。

**电子厂—阿珍**　2013 年 8 月 27 日 12:21 来自 vivo X3T 浏览 (75)

一个人最幸福的时刻，就是找对了人。他纵容你的习惯，并爱着你的一切。

**电子厂—阿珍**　2013 年 8 月 27 日 14:51 来自 vivo X3T 浏览 (210)

传说中的爱情是不是这样的：枯藤老树昏鸦，晚饭有鱼有虾，空调 WIFI 西瓜，夕阳西下，你赚钱我败家。

**电子厂—阿珍** 2013 年 9 月 13 日 00:47 来自 vivo X3T 浏览 (98)

握着笔却不知道该如何书写自己，翻着好友列表怎么都找不到一个可以倾诉的对象。泪划过脸颊，湿了枕芯……原来我还是那么脆弱。

**电子厂—阿珍** 2013 年 10 月 2 日 21:53 来自 vivo X3T 浏览 (110)

心里苦的时候，就给自己买个 5 毛钱的棒棒糖。

# 女工阿琴的 20 年

阿琴是我的同学，我俩初中和高中都同班。初中时，她坐在我的后排，学习特别刻苦，每天早上最早到教室，晚上最晚离开。

上高中后，阿琴选择当体育特长生。每天早晚，我们在教室上自习，她在运动场上挥汗如雨，跑、跳、跨栏、体能、打篮球。白天上课时，她坐在教室专心地学习。

1992 年高考，命运没有偏爱勤奋的阿琴，她高考落榜，连毕业证也没有去拿。阿琴说没考上大学，不好意思再去学校。她办了张临时身份证，跟随县劳动局的劳务输出大军，乘着 3 辆大客车，每车近 60 人，从县城出发，到深圳打工。

大客车把阿琴送到了宝安区松岗镇东方工业区的 FY 鞋厂。工厂的管理人员给她们分宿舍，3 层的铁架子床，每层睡 1 人，1 间宿舍有 4 张 3 层床。

FY 鞋厂是台资企业，当时刚起步，有近 800 名员工，主要生产运动鞋，产品全部出口，工厂的高级管理人员全部来自台湾。阿琴她们每天早上要做 10 分钟早操，有个管理员站在高高的铁桌子上领操。早操结束后，台湾干部会花几分钟时间，讲解一下当天的生产计划，点评之前发现的问题，交代安全生产事项后，才让工人们进车间开始一天的生产。

当时厂里的工人，大都是松岗本地和从东莞去的村民，之前从来没有在工厂做过工，对生产流程一窍不通。阿琴从小在农村长大，最远到过县城，第一次到深圳，也是初次接触工厂。

做操，先让打工人学会了有序排队，在统一的训练中，规训人的行为。其次，当时工厂每天工作超过 14 个小时，有时甚至超过 18 个小时，借助每天的早操，可以检验员工的健康状况，有体力不支的人会被劝退或开除。

在 FY 鞋厂，阿琴先跟着别人做早操，后来成为领操员。她说那时也没有喇叭，就开大嗓门，大声喊节奏。

阿琴刚入厂时每月 220 元工资，加班至少到晚上 10 点。FY 鞋厂和大多数台资厂一样，实行封闭式管理，宿舍也在工厂内，有小卖部，也卖一些常用的药品。打工人平时吃住都在厂区，下班了也不许出大门。如果生病很严重，或有亲友从家乡过来找工作，要找厂里干部开放行条，经大门口的保安检查登记后，才允许出厂。

只有发工资的当天才放假，几个老乡结伴，先到邮局给家里寄钱。寄钱时 3 个老乡结成一伙，另两人把工资借给你，本月你寄回家，另两个人不寄，下个月另一人寄，以此类推。

阿琴说台资厂的生活比较好，餐餐有肉，每天有 4 餐，晚上下班后有夜宵。她说上学时只吃咸菜，打工后反而每餐有肉，当时很满足。

阿琴进厂后，先是做一些简单的活儿，如系鞋带、刷胶、给鞋面画线等。阿琴是个爽快人，工作要做就做好，绝不偷懒。厂里干部每天都在车间巡查,看到了她的良好表现,就提拔她去学针车(缝纫图案的机器)。后来,工厂不断扩大,新开了几条生产线,品质部缺人,厂里干部又把她调去做品管。

当时她19岁,做事充满激情,先后被提拔为班长、组长、课长,直至成为品管部的老大,领导30多人,每天生产几千双运动鞋,出口到全球各地。

在FY鞋厂做了两年后,阿琴对每天重复的打工生活感到腻烦,就辞工回了湖北老家。休息了一个月后,空虚感来了,每天无所事事,挣的钱一点点花掉,阿琴又打算外出打工。

1994年,阿琴得知东莞厚街镇XY鞋厂正在招聘品管课长,便再次从老家出发。在XY鞋厂,老板面试了她,问了一些鞋的生产和品质管理知识,阿琴的回答让老板很满意,顺利入厂,工资每月1000元。

1995年,阿琴遇到了后来的丈夫阿达。阿达当时到厚街很久了,还没有找到工作。阿达的妹妹也在XY鞋厂,知道阿琴是襄阳老乡,就去求阿琴,请她帮忙把哥哥介绍进厂,阿达就这样进了XY鞋厂。

阿达很感激阿琴,发了工资请她吃饭,在车间见到阿琴也很热情地打招呼,再后来,就开始追阿琴。

"那时我还没有答应阿达。在外面打工,总觉得不是长久之计。1997年,我听说老家的谷城纺织厂招人,想着好歹离家近,就果断辞工,进了纺织厂。在XY鞋厂,每月工资1800多元,在谷城纺织厂,每月工资两三百元。收入降这么多,整个人很失落,没过多久也就辞职了。"

阿琴离开XY鞋厂后,阿达干活提不起精神,就也辞了工,回到襄阳找阿琴。

1997年底，阿琴和阿达结婚，在襄阳买了房子安顿下来。1999年大女儿出生，2006年二女儿出生。

1998年，一家襄阳本地的大型餐厅招大堂经理，阿琴和另外两个人参加竞聘，最终阿琴胜出。餐厅经营中西餐，有很多外国客人用餐，阿琴高中时英语学得不错，加上她能干、踏实、业务上手快，很快成为餐厅的骨干。

在餐厅干了两年，阿琴又厌倦了一成不变的日子。2000年，她把一岁的女儿送回娘家，和阿达一起来到成都，买了三台身高体重秤，摆在最繁华的春熙路夜市，收费测量，钱像水一样流向腰包。好日子过了一年多，夜市改造，人流量急剧减少，他们又回到襄阳。

2002年，他们带着身高体重秤到武汉的夜市摆摊，但生意大不如前。后来，他们又转型卖风筝、卖气球，每天和城管捉迷藏，日子过得担惊受怕，年底又回到襄阳。

阿琴对生活不甘心，她当过鞋厂品管课长，熟悉制鞋的全部工艺，于是决定重新杀回东莞。在厚街，她找到一家小型加工厂，当面部主任。半年的时间，她把生产搞得红红火火，也了解了开办小加工厂的全部流程。

2003年7月，阿琴和阿达租了一栋厂房的2楼，开了自己的鞋面加工厂。刚开始，只有少量订单，他们细心经营，品质有保证，订单越做越多。

有一天，客户A带了一个法国人，到他们的加工厂验货，验完货后很满意。后来，法国人又拿来一双长靴，让阿琴打样。样品寄到法国，也获得好评。从此，法国人下的订单源源不断。

随着业务量的不断扩大，阿琴租下了一栋民房，一楼是裁断（将材料按照设计要求进行剪裁）和仓库，2 楼和 3 楼是车间，食堂设在楼顶。最多的时候，加工厂有近 200 名员工，阿琴、阿达、阿琴的妹妹和妹夫等，成为加工厂的主力，他们都是阿琴当年从襄阳带出来的，都成了制鞋领域的专家。

机会偏爱人，也折磨人。七年的时间，阿琴的加工厂被法国人的订单填得满满当当，阿琴也没有想更多，只是埋头赶货。2010 年，法国人拿来新的样品，要求将出货价格降低，阿琴和阿达觉得法国人出的价格连购买材料的成本都不够。同一时期，温州的生产厂家有了降低成本的新办法，将出厂的价格降了三分之一以上，法国人找到温州人，把订单慢慢转移了过去。

2011 年以后，阿琴的加工厂订单量逐渐减少，工厂的规模也不断缩小。此时，阿琴的大女儿已经上初三了，小女儿也上了小学一年级，阿琴果断选择以孩子的未来为重，带着孩子回襄阳，全程陪读，同时也把妹妹的女儿带在身边，让他们继续在外打拼。

曾经管理 200 多人的老板阿琴，回到襄阳陪读后变成了全职妈妈。她直言不适应，失落感很强，但也不断努力地调整自己。把孩子们送到学校后，她报名到驾校学开车，参加妇联举办的面点师培训，和小区的业主打羽毛球。

2016 年，阿琴所在的小区开了个占地 800 多平方米的超市，阿琴应聘做会计，一直到今天。她说这份工作挺好，离家近，也没有很大的压力。

阿琴的小女儿 2024 年参加完高考，大女儿研究生毕业，在武汉一所大学当老师。

# 工友访谈录 2010—2011 年

边拍摄边思考，我总想搞清楚打工到底是为了什么？工友们的经历都有哪些？他们是如何看待打工生活的，又是如何找寻自己的未来的？于是我利用工作之余，从最熟悉的同事开始，再请朋友帮助，找了几位不同的打工人，根据自己拟定的一份提纲，对工友们进行了访谈。

> **采访时间：**2011 年 2 月 22 日
> **采访地点：**广东省东莞市长安镇
> **被采访人：**吴××，湖南人，与妻子在同一家物业管理公司上班，他是负责消防安全的经理，公司给他分了一间单独的宿舍。吴××有两个孩子，都留在湖南老家上学

占：先简单讲一下你的经历吧。

吴：我来自湖南省岳阳市华容县，1973 年 2 月出生，1992 年参加高考，放榜时差 5 分，高中毕业后在当地的镇办企业工作了一年。当时年轻，工作不好好干，每天喝酒，后来又与人打架，在家中不好待了，就在 1993 年 12 月到山东烟台当了 4 年兵。

1997年12月我退伍回到湖南，在家玩到正月初七就出来了，先后到江苏泰兴、上海浦东。当时遇到亚洲金融危机，各类外资企业回撤了，工作难找，在江苏我还差点做了别人的上门女婿，后来就回了老家。过了一段时间，又从湖南来到广东，进了AL科技园，当上了一名保安员。

刚到东莞时，我住在一个建筑工地上，非常不巧工地发生了杀人案，当时只有我一个人，被很多治安队员围住。幸好我退伍后还带着士兵证，出示士兵证后，他们就放我走了。当时手上没啥钱，天天吃炒米粉或河粉，3元一份，加鸡蛋的4元一份，一双400多元的白色羊皮鞋也被磨穿了底。后来坐车到了长安汽车总站，再走路到松岗，全身只剩下25元，工作找不着，也没有事做。想来想去，打算先把25元吃掉再说，就在大排档点了一份炒鸡，一份青菜，一瓶啤酒。吃完后只剩下4元钱，又从松岗乘车回到长安镇。

长安酒店对面的巷子里有我一个老乡的宿舍，我就睡在那里。当时的治安状况特别不好，睡觉时，常遇到治安队查房，好在当时我穿着军装，有士兵证，也不怕。在这个地方住了一周后，经人介绍我进到AL当保安员，一做就是13年，直到今天。

我进科技园第一个月工作了5天，领了75元；第二个月领了560元，底薪是300元。我第一个月领了75元后，全部吃掉了，记得我买了麻辣小鱼、花生，还有3元一瓶的尖庄白酒。

当时的训练很正规，每天还要站军姿。我们的工作三班倒，每个班8个小时，下班后没事做就在小店喝酒，基本上每个月的工资都不够花，没钱就向老板娘借，当月的工资只能还上个月赊欠的账。在AL科技园工作了近13年，我至少搬了50次家，科技园给我们安排的宿舍不断变化着。

占：AL的工资底薪是从300元开始变的吧？

吴：初来底薪300元，后来是470元、540元、640元，再到770元，去年到980元，所有的工资单我都保留着。

古：你是哪一年结的婚？

吴：2000年。女儿2001年5月8日出生，儿子2008年9月12日出生。出来打工后，也没有换过工作，我现在是等社会养老保险交够15年，再考虑做其他的事。

古：你第一次回湖南老家是哪一年？

吴：1999年春节，带着女朋友一起回去的。那是她第一次到我家。我说我家里很穷，让她看了别后悔。那时我家住在土砖房中，路是土路，回家时，看到那些场景我心里很不是滋味。

2004年我爸差一点去世了。我以前不做梦，也不失眠，但有天晚上一直不能入睡。我是8点钟上班，就想着第二天起床后打个电话问问家中有没有事。不到7点，我爷爷打电话来，说我爸不行了，我们兄弟姐妹几个就一起赶车回家了。见到爸爸时，他瘦得只有70斤左右，脸变得没法看，胡子很长。我是家中的长子，当时就召开家庭会议，商量的结果是送到长沙的湘雅医院治疗，就花800元租了一辆车。

送到医院时，医院没有床位，最后托熟人才找到一张病床。医院的专家会诊了两次，第一次说是肝癌晚期，建议不用治了。但之前在华容县，没有医生说是肝癌，又进行了第二次全身检查，只查出肠息肉。专家说，肠息肉对身体无影响，又查不到其他病因，建议我们把我爸接回家，让我妈养几头猪给他吃。当时一头猪可以卖2000元左右，但2000元只能买6瓶白蛋白，每天需要打一瓶，打了白蛋白后，第二天检查蛋白仍不正常。我们就听了医生的话，把我爸接回家，每天买肉给他吃。他每天能吃一斤肉，后来养得脸好肥好肥，我们担心他是回光返照，但后来也没什么事，现在他也好好的。

古：当时你出来时是一个人，后来一家人都在这里工作了，他们是什么时候出来的？

吴：我1998年出来。我三弟1999年出来，他先在WL公司做，后来也到AL科技园当保安员，2002年结婚，现在有两个儿子。二弟大学毕业后在家干了两年，2004年在XW厂做过仓管员，也在SL厂中央仓做过，后来离开这里到番禺做事，2006年结的婚。我妹妹2004年从老家过来，进过AL科技园内所有的厂，现在是SL厂接待员。她也结婚了，小孩两三岁了，后来弟媳、老表、老婆的两个弟弟、老婆的弟媳、妹妹、妹夫，共20多人，全都在这里工作。

古：你的孩子在湖南读书，谁带他们？

吴：我爸爸妈妈带，女儿在镇中心小学读四年级，早上7：00上学，下午4：30回家。她学习成绩挺好，基本上都是班级前3名。儿子才两岁多，还没有上学。

古：你们如何和孩子沟通？

吴：打电话，家中没装网线。

古：你和老婆谁打电话回家比较多？

吴：以前是我打得多，现在是老婆打得多。

古：你觉得到东莞这么多年，给你带来了什么？

吴：往小了说是一个人出门发展，把弟弟妹妹也带出来了，他们也都成家了，房子也建好了。往大的方面说，改变了我的人生，毕竟我从农村出来，现在是比上不足，比下有余，马马虎虎过得去，在老家还算可以。现在想的是把本职工作做好，我的社会养老保险要交满15年，还差2年。女儿快上初中了，可以先让老婆回去，我再干几年就回去。

占：打工后你第一次买衣服是什么时候？

吴：我刚进 AL 的时候与四川的一个班长一起，在沙头影都旁的地摊上花 8 元钱买了一件绿色的短袖 T 恤，穿了五六年还舍不得扔掉。但后来被我老婆做抹布撕掉了，否则到现在我仍留着。那时候买鞋也全是 30 元或 40 元一双的鞋，从来不买衣服，只买内衣，因为有保安服嘛。

占：业余时间你喜欢做些什么？

吴：从进厂到 2004 年，下班后，基本上就到 D5 宿舍楼下打桌球、乒乓球，还会跟同事一起喝酒。现在就是看看电视、打打牌。

占：你理想的生活是什么样的？

吴：只要平平淡淡，有吃有喝，全家人在一起平平安安就行。我不像别人那样要求有房有车，今天挣 50 万，明天挣 100 万的。不过房子已经有了。

占：你觉得人为什么活着？

吴：人的理想有高有低，我现在的生活是我读书的时候就规划好的，现在的一切都还沿着这个规划在前行，中间唯一的插曲是我当了 4 年兵。我只要我们一个大家庭和和睦睦、平平安安就行了。我们家现在是四世同堂，我爷爷还在世。爷爷小的时候家里是地主，后来没落了，他的兄弟姐妹都死了，爷爷是由他姑妈带大的。我在家里的每一年都要跟着爷爷去看他姑妈，爷爷常说做人要知恩图报，要记得他人的好。我爸以前有 6 个兄弟姐妹，后来出天花死了 5 个，只有我爸活下来了，到了我这一代就有兄弟姐妹 4 个。我们家从住四合院，到没房子住，到住草棚，到住土砖房，再到住楼房，以前村里的人都说我家条件最差，现在说我父母最有福。我比较知足吧，我还给自己定了一个目标，40 岁生日时送自己一辆车。

**采访时间：** 2011 年 3 月 3 日
**采访地点：** 广东省东莞市长安镇
**被采访人：** 邹 BH，34 岁，在电子厂当保安组长，与妻子在同一家电子厂相识、相爱、成家、生子。他有两个孩子，大儿子在岳母家上学，二女儿跟奶奶在镇上念书。他的经历说明，在生存本能的驱使下，强盗和好人只有一念之差。

**占：** 请先聊一聊你之前的打工经历。

**邹：** 我是 1977 年出生的，初中时有段时间沉迷于打篮球，结果学习成绩就不行了。当时老师建议我直接练篮球，以后上体校。但我爷爷不同意，说打篮球没出息。我中考考得不好，家人想让我读技校学机电，我的一个初中同学说上技校也没有用，让我跟他一起去打工，我有些心动。当时他先到了汕头，很快又回来了，可能是没找到工作。

1998 年，我去了广州增城的新塘镇，我有个同学在那儿的一个工厂做模具，每月 1200 多元工资，这在当时是很高的。我一下公交车，看见有家厂在招工，然后去面试，结果我被录取了，和我一起来的另一个同学没有被录取。当时我想，两个人进同一家厂，相互之间有个照应，就没去报到。我们找到做模具的那个同学，他给我们租了房子，是石棉瓦的屋顶，月租金 200 元。做模具的同学买了一辆 90 型的摩托车，我俩每天骑着摩托车去找工作，结果不是工厂不招男工，就是招工的人见我们骑着摩托车，就说不要人了。

就这样过了一个月，我们仍然没有找到工作，觉得不能继续待在那里了，然后给在东莞打工的另一个同学打了电话，就到东莞来了。

这个同学在东莞寮步镇做装修，他劝我们还是先找厂，不要总想着同时进一家厂,找到一个就进一个。我同学在家学过电车,就先通过招工进厂做工了。随后,我被人介绍进了石碣镇一家玩具厂。玩具厂的老板是惠州人,典型的黑老板。厂房有3层,第1层是车间,第2层住人,第3层是食堂。

进厂后我交了100元押金,领了厂证,就被安排去缝玩具。我从来没用过针,不会做,又被调去给玩具塞丝绵,每天晚上要加班到9点左右。我干了半个月,从工友们那里了解到,这家厂很黑,做一个月也赚不了200元,便提出辞职,但老板不同意。

当时,有两个海南小伙和一个四川小伙也不想做了,我们4个人就一起去找老板要工资。我做了半个月,共33块钱,100元押金也不给退。其中一个海南的小伙,干活时动作慢,他不但没有工资,还要再付给老板36元生活费。

这小伙一听,随手从老板的办公台上拿起剪刀,要与老板拼命。老板见这架势,赶紧说重新算,给他算了100多元,但同时老板打了个电话,叫来了十来个人,说:"就是这几个人闹事,你们给我搞掂(广东话,'搞定、处理好'的意思)。"海南小伙还是很蛮,说谁敢动他,就要谁的命,老板最后就让我们走了。

从工厂出来后,这个海南小伙从老乡处借了1000多元,焊了一个架子,在一个有两三千工人的纸箱厂旁边摆摊卖烧烤。我们3个人就跟着他,白天找工作,晚上给他帮忙。

有天上午,我在一个公园睡觉,遇到了一个老头儿,他问我:"是不是在找工作?"

"是。"

"有没有地方住?"

"没有。"

"那你跟我走吧，明天让我儿子带你进厂。"

我就这样跟他回了家，他家是开发廊的。后来我了解到，老头儿是潮汕人，小时候生活很苦，流浪到海南，在那里娶妻生子，因为他在海南有类似的经历，出于同情才把我带回家。

第二天，我跟他儿子到厂里面试，我考试成绩不理想，又回到老头儿那里。他说："你就先待在我这里吧，工作慢慢找。"我就睡在他家的楼梯间。当时我穷到每天晚上在老头儿那里喝两碗稀饭，中午只吃一个5毛钱的饼，早餐不吃，能省则省，就这样过了一个月。

这期间有个台湾老板常来发廊按摩，每次都能见到我。有天老头儿告诉我，这个台湾人怕我抢劫他，要求赶我走。老头儿说再给我一周的时间，让我尽快找工作。

无奈，我只能去找之前一起从玩具厂离开的那个四川人，当时他又进了一个电子厂。他带我到厚街的上桥，找到他的一个女老乡，她请我们在大排档吃了几个菜，很久没有这样吃了，直到现在我还能想到那顿的菜香。

当时我身上已经完全没钱了，想向四川人借200元，他只借给了我100元，我就跟着他住了两天。到了第二天晚上，四川人对我说："我们现在这样饿死不如被人打死，今天晚上干一票吧。"我很犹豫，但又不好意思回家，出门时带的1000多元也花光了，无脸见家人呀。四川人见我有些犹豫，问我是不是不敢抢。我说有什么不敢的。于是我俩就买了头套，到公园里等，准备在合适的时候下手抢劫。

当天晚上，天公不作美，下了很大的雨，公园里没有人，我们没有抢成，于是我又回到老头儿那里。第二天早上睡醒后，太阳高照，回想起前一天晚上的行动，我心里直打哆嗦，幸亏没有干成，否则后果不可想象。这时我开始在心里给自己鼓劲，一定要尽早找到工作。

之后我还是一边在街上晃荡，一边找工作。有天走到大石碣大桥附近，见有个人摆了一张桌子在那里招聘，我递过身份证和毕业证，当时就被录用，进了一家生产"小状元"文具的厂。刚入厂时，每天的工作就是擦蜡，文具冲压时涂了一层蜡保护，冲压后就擦掉。我天天埋着头干，擦了半个月，主管见我勤奋，就提拔我做他的助理。之后，包装拉的拉长辞工，主管让我去接替。我说我没做过，主管说你一定行，于是我就做了拉长。干了半年，有了一点积蓄，才给家里打电话。家人问我在这里的情况，劝我说不行就回去，我就辞工回去了。

我回到江西老家一段时间后，每天没事做，又想出来打工。我在文具厂工作时，认识了一个女孩子，她是退伍军人，后来自考大专，跳槽到长安镇一家电子厂做行政部文员，管理清洁工。我找到她，经她介绍，进厂做了一名保安员，那是1999年7月，这份工作一直干到现在。

厂里有大巴车，每天送员工到长安镇购物，我负责跟车监督车辆安全，还在车里认识了我老婆。我和老婆是先生孩子后结婚，大儿子2001年出生，3年后我们又生了女儿，2007年我们开始在家里建房子。

占：现在你的两个孩子在江西老家，你们在东莞，平常如何跟孩子联系？

邹：打电话。儿子跟着我丈母娘，女儿跟着我妈，我们是两边打电话。

占：你们使用网络联系吗？

邹：不用。

占：你买衣服多吗？

邹：很少，我现在当保安组长，有制服，平时也没有时间出去玩。

占：你业余时间喜欢做些什么？

邹：打篮球，有时上上网。

占：你印象中的家乡是什么样的？

邹：比较偏，家乡的人都很友好，观念与外面的人有些差距，感觉他们对当前的生活还是很满足的。

占：你对当前的工作和生活满意吗？

邹：还好吧，工作没有多大压力，这一行我做了十几年，比较得心应手，我的上司也信任我。

占：你理想的生活是什么样的？

邹：我首先考虑让老人生活满意，其次才是孩子。

占：你平常遇到烦恼如何处理？

邹：烦恼的时候很少，一般会打电话回家，有时和老婆讲一下，我不愿把烦恼记在心上。我与三四个同学联系很密切，经常会有沟通。

占：最后一个问题，你觉得人为什么活着？

邹：首先活着是责任，其次是带给身边的人一些幸福。

**采访时间：** 2011 年 4 月 28 日
**采访地点：** 广东省东莞市长安镇
**被采访人：** 周 MH，来自湖南岳阳，是一名集体宿舍管理班长，在 AL 科技园工作 13 年，每天工作 12 个小时。因为她是主管，公司给她分配了一间单独的宿舍。她丈夫在湖南工作，孩子也留在老家。

占：你是 1978 年出生的？

周：实际上是 1979 年，原来的名字叫周 MH，办第一代身份证时，变成了周YH，年龄也不对，那时对身份证不重视，就没去改。我姐很早就不上学了，刚出来打工时用的我这张身份证，两年后才在他们厂改成她现在的名字。家里面的亲戚和以前的同学只知道我叫周MH，不知道周YH这个名字。

占：请谈谈你第一次打工的经历。

周：我找工作都很顺利。1998年我第一次出来，进了长安镇RH厂。当时找工作的人很多，经过很严格的考试和视力检查，我才进去。在培训室参加了10天培训，分到车间干了21天，还没搞懂生产的是什么产品，就被姐夫的朋友介绍进了AL科技园，一直干到现在，没跳过槽。

占：你在RH厂第一个月领了多少工资？

周：没有工资，我是自离（自己离厂，只拿走自己的物品，不结算工资）的。

占：在AL第一个月领了多少工资？

周：上了3天班，拿了43块钱，当时是1998年4月份。

占：你用这些钱做了些什么？

周：这些钱还不够生活费。我们正常的工资是每月330元，每天上班8个小时，做了几个月后，改为12个小时，两班倒，工资涨到了五六百元。那时包吃包住，AL正在建设中，也比较偏，没地方花钱，因此存了不少钱。不像现在，拿几千元的工资，还存不了多少钱。

占：AL为你们缴纳社会养老保险和住房公积金了吗？

周：两样都办了，今年7月份住房公积金也缴纳两年了。

占：谈谈你在AL的成长经历。

周：我刚进AL时，还没有宿舍管理员这种职位，当的是保安员，工号是98044，也就是说我是AL第44个员工。那时只有M1宿舍住人，其他的都还在建设之中。2003年开始设立宿舍管理员，我从保安部调到宿舍管理科，2007年晋升到主管，一直做到现在。

占：在工作中有被批评的经历吗？

周：这十几年了，还没有被老大骂过。以前的老大对工作要求很严，把很多人都骂哭了，但我从来没被骂过，我从不随便应付工作，老大交代的事都会认真做好。

占：打工生涯中让你印象最深的事是什么？

周：2003年，当时我还是宿管员。有天早上5点多，我在楼上巡查，发现一个女孩坐在外面的椅子上，旁边还有一个女孩陪着。我问她们怎么了，旁边的女孩说这个女孩病得很厉害。我看她瞳孔已经有点大了，就立即打了120，也通知了经理及厂里的医务室，还用对讲机通知大门口保安，让他将救护车带到D11栋宿舍。救护车半小时后到了宿舍楼下。后来到了医院，医生说她是先天性哮喘病，如果晚到3分钟，就没命了。公司为此专门表扬了我，女孩的妈妈从家里赶来后也很感激我，说我救了她女儿的命。

占：你第一次回老家是什么时候？

周：1998年底，回家过年，过完年就来了。

占：谈谈你回家时的情景。

周：我先跟厂里请了假，到我姐那里等了她两天，我们一起回的家。当时我还小，我姐不放心让我一个人回。在我姐那里等她时，我只想着回家，想着想着就哭了。回到家后，见到妈妈和奶奶，泪水止不住地流，我姐还告诉我妈我在长安哭的事，妈妈说想家哭是正常的。我当时比离开家前胖了一点，妈妈和奶奶说我在外面吃得好，都叫我胖子。我回家时还给家人都买了衣服。

占：你现在还是农村户口吗？自己会种田吗？

周：是农村户口，会种田。我们家缺少劳力，我5岁半就帮家里种田、插秧、割谷等农活都会干，还在秧田中除过草。

占：你印象中的家乡是什么样的？

周：家乡人都很友善，也很平等，不像有些地方有恶势力。

占：你是哪一年结的婚？

周：2004年。老公和我是一个镇上的，他在老家做事，我们是经别人介绍认识的，他比我大。

占：你孩子上几年级了？在老家吗？你同她如何沟通？

周：她在老家上学，今年下半年上小学一年级。我们经常打电话，家中没有网线，有时候我老公带她到镇上的网吧跟我聊视频。

占：你发了工资后如何管理？

周：除了取一些日常开销，其他的全部存起来。

占：你常买衣服吗？

周：我们每天上班穿制服，很少买衣服，买了也没机会穿。

占：你工作中遇到烦恼如何处理？

周：听歌。先是用手机听，买了电脑后用电脑听。以前住集体宿舍时，有烦恼了喜欢到外面吹风，我最喜欢一个人到宿舍楼顶吹风。

占：刚出来打工时有听收音机的经历吗？

周：有，当时收音机15元一个，我最喜欢听深圳电台胡晓梅主持的《夜空不寂寞》。

占：你业余时间喜欢做些什么？

周：散步、上网、听歌，有时打打球。

占：你想过留在东莞吗？

周：想过。但老公和孩子都在老家，除非我老公的工作和孩子读书的问题都能在这里解决，否则就不现实。

占：到东莞这么多年，你觉得东莞给你带来了什么？

周：我经常参加长安镇和长安集团的一些活动，长了不少见识，也挣了一点钱，但很多又在这里花掉了，打工是一种很无奈的生活。

占：你对今天的生活有没有反思，如何才能改变现状？

周：想改变就改变得了吗？毕竟现实就摆在眼前，能力又有限。

占：你对当前的工作和生活满意吗？

周：还可以吧，我们AL的老板对员工很有人情味，这是最让我留恋的，也是最让我感动的地方。

占：你理想的生活是什么样的？

周：一家三口能生活在一起，有自己的房子，不奢望有多少钱，也不奢望有车。但这个愿望实现不了。

占：你觉得人为什么活着？

周：我是为别人而活着，从我懂事起我就这样认为。结婚以前，发的工资全部寄给了父母，自己没有存一分钱，2005年我有了小孩，我又为了她而活着。

2007年10月6日，广东东莞，在出租屋外玩游戏的打工人的孩子们。

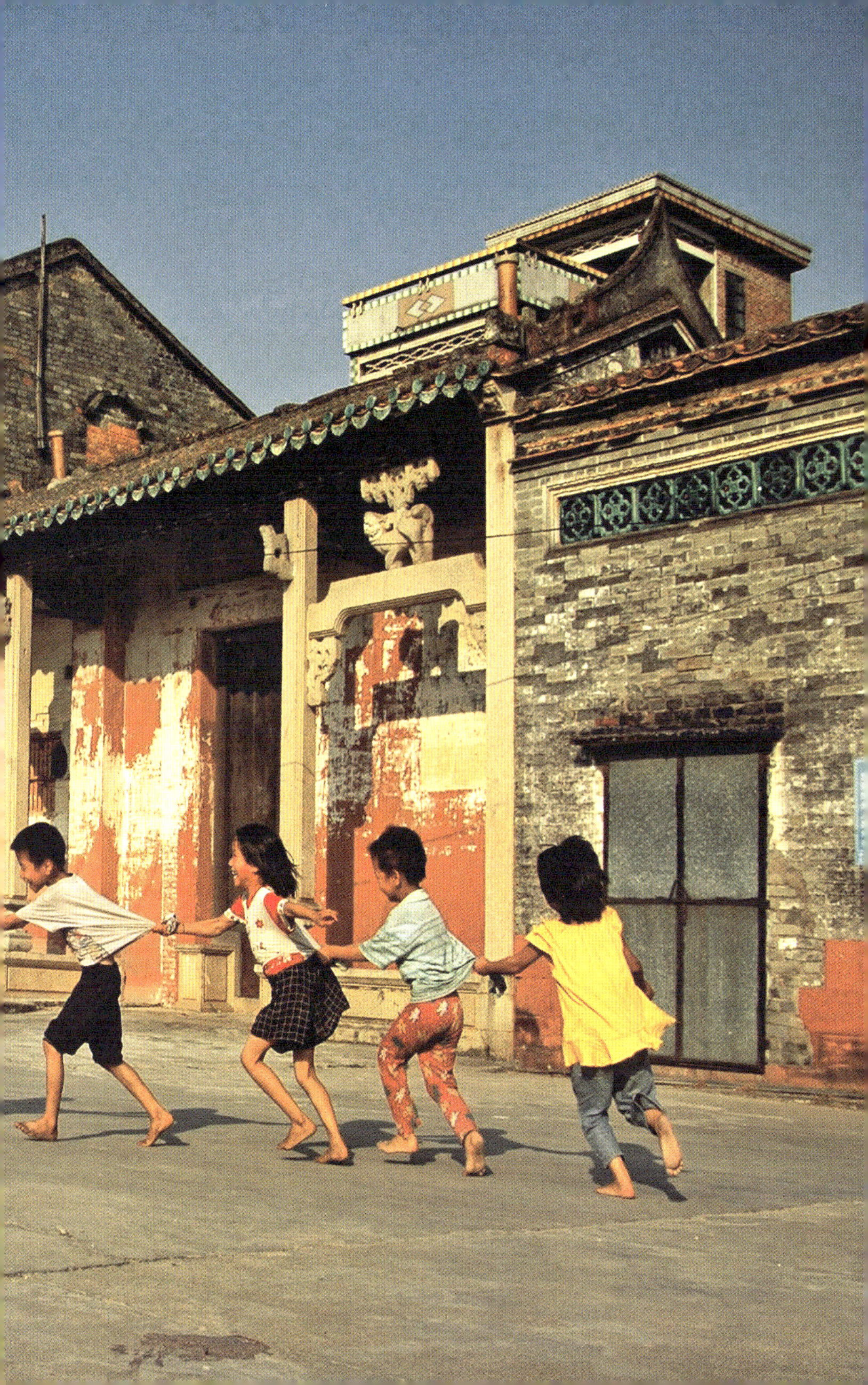

2009年1月11日,广东东莞,打工人跟孩子在路边玩手影。

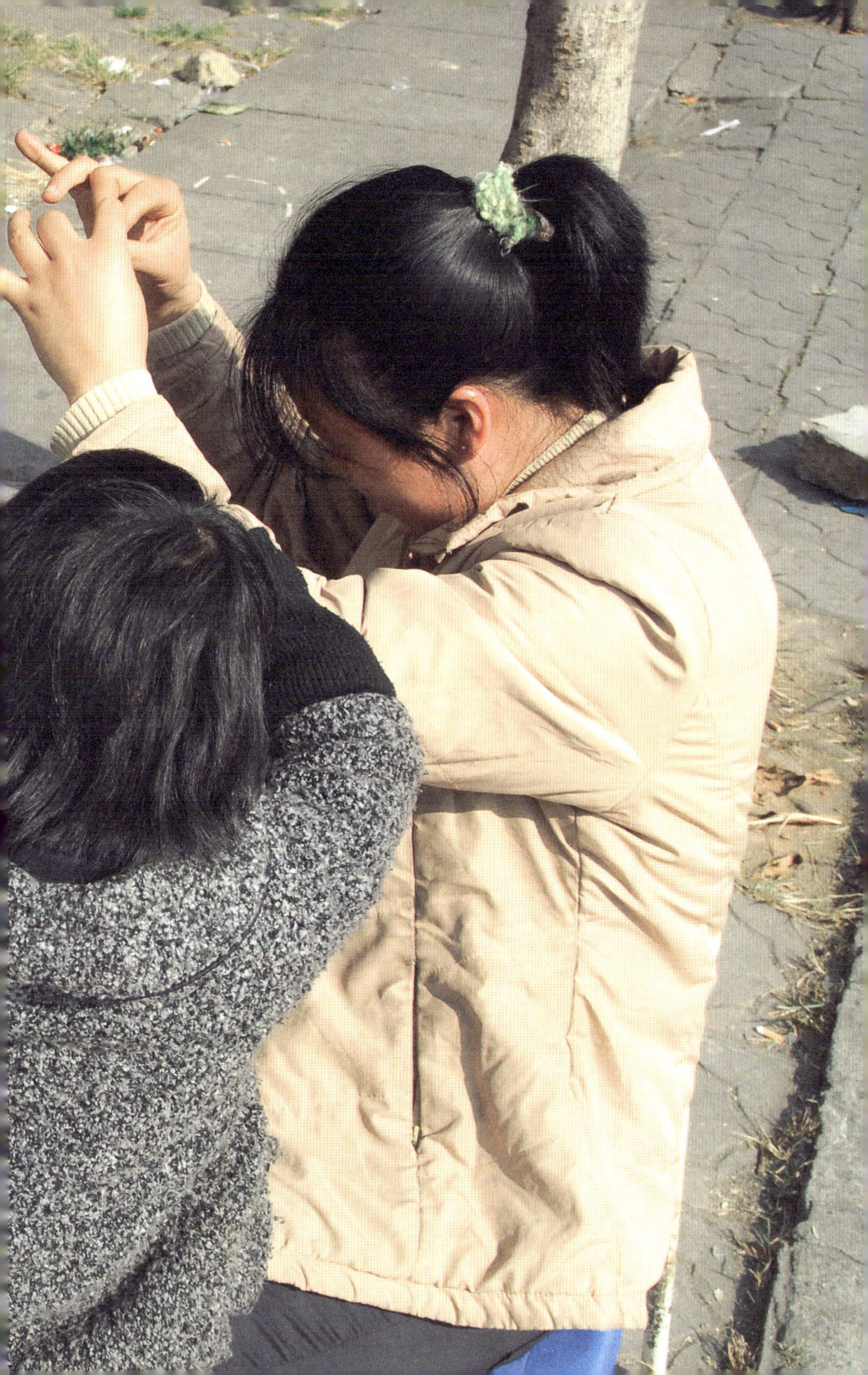

（左）2013年9月14日，广东东莞，女儿和爸爸妈妈都在同一家鞋厂打工，女儿是文员，爸爸是鞋底打磨工，妈妈是流水线上的工人。
（右上）2014年2月21日，广东东莞，妈妈和女儿都是玩具厂流水线上的工人。
（右下）2015年1月9日，广东东莞，一家三口人都在印刷厂车间当普工。

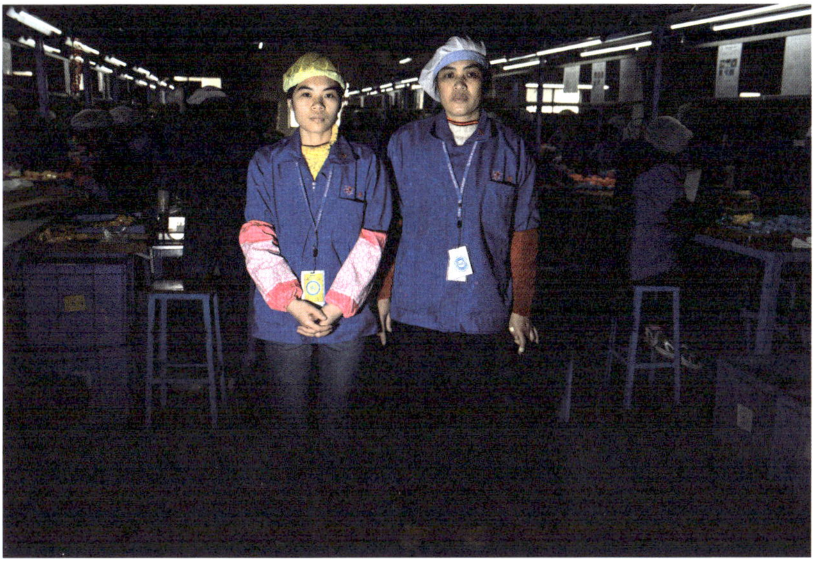

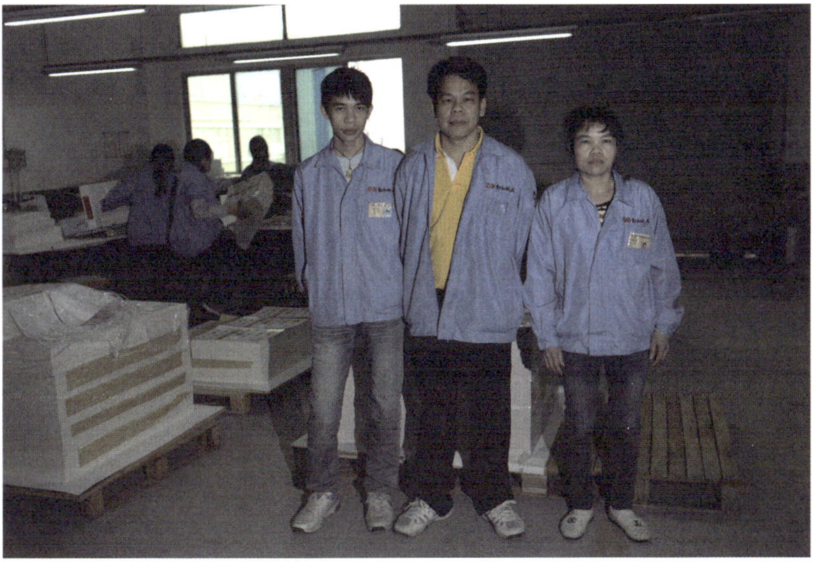

**采访时间：** 2010 年 8 月 7 日

**采访地点：** 广东省东莞市长安镇

**被采访人：** 阿华

2010 年，我在 SL 电子厂任高级主管，阿华是我的同事。她于 2005 年 6 月从湖南师范大学毕业，通过人才市场进了 SL 电子厂，先后当过宿舍管理员、仓库管理员，2009 年晋升为高级文员，主要负责一些事务性的工作，月工资 2000 多元。

阿华住在公司提供的宿舍里，有空调，有独立的洗手间，她选择的是最靠边的房间，有两个阳台。宿舍的面积约 40 平方米，住了 4 个同事，两张上下铺的木床，4 张办公台。每人还有一格衣柜，常穿的衣服就挂在里面，一些暂时不穿的衣服就用几个旧纸箱装起来，封好放在床头的空地上，每次回家时拉的行李箱也能存放不少衣物，平时与纸箱放在一起。

南方的天气潮湿，冬天也有蚊子，宿舍内一年四季挂着蚊帐。宿舍每楼层有一间电视房，里面有热水器，也有空调，阿华自己有电脑可以上网，很少看电视。

占：请你谈一下第一次外出打工的经历。

华：2005 年 6 月大专毕业后，我从湖南老家到深圳，先到人才市场找工作。当时我住在叔叔家里，从找工作到进厂，共花了 20 多天，进厂前我还做了 3 天家教。

占：来 SL 面试时被问了些什么问题？

华：当时面试很简短，开始是人事部面试，接着是部门主管面试，最后是行政部经理面试，经理让我用英语讲了一个故事。

占：第一个月领了多少工资？

华：第一个月只工作了 10 天左右，领了 800 多块吧。

占：领工资后做了些什么？

华：不记得了。只记得我上班后又回到深圳，我哥帮我买了一部 TCL 红色小巧的经典手机。

占：现在还没有过换厂工作的经历吧？

华：没有。之前我在长沙读书，两年读完专科，还自考了两门本科的课程，在学校时一直是教室、食堂、宿舍。读书时家里比较困难，只负担得起我的生活费，我有个叔叔在深圳混得比较好，爷爷让他负担我的学费。我当时还给叔叔写信，表示毕业后挣了钱一定还他。我在学校很少出去，每次考完试后才到超市的书架看看书。后来我到 SL 工作，想着一定要尽快稳定下来，攒钱把学费还给叔叔，记得第一年借了叔叔 4200，第二年借了 3800，差不多一共 10000 元。

占：在上大学之前，你上的是高中吗？

华：是技校，学的是英语专业。我表姐当时在那所技校教书，她是湖南师范大学毕业的，说那里很好，推荐我也去读，所以后来我也考到了湖南师范大学。

占：你印象中的家乡是什么样的？

华：家乡湖南临澧县是烟花城、瓷城，现在城区在扩张。我们家山清水秀，出门就是马路，后面有个大水库，可以摸田螺、用蚯蚓钓鱼，山上有很多野果，小时候我经常去采野果吃。

占：你在东莞有被抢的经历吗？

华：有过一次，身份证、准考证都被抢了。当时是去参加日语考试，走到同沙水库附近时，两个骑摩托车的人从后面抢走了我的包。

占：那是不是不能考试了？

华：到派出所出了一个证明就能继续考。

占：你多长时间买一次衣服，到哪儿去买，大概多少钱一套？

华：在商场、网上、老家都会买，看中了就买。我很少逛街，一般一两个月才到长安镇上去一次。

占：你业余时间喜欢做些什么？

华：在宿舍上网、看电影、看小说。

占：你上班也看电脑，下班又上网，眼睛受得了吗？

华：回到宿舍一个人，没有事做，只能上网。

占：你对今天的生活有没有反思，如何才能改变现状？

华：有哇！我刚开始在宿舍做了半年，又在仓库做了半年，还搞过签证，现在做文员。

占：我是指你对人生有没有反思？

华：好像很少有。

占：难道你就是上班干活，下班玩游戏、看电影吗？这样会让你很快消耗掉时间，你没有发现有些人从员工升到经理，而有些人即便当过经理后来也找不到工作吗？

华：以前在湖南考过信用社的工作人员，但差 7.5 分没有考上。如果考上了，现在早就回去了。

占：你对当前的工作和生活满意吗？

华：不满意，没有机会升职，一个人生活在这里，没有着落。

占：你以后有什么打算？

华：以后想考个教师资格证做老师，考公务员也行，长沙也有很多地方招工。

占：你理想的生活是什么样的？

华：金钱上没有负担，想去哪里就去哪里休闲和娱乐，不要只顾工作。

占：你最大的心愿是什么？

华：考试通过（阿华当时正在参加本科高教自考）。赚够500万了，去股市看看能不能赚点钱。

占：你觉得人为什么活着？

华：活着是来解决问题的，一个问题解决了又有另一个问题。不知道人为什么活着。

2010年5月，我和阿华商量，我负责拍摄照片，她负责记录文字，连续一个月，记录她的日常穿着。

2010年5月5日，晴，22°C ~ 28°C。
- **上衣**：红裙配皮带，是在小县城淘的地摊货；
- **下衣**：黑色紧身裤，嫂子送的，40元。

2010年5月6日，晴，23°C ~ 28°C。
- **上衣**：长安镇买的，牌子是lacoste，印象中不超过100元；
- **下衣**：长安镇买的牛仔裤，价格在100~200元之间；
- **皮带**：虎门买的，40元。

2010年5月7日，晴，24°C ~ 28°C。
- **上衣**：购于长安镇，100元以内；
- **裤子**：购于长安天虹商场，100元左右。

2010年5月8日，多云间晴，24°C ~ 29°C。
- **上衣**：灰灰鼠牌T恤，购于长安长青城，50元以内；
- **下衣**：YSCO牌牛仔裤，购于长安以纯店，100元左右。

2010年5月9日，多云间晴，26°C ~ 31°C。
- **上衣**：纯子牌T恤，购于长安镇，100元左右；
- **下衣**：ITAT牌牛仔裤，购于长安沃尔玛一楼ITAT，100元左右。

2010年5月10日，多云有雨，21℃~25℃。
- 连衣裙：EUROMODA牌，购于麦考网，109元。

2010年5月11日，多云有雨，21℃~26℃。
- 上衣：白色衬衫，购于湖南某购物中心，30元；
- 下衣：TONLION牌牛仔裤，购于长沙商场，100多元。

2010年5月12日，多云到阴天，22℃~29℃。
- 上衣：朵以牌，购于长安沃尔玛一楼朵以店，170元；
- 下衣：米黄色西裤，购于虎门黄河时装城二楼，50元。

2010年5月13日，阴天间多云，23℃~29℃。
- 上衣：纯子牌T恤，购于长安镇，100元左右；
- 下衣：ITAT牌牛仔裤，购于长安沃尔玛一楼ITAT，100元左右。

2010年5月14日，多云转雷阵雨，23℃~28℃。
- 上衣：白色衬衫，购于湖南某购物中心，30元；
- 下衣：TONLION牌牛仔裤，购于长沙商场，100多元。

2010年5月15日，阴天有阵雨，22℃~29℃。
- 上衣：LACOSTE牌T恤，购于长安镇，100元左右；

（下衣）：牛仔短裙，30元。

2010年5月16日，多云转晴，24°C ~ 31°C。
（上衣）：朵以牌，购于长安沃尔玛一楼朵以店，170元；
（下衣）：米黄色西裤，购于虎门黄河时装城二楼，50元。

2010年5月17日，晴。
（京唐牌旗袍）：购于虎门黄河时装城四楼，239元。

2010年5月18日，晴到多云，25°C ~ 32°C。
（AMINA牌连衣裙）：购于虎门黄河时装城四楼，150元；
（项链）：购于虎门黄河时装城四楼，15元。

2010年5月19日，多云，下午转雷阵雨，25°C ~ 30°C。
（上衣）：狐仙牌红色T恤，购于虎门狐仙店，100元左右；
（下衣）：七彩娇娃牌，购于长安新世界一楼，80元。

2010年5月20日，中雨转阵雨，23°C ~ 29°C。
（上衣）：EUROMODA牌T恤，购于麦考网，49元；
（下衣）：WSM威丝曼牌短裙，购于长安新世界WSM专卖店，359元。

2010年5月21日，多云，局部有阵雨，23°C ~ 30°C。
（连衣裙）：EUROMODA牌，购于麦考网，109元。

2010年5月22日，多云转雷阵雨，22°C ~ 28°C。
（上衣）：狐仙牌红色T恤，购于虎门狐仙店，100元左右；
（下衣）：七彩娇娃牌，购于长安新世界一楼，80元。

2010年5月23日，大雨转雷阵雨到多云，21°C ~ 28°C。
（上衣）：蓝色横条纹T恤，购于青街，100元以内；
（下衣）：黑色及膝中裤，购于长安天虹商场，100元左右。

2010年5月24日，多云间晴，23°C ~ 30°C。
（上衣）：WSM威丝曼牌衬衫，329元；
（下衣）：WSM威丝曼牌短裙，359元。
以上购于长安新世界WSM店，折后价共606元。

2010年5月25日，晴到多云，22°C ~ 31°C。
（上衣）：针织衫；
（下衣）：及膝裙，2005年嫂子赠送，价格不详。

2010 年 5 月 26 日，多云有阵雨，23℃ ~ 31℃。
上衣：朵以牌白色荷叶边上衣，170 元；
下衣：朵以牌白色荷叶边裙，150 元。
以上购于长安沃尔玛一楼朵以店，折后价共 300 元。

2010 年 5 月 27 日，多云，下午有局部雷阵雨，24℃ ~ 33℃。
白色针织披肩：购于长青街，50 元；
黑色吊带长裙：丹诗格尔牌，购于长安新世界，300 元。

2010 年 5 月 28 日，阴转阵雨或雷阵雨，25℃ ~ 30℃。
上衣：黑色衬衫，购于长青街，30 元；
下衣：白色长裤，购于虎门狐仙店，150 元。

2010 年 5 月 29 日，阵雨转雷雨，局部暴雨，25℃ ~ 30℃。
上衣：蓝色 T 恤，购于长青街，100 元以内；
下衣：黑色及膝中裤，购于长安天虹商场，100 元左右。

2010 年 5 月 30 日，阴间多云，有暴雨，23℃ ~ 28℃。
上衣：无袖运动衫；
下衣：运动短裤。
以上购于长安女人心店，共 59 元。

2010年5月31日，阴间多云，有阵雨或雷阵雨，24°C ~ 29°C。
针织衫和及膝裙：2005年嫂子赠送，价格不详。

2010年6月1日，阴天有雷雨，24°C ~ 29°C。
上衣：朵以牌白色荷叶边上衣，170元；
下衣：朵以牌白色荷叶边裙，150元。
以上购于长安沃尔玛一楼朵以店，折后价共300元。

2010年6月2日，暴雨转阵雨，21°C ~ 25°C。
上衣：蓝色T恤，购于长青城，50元；
下衣：黑色牛仔裤，购于长安镇，150元左右。

2010年6月3日，小雨转多云，19°C ~ 25°C。
上衣：浅黄色碎花衬衫，嫂子赠送，价格不详；
下衣：灰色阔腿裤，购于深圳天安数码城外贸服饰店，150元以内。

2010年6月4日，多云，21°C ~ 29°C。
上衣：蓝色T恤，购于长安镇，100元左右；
下衣：牛仔裙，30元。

# 工友访谈录 2024

2010—2011 年，为了解开自己的一些疑惑，我邀请了几位打工人做访谈，了解他们在广东的打工经历、他们的家庭情况，以及他们对生活和未来的期许。这些访谈，让我对包括自己在内的打工人群体，有了更加细致的了解。

十几年的时间转瞬即逝，工业区也经历了巨大变迁，那几位受访者其间经历了什么？是否实现了曾经的愿望？他们对打工生活，是否有了不同的感受？此外，我也想知道，近几年进入工业区的新一代打工人们，他们有什么样的经历和想法。于是，我对之前的几位打工人进行了回访，也找了两位"90 后"和"00 后"，跟他们聊了聊。

**采访时间**：2024 年 6 月 22 日
**采访方式**：电话采访
**被采访人**：吴××

我电话联系吴××，他说已经回到湖南老家 37 天了。他的妻子红斑狼疮病情加重，在南方医院住院一段时间后，医生劝他们直接回家。

他的女儿大学毕业后，在湖南一所中学当老师；儿子已经上初中了。他仍旧在物业管理公司当消防经理，13 年没有变动。

> **时间：** 2024 年 6 月 23 日
> **采访方式：** 电话采访
> **被采访人：** 周 MH

**占：** 2011 年我对你进行过一次采访，现在过去十几年，想看看你有什么变动。你是哪年从 AL 科技园离开的？

**周：** 2015 年离开，已经 9 年了。

**占：** 你当时为什么想着回老家？

**周：** 那时候我的孩子大了，公公婆婆也上了年纪，管不了，我就回来了。

**占：** 孩子现在多大了？

**周：** 今年大的 19 岁，小的 12 岁，两个都是女儿。大女儿去年高三毕业，考了个二本，她不想上，现在在我姐姐的公司上班。小的马上要小升初了。

**占：** 你现在在哪儿？

**周：** 在湖南岳阳湘阴老家，和老公开了一个门窗店，主要做不锈钢、塑钢门窗，也做大棚。

**占：** 你 2015 年回湖南的时候，房地产开发很热，装修生意很好做吧？

**周：** 我们在农村做，不像在城里。城里做那种跑得快的工程，不管质量，只管快。我们周围都是熟人，必须要保证质量，还要保修几年。

**占：** 门窗店规模有多大？

**周**：三间房的门面。做我们这一行的人挺多，市场价格透明。现在生意不好做，没什么利润，每天也就赚个工钱养家糊口，赚不了大钱。不像你月月有工资，而且还会涨。跟你说实话，有时候还真想再出去打工，但冷静想想，出去打工也没意思。另外像我们年龄这么大了，出去找工作也很难，想来想去还是待在家里，先熬着呗。等小女儿大学毕业，就会好一点。

**占**：你现在家里三个人挣钱，一个小孩花，负担还可以吧？

**周**：大女儿也工作了，我们就不用管她了，她可以自己挣钱自己花。我们就是管好小女儿，还有双方的父母。

**占**：看得出你的心地很善良。

**周**：父母养我们小，我们必须养他们老啊，这是很正常的事情。

**占**：你回去之后，还有时间去旅游吗？

**周**：我刚回来的头三年，还约两个老同事出去旅游过，现在孩子大了，就没出去过了，必须看店，不能想玩就玩。不像你们，还有个假期，还有公司给你们安排旅游。

**占**：单位没有旅游。我搞摄影，有时候到全国各地参加一些摄影展，到处走走。

**周**：那还不错，到处玩了又长见识。现在我明显感觉与以前不一样了，以前可能努力一点，就能赚到钱；但现在即使你想努力，可能连机会都没有，我们身边好多人根本没事做，想拼都没有机会，没有地方拼。

**占**：2011年我问你有什么打算，你说以后一家三口能够聚在一起生活就挺好，那时候还没有生老二。现在一家四口生活在一起，这个愿望已经实现，你有什么新的打算吗？

**周**：我现在希望孩子平平安安长大，能够考一个好一点的大学，以后一家人平平安安就可以了。我们现在拼的是健康，不是以前那种理想了。我身边跟我同龄的人，走了好几个，突发性脑梗、心梗，有点恐怖吧？昨天晚上我妈跟我谈到，她小时候过得很惨，说如果老了，像我姨妈那样，虽然有几个孩子，但没人管她，这辈子活着就没意义了。我说你放心，这事绝对不会发生在你身上。

**占**：你妈妈今年高寿？

**周**：她快 80 岁了。我跟她说，你的孩子没有一个不孝顺的。我们兄弟姊妹四个，我最小，还有两个哥哥，一个姐姐，我姐姐还在广东打工呢。我妈说我们孝顺是最值得欣慰的一点。以前在外面，没觉得对父母有亏欠，现在经常去看她，看着她慢慢衰老，心态反而很不一样。

**占**：你家离你妈家很近吗？

**周**：十多里路吧。我们经常回去看她。我爸爸走了之后，我妈伤心过度，两年多才走出来。

**占**：你真的很孝顺。离开 AL 科技园，回到老家了，两边的生活对比起来，感觉有什么不一样？

**周**：肯定不一样。以前在外面，我只是个员工，只要管好工作就可以了。但在湖南家里，我是媳妇儿，是母亲，又是妻子，各个角色承担的责任不一样，做什么事情都要考虑周全一点，想得多一点，不能按照以前的心态，我想怎么样就怎么样，那是不可能的事情。总之，回来之后，心态完全变了。

**占**：2015 年你回去的时候，孩子还小吧？你和她们的关系有什么变化吗？

**周**：我回来时大女儿才 10 岁，小女儿 3 岁。刚开始，孩子跟他爸亲，她们要干什么，就跟爸爸商量，不会跟我说。回家相处了 10 年多，小女儿和我的关系完全变了，现在什么事都会跟我讲。但大女儿不一样，我们从小陪伴的时间少，跟我们就不亲。她现在出去打工，打电话她可以不接，发信息也不回。所以还是要多陪伴，这对孩子的性格也会有影响，我小女儿性格就温柔一些，很少发脾气，很少冲动。

**占**：你 10 多年的陪伴，立下了大功劳。

**周**：我很后悔，没有多陪伴老大，虽然她在我身边待了 4 年，但孩子在 7 岁的时候，性格已经基本定型了，真的改变不过来。现在感觉亏欠她，她性格有点急躁，有时候她发脾气，我们也不好说什么。年轻时出去，觉得赚钱是为了这个家，但等小孩长大之后，性格有问题，就会后悔，影响她一辈子呀。可能人一辈子多多少少会有点遗憾吧。

**占**：那时候要养家糊口，很多事情也是没办法。你现在还交养老保险吗？

**周**：我是交满 15 年才回来的，后面就没有再交了。

**占**：到达退休年龄之前，交得越多，未来才能领得越多。可以咨询一下你们当地，看如何继续交。

**周**：我不知道怎么搞，得抓紧时间去问一下，越早处理起来越容易。

**占**：你要做中午饭了吗？现在 11:15 了。

**周**：今天吃酒席。

**占**：回去后，是不是吃酒席特别频繁？

**周**：平均一个月有几个，最多的时候一个月有十几个，没办法，人情世故必须得走动。我刚回来的前两年，天天在家里搞一下卫生，洗一洗衣服，也不出门，我老公说我这样下去会得抑郁症的，附近的人也说我好像不爱说话。你应该知道，我本身是个很爱说话的人，就是人不怎么熟，不想去打扰别人，找不到共同话题，觉得不知道从哪里说起，就不想跟他们沟通。现在时间久了就无所谓了,反正看得也多,该说的就说,不该说的不说。

**占**:毕竟工业区跟老家差别很大,节奏快慢不一样,交朋友的方式也不一样。在工业区都会找性格相投的,回到乡村,就以血缘为纽带组成社会关系。

**周**:长期在外打工,那些亲戚、邻居都不了解,跟他们的生活脱节,所以干脆懒得聊,还不如在家里躺着。

采访时间:2024年6月26日
采访地点:广东省东莞市长安镇
被采访人:邹BH

**占**:上次采访你是2011年,13年过去了,讲讲你有什么变化?
**邹**:我的工作没有太大变化,还在SL电子厂,以前是保安组长,现在是保安队长。其间参加了成人高考,拿了大专毕业证和本科毕业证。

**占**:学什么专业?
**邹**:大专是行政管理,本科是会展管理。拿到本科毕业证后,职级升了两级。

**占**:保安队伍有什么变化?
**邹**:厂里保安最多的时候有400多人,后来引进了一家保安公司,把一半的保安岗位外包了出去,另一半保安转为内保。这些年不断优化岗位,人数也减少了一半,现在内保100多人,外保90多人。

**占**:作为管理者,你手上进进出出超千人了,你对年轻人加入保安队伍有什么感想?

邹：我们出来打工的目的很明确，讨生活嘛。现在这一代的孩子出来的目的不一样了，他们把这当作一个临时过渡期，可大部分人永远在临时过渡，人生没有方向，很盲目。

占：以前对保安要求很严格，现在的管理方式发生过变化吗？

邹：有。一是法律健全了，管理要遵守法律法规；二是管理人性化一点；三是加班少了，以前每天上班12个小时，现在工厂规定每月加班上限是60个小时，每周还要休息1天。

占：这样收入也会减少吧？

邹：底薪每年会调涨，影响有，但不大。

占：工厂的产品有什么变化？

邹：机械硬盘还在做，固态硬盘也做，另外还做手机摄像头、汽车传感器之类的产品。

占：你家里发生了一些什么变化？

邹：孩子的变化比较大。儿子学机械工程，今年本科毕业，7月份参加工作；女儿读大二了。我妈平常和哥哥住在一起，每年我接她到东莞住一段时间。

占：你和妻子在这儿工作，从拍拖到结婚，孩子出生后一直放在老家，基本上处于留守状态，你有什么感想？

邹：我和妻子对孩子情感陪伴少，但我很庆幸我哥哥和嫂子很好，孩子留在老家由他们帮着教育，顺利长大，都没有走什么弯路，三观方面还比较正。现在我们一家四口，在三个不同的地方。两个孩子一个在南昌，一个在新余，我们夫妻俩在东莞。我们建了一个微信群，经常会全家人一起视频聊天。

占：你对现在的生活满意吗？

邹：还好。前些年还有其他一些想法，想着要改变，但现在的想法是保持稳定。我觉得孩子也长大参加工作了，加上自己的条件、身体等各方面原因，尝试改变的欲望越来越弱了。

占：还喜欢锻炼身体吗？

邹：运动方面我比较坚持，剧烈运动不做了，做些有氧运动，一般就是散步、慢跑。

占：你未来有什么新的打算？

邹：儿子参加工作了，要先鼓励他对未来的事业有规划。女儿大专毕业后让她争取读个专升本，继续提升学历。自己要养好身体，不给孩子添麻烦。工厂的财政年奖去年没发，今年也还没有发，我要做好重新找工作的心理准备。

占：你认为理想的生活是什么样的？

邹：希望以后还能回老家，一家人在一起。

占：你目前最大的心愿是什么？

邹：儿子早点成家。

占：2011 年的时候问过你人为什么活着，今天再问一下。

邹：现在这个年龄，可能为自己考虑会少一点吧。首先是想让母亲过得幸福一点，其次是帮孩子规划一下，能帮还是要帮一帮他们。

**采访时间**：2024 年 6 月 26 日
**采访地点**：广东省东莞市长安镇
**被采访人**：王 S

占：请你做一下基本介绍。

**王**：我叫王 S，来自河南南阳，1990 年出生。

**占**：讲一下你家里的情况。

**王**：我出生在农村，小时候家在公路边住，人来车往的，事比较多，我一直比较害怕。后面慢慢长大，我见到的人和事多了，也就好了。我家搞屠宰行业，不缺肉吃，家离学校也就几百米远，上学比别的学生方便很多。

**占**：你的文化程度如何？

**王**：我文化程度很低，初中没毕业，初三上学期我就不上了。当时看到别人在外面打工比较自由，没那么多约束，就想出来打工挣钱。老师当时还挽留了我，我没有听，就辍学了。

**占**：不上学后就直接出来打工了吗？

**王**：对。最开始是到广东汕头进了一家玩具厂，在里面打螺丝。

**占**：真的打螺丝？

**王**：真打螺丝，干了 3 个多月。打螺丝很累，也学不到技术，就回南阳找了个技校，学模具。学校的模具车间有铣床、车床、模具等，车间温度比较高，环境很脏，我不喜欢太脏，想到以后毕业要在这样的环境中做模具，就没坚持下去，只学了一年。到了 2008 年 12 月，我们那边征兵，父母说让我去部队锻炼一下，我就去了上海当武警，在上海市政府驻扎了两年。

**占**：当兵日常做些什么事？

**王**：早上 6 点钟出早操，6 点半回班级整理内务，再去吃早饭。上午训练队列，下午训练摔擒、体能、单双杠、百米冲刺等，每周五下午有个 3 千米的长跑，周六早上一个 5 千米的测试。另外就是站岗，每 2 个小时换一次班。

占：退伍之后又进厂了吗？

王：在家歇了一段时间，考了个驾照，又到汕头的玩具厂打螺丝，做了差不多半年，又回家了。可能当时对有些事情比较迷茫，搞不清方向。

占：你指什么方向？

王：比如说我去做哪一行。我的想法比较简单，随便找个工作，每个月能给我发工资就可以了。打螺丝对手的伤害非常大，不光是打螺丝，玩具车上面有电丝，很硬的，需要用手折弯，然后焊锡，折弯时很容易把手搞流血。

占：我插一句，你在上海当兵，退伍后为什么不留在上海找工作呢？

王：在上海没人帮，很难找到工作。2010年，上海的工作已经不好找了。

占：回到老家后你又做什么？

王：到一个乡政府里面，给书记和乡长做通讯员。我做了将近一年，觉得没有太大发展空间，就走了。回家后，我帮着父母贩猪、贩牛，还在建筑工地做了几个月的小工。

占：你怎么会来到东莞？

王：我有个表姐，在东莞的XK厂工作，说待遇好，刚好厂里招保安，就把我叫过来了。2014年4月，我过来后，成功应聘上了，一直做到现在。

占：你表姐是什么时候进的XK厂？

王：2013年5月份。当时我们有个老乡在XK厂附近开店做生意，我表姐问他这里好不好找工作，他说好找，表姐就过来进了XK厂。

占：2014年从南阳到东莞，你坐什么车过来的？

王：坐大巴，从老家直接到长安镇上沙客运站。我们那里有几个大巴公司，全部往广东这一带发车。

占：路途中有什么记忆深刻的事情吗？

王：上大巴后，有人登记乘客分别在哪个站下车，之后车行驶了几个小时，到服务区吃饭休整一下，凌晨2点到5点停车休息，然后再接着开。我早上醒来就到了上沙站，打滴滴来的XK厂。

占：当时吃饭还宰客吗？

王：不宰客。蒸面20元，快餐30元，泡面10元，单要开水5元，没有强迫消费。不过现在也还有骗人的，下高速以后，有卖中药材的，是假货，卖几十元一克。

占：你入厂时XK厂有多少员工？

王：应该有一万六七千人，疫情前大概还有一万一千人，现在只有四五千人。

占：为什么会减少这么多？

王：现在工厂不加班，每周只上5天，每天8个小时，没有加班费收入减少很多，很多人就去别的地方了。

占：你经历过工厂的裁员吗？

王：有过两次。

占：见到裁员有什么感受？

王：感受就是工厂赔钱了，被裁的人很爽，别的没啥感觉。

占：现在工厂还招工吗？

王：疫情之后没招新员工了。

占：你现在做内保，主要干什么？

王：做巡查。下班高峰期协助外保在安检处执勤，跟进资产转运，签一些动火单，再就是对全厂的消防安全进行检查。

占：你巡逻的时候可以到处看，据你观察，现在"00后"或更年轻的姑娘，能占员工的 1/3 或 1/4 吗？

王：占不到，少得很，现在的员工主力还是"70后""80后"，"90后"都很少。

占：你现在一个月加班多久？

王：最多 60 个小时，超过 60 个小时就不安排了。

占：每月收入有多少？

王：上早班，每月 4700 元左右的净收入。

占：每年调薪吗？

王：以前每年都会调，但从疫情开始到现在就没调过了，加班比原来还少了，收入当然也少了。

占：你每月能结余多少钱？

王：我在宿舍住，花费不多，能存 4000 元。

占：钱一般花在什么地方？

王：吃饭，买一点零食和水果，网上购物，手机话费充值，就是日常开销。

占：你应该是非常好的伴侣，这么持家。

王：我觉得女人对持家的男人不感兴趣，她们喜欢懂浪漫的男人，舍得为她们花钱。比如说一个月挣 3000 块，愿意为她花 2900 元，自己只留 100 元。

占：你成家了吗？

王：还没有。

占：厂里有很多女孩子，为什么不找对象呢？

王：刚来时也谈过，感觉脾气、性格都不合适，就没在一块了。这几年你也知道，过日子的人很少，反正我没遇到，遇到的话肯定早就成家了。

占：你现在住集体宿舍，都有空调了吧？

王：我们宿舍空调、风扇都有。

占：洗澡有热水吗？

王：有热水，每人每天 54 升，刷卡使用，一般都用不完。

占：有洗衣机吗？

王：每个楼层有公共洗衣机，是第三方公司收费，投币或扫码支付就可以用。

占：宿舍里有没有网络？

王：有 Wi-Fi，但我一般都用自己的手机流量，每月差不多 200G，够用。

占：电视房现在还有人看吗？

王：偶尔会有，大部分都是看手机、刷抖音、打王者荣耀之类的。

占：你下班后会做什么？

王：就在宿舍里刷刷抖音，出去购物溜达一下，有时候跑步。

占：玩手游吗？

王：我不喜欢玩游戏，从小到大没怎么玩过。

占：你还有什么爱好？

王：以前还去唱唱歌，现在啥爱好都没有，只有偶尔跑跑步。

占：刷抖音看什么内容？

王：我很喜欢看国外的军事新闻，还有一些美食相关的，再就是搞笑视频。

占：不看小姑娘吗？看她们怎么生活的，这样可以增加对异性的了解。

王：也有推送，偶尔会看一下。这个东西咋说呢？看看也没啥用，还不如看一点别的，比较切合实际。

占：从2014年到现在，你回过南阳几次？

王：每年都回去。我家种了七八亩地，秋收的时候回去帮一下忙，过年的时候一般不回家，都在厂里上班。

占：你觉得乡村和工业区有什么不同？

王：河南基本上是种地，现在也有厂，但没东莞这么发达，生活水平肯定也没那么好。还有就是东莞工业区更好找工作，但工资很低。反正目前认知也就这么多。

占：你在这儿买车了吗？

王：没有，目前这个状况，我是不会选择买车的。

占：你对当前的工作和生活满意吗？

王：还是比较满意吧，这是我自己的选择。

占：你以后有什么打算？

王：遇到合适的女孩子，成个家，然后努力挣钱，过好生活就OK了，别的没有过多的要求。

占：在玩具厂打螺丝与现在当保安有什么不同？

王：当保安上班时没那么赶，打螺丝得一刻不停。当保安舒服一点，工资也高一点。

占：你觉得人为什么活着？

王：人活着为了生活。

占：你觉得生活是什么？

王：我觉得就是柴米油盐酱醋茶呗。

**采访时间：** 2024 年 6 月 28 日

**采访方式：** 电话采访

**被采访人：** 阿华

占：2010 年我们聊过天，现在又过去了 14 年，想知道你有什么变化？

华：结婚了，生小孩了，感觉各方面成熟了一些。现在管理的范围更多了，性格也更柔和了，以前可能会比较急一点。

占：这十几年中，各种各样的人从你手中进进出出，你观察不同时代的员工有什么特点？

华："以前的员工好管一些，"00 后"个性很强。与"00 后"沟通，稍有让对方不舒服的，他会立马给你顶回来，而且他们干得不开心就辞工，尤其是刚毕业的大学生。

占：这些年工厂有什么变化？

华：以前我们厂有一万多人，租用了五六栋宿舍，现在只有 3000 多人，三四百人住宿舍，退租了很多宿舍，厂房也退租了几栋。另外就是工厂使用自动化的程度更高，效益却没有以前好了。

占：以前工厂有大巴运送员工，现在呢？

华：去镇中心的穿梭大巴取消了，到东莞的大巴还有。很多员工买了私家车，工业区附近都停满了，也有很多人骑电动车上下班。还有一些年纪大的员工，下班后骑电动车去拉客赚钱。

占：现在外卖骑手很多，工业园内有骑手去吗？

华：有很多，特别是周末，很多员工叫外卖。疫情时只能送到工业园大门口，现在可以骑到工业园里面，送到指定位置。

占：工厂的文体设施还有吗？

华：图书室、桌球室、乒乓球室、KTV 房都在，但使用率不高。宿舍装了 Wi-Fi，大家都玩手机去了。

占：你现在业余时间有什么爱好？

华：业余时间带小孩出去玩，看看手机，一般看综艺，每天读读 VOA 新闻，自学一下日语。

占：日常买衣服买鞋还多不多？

华：生了小孩之后很少了，重心好像偏移了。

占：现在买房买车了吧？

华：在武汉和东莞各买了一套房，没买车，出去玩就叫网约车。孩子很快要上小学了，到时候就考虑买车，接送孩子上下学。

占：你认为物质可以改变人生吗？

华：我对物质并不是那么看重，物质虽然很重要，但也不是绝对的。因为有些事情，物质并不能给你满足。

占：到东莞近 20 年，你觉得东莞给你带来了什么？

华：东莞的治安比以前好多了。40 岁了，人生有一半的时光在东莞度过，以前老想着回湖南老家，现在没有这种想法了。将来不留在东莞，就回武汉或者去河南开封（阿华的老公是开封人，他们夫妻二人都在 SL 电子厂工作）。

占：你对当前的工作和生活满意吗？

华：比较满意。我 40 岁已经过了，个人欲求并不是很大，现在的职位、薪资可以接受，对现状还是知足的。

占：你以后有什么打算？

华：假设工厂可以维持下去，我愿意做到退休。如果以后有变化，我也不怕，我这个人比较乐观，肯定不会受到一些打击就萎靡不振。遇到任何事情，我都会想办法解决。即便这份工作不做了，我也会另外寻找生存之道。

占：现在你理想的生活是什么样的？

华：每天想去哪里玩就去哪里玩，想吃什么就吃什么，活在当下吧，然后把小孩培养成一个对社会有用的人。

占：现在你觉得人为什么活着？

华：人生下来，从接受教育到长大外出工作，就是为了生存得更好，让自己的日子过得越来越好。

---

采访时间：2024 年 6 月 29 日
采访地点：广东省东莞市
被采访人：赵 SJ

占：请你做一下自我介绍吧。

赵：我叫赵 SJ，2001 年出生，老家在河南。我刚出生几个月，就被我爸妈带来东莞。当时爸妈在东莞打工，我跟着在这里上到小学毕业，初中和高中回到河南读书。高中毕业后，我考上珠海的一所大学，读了 3 年大专，商务英语专业。我上大专的 3 年，恰好是疫情时期，2020 年开学报名，本来是 9 月份，一直拖到 11 月份，在校期间，大多数是线上学习。我上学时英语学得不精，现在下班了会到培训机构再深造一下。

占：你爸妈是什么时候出来工作的？

赵：我爸是 1998 年到的东莞，那时候流行下海做生意，我爸在老家已经结婚，我哥也已经出生了，还没有我。他不想一辈子在家种地，就想出来闯闯。当时我大舅已经在外打工几年了，爸爸就到东莞找大舅，被介绍进了一家做电线电缆设备的工厂。他当过兵，退伍后在老家学会了安装门窗，懂一些技术，进厂后也爱钻研，从员工做起，先后被提拔为组长、车间主任。打工几年后，他攒了点钱出来自己开工厂。

**占**：他是哪一年开始创业的？

**赵**：大概2003年。他在原来的厂里学会了技术，学会了管理，认识了一些客户，积累了一点资源，认为创业时机成熟，就出来单干了。

**占**：工厂现在的规模有多大？

**赵**：小型工厂，有十几个员工，一年做几台设备，从几十万到上百万不等。

**占**：毕业后，你做了什么工作？

**赵**：我去年毕业后进了一家出口物流公司，我的工作就是每天发邮件，问国外的客户需不需要货代服务。大概每发1000封，才有几十条回复，而且回复的大都是"谢谢，下次有询盘找你报价"，但从没找过我。这份工作我干了3个月，一单业务都没成交。当时在广州，租房一个月850元，还不算水电费，再把交通费、吃饭的钱算进去，一个月工资3200元，几乎没有剩余。这样的岗位要靠熬，拿一两年基本工资，才可能出单，我感觉能学的东西不太多，好像耗在这里了一样，不如回东莞找个外贸公司，或者其他行业做一做，就辞职了。回到东莞后，跟我二舅跑业务，主要卖注塑机。当时行情不太好，在外面跑了5个月，我爸妈说我到自己家厂里做算了，我就回去了。我哥也在厂里面做设计。

**占**：在厂里你主要负责什么？

**赵**：主要负责组装机器。

**占**：工作复杂吗？

**赵**：一开始挺复杂的，因为我看不懂图纸，但干多了也就看得懂了，慢慢有点经验了，知道怎样去拧螺丝，怎样去打孔。

**占**：你们的设备主要是出口还是国内销售？

**赵**：主要是国内销售，也在尽量往出口方面转，向外寻找机会。一些工厂搬到越南后，把机器也搬过去了。我们出货还是发到国内的工厂，他们再通过陆运把设备运出去。

**占**：假如你爸爸退休，你们兄弟两个接手，会把企业带到什么方向去？

**赵**：还没想过，我刚开始接触这一行，还没有太深入的了解。

**占**：你在东莞很多年了，觉得现在的东莞和以前有什么不一样？

**赵**：现在人少了，工厂也少了，营商环境也变差了。行业太卷，产业应该有点饱和了。我们厂也做外贸，有一些马来西亚的客户。今年3月份去马来西亚出差半个月，发现挺多国内的厂搬到那边去了。

**占**：你对坐长途客车有什么印象？

**赵**：小时候跟我妈一起坐长途客车回老家，车上很挤，后面一排全是人。我是个小孩子，没座位，那些人就让我躺在他们腿上睡觉。

**占**：那个时代的长途客车过道睡满了人很正常，车都是超载运行。你对现在的工作满意吗？

**赵**：我感觉厂里面有很多问题。因为家里人多，家族式企业就很难避免争吵。

**占**：你在自家企业里做，手头很宽裕吧？

**赵**：比较宽裕。我天天吃、住、行、车，我爸妈全包了，没什么花钱的地方。我一个月工资5000元，我妈给我2000元，剩下的帮我存起来。

**占**：你认为物质和人生是什么关系？

**赵**：没有物质就没有人生，没有多少人天天靠精神活着。

占：你业余时间喜欢做些什么？

赵：没什么事干，偶尔看看手机，刷刷抖音，有时和朋友去咖啡店、奶茶店坐坐。

占：你认为理想的生活是什么样的？

赵：我理想的生活就是朝九晚五，每周双休，休息时找个地方坐一下，喝喝茶、聊聊天啥的，我感觉这样的生活挺惬意，但现在每天都被工作捆绑着。我上个月跑得最累，开车去湖南两次，又开车回，时间非常紧。还有跟我哥去江苏出差两天，因为想抓紧时间搞完，我们两个从晚上10点干到第二天早上6点，回酒店睡到10点又起来继续干活，干到晚上9点多才完工，然后就赶紧买机票回来。为了省钱，去的时候坐的高铁。车开到了东莞南站，结果回来坐的飞机，又打车去东莞南站开自己的车，到家已经凌晨三四点了。这次经历让我感觉很蠢，有时候为了省钱反而省不到钱，而且还更累。

占：你现在最大的心愿是什么？

赵：把生意做好一点，雇请多一点人，我就可以坐办公室了。

占：你目前正在向这个方向努力呀。白天上班，晚上还参加英语培训，你这么年轻，又这么有耐心，很难得。你觉得人为什么活着？

赵：为什么活呢？柴米油盐呗，有多少人能为了自己的理想活着？我这人比较现实，没有那么理想主义。非说理想的话，就是以后自己开一家咖啡店，也不缺钱，每天坐着喝咖啡聊天。

# 人为什么活着

**采访时间**：2010 年 7 月 1 日
**采访地点**：广东省东莞市长安镇
**被采访人**：包 CM，来自广西玉林，初中没毕业就来到广东，进过眼镜厂、针织厂，2010 年 5 月跳到印刷厂，成为包装工，每月工资 1800 元左右，几乎每天都要加班。25 岁的她已经结婚，丈夫在虎门镇的工厂工作，他们每月只见几面，平时主要通过电话联系。

占：你对当前的工作和生活满意吗？
包：还可以吧。
占：对以后的工作有什么打算？
包：希望加薪，以后的路还长，也不好说。
占：你理想的生活是什么样的？
包：当然是好的生活，有车有房。
占：你最大的心愿是什么？
包：现在赚钱，以后致富。

占：你觉得人为什么活着？
包：为情、为爱、为友、为家庭。

**采访时间**：2011 年 1 月 2 日
**采访地点**：广东省东莞市长安镇
**被采访人**：李 JJ，湖南人，接受我采访的时候已经在外打了 20 多年工，待过很多厂，2006 年进入 HN 电子厂，成了环卫工。李 JJ 的老公以前在工厂当保安员，因工厂倒闭，暂时赋闲在家。她的儿子王 MH22 岁，高中毕业后也进了 HN 厂，一家人住在一室一厅的出租屋中。母子二人一起接受了我的采访。

占：你理想的生活是什么样的？
李：那倒没有想过，过一天算一天，想吃什么买什么，但每天想吃海鲜海味也是不可能的，反正实实在在过日子，满足就好。
占：你最大的心愿是什么？
李：孩子大了，希望他们早点成家，剩下的就是我拼命地帮他们做，我喜欢做事，不做事反而不舒服。如果有一天做不动了，他们就要养我。
占：你觉得人为什么活着？
李：人生下来就是一条命，总是要活的。如果总想着高攀，就活不了很久，捞不到钱就要往外想。如果你很平淡地对待人生，就很容易活到老，人和人之间不能攀比，只要自己心里满足，不要太贪心就可以了。不做亏心事，活到最后就没有什么遗憾了。所以人要走正路，不要走歪路，一只脚踏出去，就收不回来了。
占：王 MH 呢，你对当前的工作和生活满意吗？

王：还可以吧。这段时间工作上出现的问题比较少，解决起来也顺手，没有很大压力，加上全家人都在这里，姐姐周末也过来，挺好的。

占：你的理想生活是什么样的？

王：我有时候挺纠结，以前喜欢电视上的寻宝节目，看了也挺心动的，但还是克制了，因为条件没有成熟，我还是要活在当下。

占：你最大的心愿是什么？

王：结婚后可以到处去旅游，不用整天担心工作。

占：你觉得人为什么活着？

王：为梦想而活着，为理想而活着，目标要自己去完成，每天打牌、喝酒、玩麻将，混一天算一天不是我想过的日子。我虽然只有22岁，但心理年龄有30多岁，我有自己的人生目标。如果每天浑浑噩噩过日子，当需要承担责任的时候，就会力不从心。我要趁年轻多打拼，积累基础，等有了家庭后，才会更幸福。所以我现在要有一些目标，有一点梦想。

**采访时间：** 2011年1月2日
**采访地点：** 广东省东莞市长安镇
**被采访人：** 李HJ，广西玉林人，初中毕业后来到东莞进入XD电子厂，从搬运工做起，学会各个工位的要领后升为组长，当了10年，2010年成为科文（工厂里比主管低一级的管理者）。他和妻子在同一家工厂上班，有两个孩子，一个留在广西老家。

占：你对留在东莞向往吗？

李：以现在的条件，留在这里是不可能的，等存了足够的钱，就回老家盖房子。

占：东莞给你带来了什么？

李：指收获吗？我收获了一个老婆，在这里相识的，还有两个孩子，家中房子装修的钱，也是在这里赚到的。

占：你理想的生活是什么样的？

李：有自己的房子，父母和孩子都在身边，能照顾得到他们，做点生意，不要太忙，收入不是太多也没关系。

占：你最大的心愿是什么？

李：存一笔钱，家人全在身边，有点余钱投资。

占：你觉得人为什么活着？

李：活着就是为了子女。

**采访时间**：2015年2月8日

**采访地点**：深圳市宝安区

**被采访人**：周SF，广西百色人，1955年12月出生，1994年来到深圳，进入BD玩具厂当了20年机修工。最初，他没有双休，几乎每天都要工作12个小时以上，每月工资650元；1998年工资涨到了1000元以上，但从这年开始一直到2007年都没再涨过；2015年，他每月工资是4250元。从2008年4月开始，工厂给他们交养老保险。2015年，周SF即将满60岁，要退休了，养老保险没有交满15年，领不到退休金，这是他最担心的事。

占：是什么让你20年一直坚持在深圳打工？

周：都是为了生活。如果当初不出来，在家里找事做也可以。既然出来了，就在外面把事做好，跑来跑去，东一下西一下也不行。刚出来的前5年，有个老乡叫我去他那边干，每个月最低工资起码有3500元，我想老婆在这里，就没去。这样过了几年，后面也就不想跳槽了。

占：打工给你带来了什么？

周：打工让我的生活变得越来越好，但养老保险没解决，是个问题。

占：你向往深圳吗？想留在这里吗？

周：不想。作为打工仔，想留在这里得买得起房，以我的收入水平，打一年工还买不到一平方米，连厕所都买不到。老家的空气比这里好，有山有水，氧气又够。

占：你对当前的工作和生活满意吗？

周：可以，过得去吧。

占：你理想的生活是什么样的？

周：站好最后一班岗，尽我的能力，在最后不到一年的工作时间里，好好干。希望政府尽快出台养老保险补缴政策，退休后能领到养老金，后半生让孩子负担不要那么重，最好是我们夫妻俩能养活自己。

占：你觉得人为什么活着？

周：这个真难讲。生了小孩，就要把小孩培养成人，又有了孙子，让他在这个社会变得聪明一点，给社会做贡献。人活着是为了子孙后代。

**采访时间：** 2015 年 2 月 26 日
**采访地点：** 深圳市宝安区
**被采访人：** 肖 SJ，湖南邵阳人，1953 年 10 月出生，初中毕业后做过茶叶加工、开过手扶拖拉机、干过修理铺、搞过装修，1990 年进入深圳一家印刷厂当电焊工，一干就是二十多年。

刚开始，他只有法定节假日放假，平常没有休息，加班也多，有时要干到晚上 12 点。2008 年之后好了一些，每周日休息一天，每天上班 10 个小时。长期电焊对身体危害很大，他有次在工作中吐了血，被送到医院检查，发现肺部有问题，洗肺时洗出很多渣子。

肖 SJ 的故事，是众多打工人的代表：工作吃苦耐劳，对生活要求极低，时代的发展有他们的功劳。

**占：** 到深圳这么多年，你觉得深圳给你带来了什么？

**肖：** 收益提高了一点点。以前家里的贷款要还，还建了房子，总是向厂里借钱，每个月发工资时扣款，还了好多年。

**占：** 你希望留在深圳吗？

**肖：** 我老了，不能工作了，如果能领养老金，还是想在深圳生活，如果领不到，只有回湖南老家了（2015 年的时候，工厂只给他买过 5 个月的养老保险，后来经过肖 SJ 的不断努力，于 2 年后补缴了养老保险，能领到养老金了）。

**占：** 你理想的生活是什么样的？

**肖：** 只要保命活着就可以了，我已经老了。

**占：** 你最大的心愿是什么？

**肖：** 希望老板能补偿 5 万块钱给我，我回老家生活。

**采访时间**：2015 年 3 月 9 日
**采访地点**：深圳市宝安区
**被采访人**：伍 ZF，广西玉林人，1965 年 3 月出生，只读到小学四年级，1984 年从广西老家逃婚到深圳打工，先是在菜场种了 10 年菜，然后进入制衣厂打工，在同一家制衣厂进进出出 3 次，最后一次进厂是 2003 年 6 月，一直做到 2015 年。她一家五口都在深圳打工。

占：工厂给你交养老保险了吗？
伍：从 2013 年 6 月才开始交，到现在为止还没有交够两年。
占：以前没有交？
伍：大概 2007 年，工厂让我们选择交或者不交，不交就要签名，我就签了。
占：为什么要签名？
伍：当时有人说，个人账户的养老金以后就取不出来了，很多工友就都放弃了。但到了 2013 年，工厂开始强制缴纳，很多人其实都不想交，都这么老了，肯定交不满 15 年。
占：你年轻时有没有考虑过如何养老？
伍：那时候就想着自己年轻的时候多赚钱，多存一点钱，到老的时候就有钱用了。
占：你希不希望留在深圳？
伍：如果工厂不要我，或者我不想做了，我想带孙子回老家，让他们年轻人在这里。
占：你最大的心愿是什么？
伍：现在最大的心愿就是希望老板帮我把养老保险补了，还有我大儿子早点结婚。

占：你觉得人为什么活着？

伍：肯定是为自己活着呗。为自己活着，为着自己的儿子、媳妇、孙子着想，以后过上好日子。

**采访时间**：2024 年 6 月 26 日

**采访地点**：广东省东莞市长安镇

**被采访人**：郭 JG，江西宜春人，1978 年 10 月出生，读完初中后辍学。1993—1998 年期间务过农、伐过木，在广东的皮具厂、首饰厂干过，也被骗进过传销组织，1998 年 10 月进入 AL 科技园做保安，一直干到 2024 年。他的妻子田 XJ 在 AL 科技园宿舍管理科工作。他们有一对双胞胎儿子，目前正在上大学。

占：到东莞这么多年，你觉得东莞给你带来了什么？

郭：我见证了东莞的发展，但对我们打工人来说没有太大发展。

占：你对这里向往吗？考虑留在这里吗？

郭：曾经考虑过，但我们的工资跟现实生活差距太大了。我们的工种没有技术含量，如果懂一点点技术，我就考虑落户长安镇了，现在只能打工，打不了东家打西家。

占：你对当前的工作和生活满意吗？

郭：肯定满意，无论好坏，都是自己的选择，到了现在这个年纪，还要继续努力。

占：工作方面你还有其他打算吗？

郭：这个比较复杂，我一直没跳槽，就跳不动了，目前还在公司干吧。

占：你所在的公司是物业公司，不会倒闭，应该没有压力吧。

郭：有压力，我们也有人员精简，今年3月份减了6个人。精简的时候，想离开的可以自愿报名，拿到经济补偿后就离开。

占：你理想的生活是什么样的？

郭：理想与现实肯定是有差距的，但是我喜欢平常，也安于现状，目前按照套路跟着走就行了。

占：你最大的心愿是什么？

郭：自己身体健康，小孩平稳度过大学生活，毕业了找个好工作。

占：你觉得人为什么活着？

郭：这个也比较复杂，人为什么活着？向身边成功的人学习，生活一定要乐观上进。不同的人有各式各样的答案。小时候不懂事，是为了长大而活，长大了结婚，结完婚生小孩，就以小孩为主，以家人为主，以父母为主。

**采访时间**：2024年6月26日
**采访地点**：广东省东莞市长安镇
**被采访人**：武HT，河南邓州人，1977年出生，高中读了两个月辍学，当了4年兵，1998年进入SL电子厂做保安，一直到现在。

占：你对今天的状态满意吗？

武：还可以。到了我这个年龄，除了保安工作，别的方面也不懂，没什么技术，跳槽很难找到工作。外面很多公司，年龄超过45岁都不要了，而我已经48岁了。

占：你以后有什么打算呢？

**武**：再坚持干几年，干到退休，现在父母年纪大了，过好每一天吧。好多突发事件很难讲，谁也不知道能不能活到明天，干一天，就把自己的工作干好，多注意身体，尽量多照顾父母和家庭。

**占**：看到工厂在慢慢衰退，你担心吗？

**武**：不担心，反正干了这么久了，实在不行就回老家。

**占**：回家做什么呢？

**武**：随便做点什么。

**占**：你的养老保险交了多少年？

**武**：马上24年了。

**占**：现在你最大的心愿是什么？

**武**：能在这家公司干到退休。

**占**：你理想的生活是什么样的？

**武**：身体健康，家庭和睦，平平安安过一辈子，不求什么大富大贵，过一个平民的生活。

**占**：你觉得人为什么活着？

**武**：每个人的活法都不一样，与家庭和个人的文化素质有很大关系。我从农村出来，靠自己在外面打拼，文化水平不高，也没干出一番事业来，只能在公司普通的岗位上，当好一个农民工。

**采访时间**：2024 年 7 月 13 日

**采访地点**：广东省东莞市

**被采访人**：邹 PP，广东揭阳人，1993 年出生，上完初二开始打工。她性格开朗，进过多家工厂。2010 年，她认识了现在的丈夫，尽管家人不同意，她还是去了男方广西的老家，在那里结婚、生子。2015 年，她又出来打工，先后进了马达厂、手机厂、新能源电池厂，2024 年 3 月经过朋友介绍，进入 GH 模型厂，成为流水线上的包装工。

占：打工这么多年，你觉得自己收获了什么？

邹：没掌握什么技能，收入一年比一年多，也交了很多朋友，还挺好。

占：你认为物质和人生是什么关系？

邹：我感觉自己对物质需求不是很大，有钱就多花一点，没钱就少花一点。

占：你现在最大的心愿是什么？

邹：最大的心愿就是小孩成绩好一点，听话一点，然后买一套自己的房子。

占：你是指在东莞买一套房子？

邹：东莞这边房价太高了，在老家就可以。

占：那你认为理想的生活是什么样的？

邹：有宠物，有小孩，有自己的爱人，有自己的房子，假期的时候可以去旅游。

占：你觉得人为什么活着？

邹：以前活着就是为了挣钱，为了生活。现在我感觉很多人为了房子、车子、挣钱，然后还贷款，好累呀。

2011年7月6日,广东东莞,某电子厂的女工在楼梯的转角处发呆。

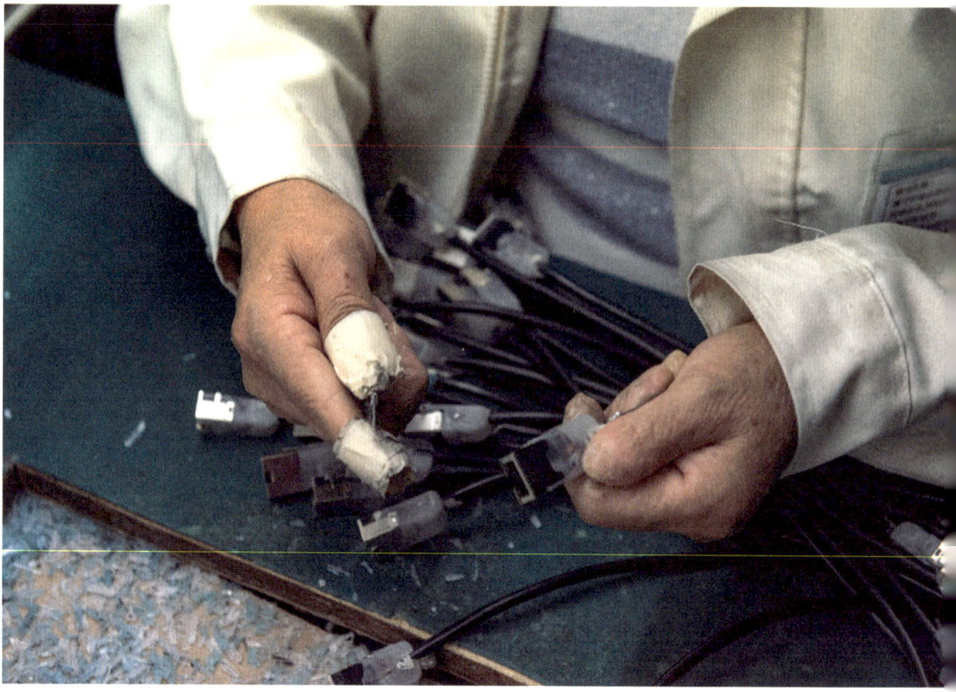

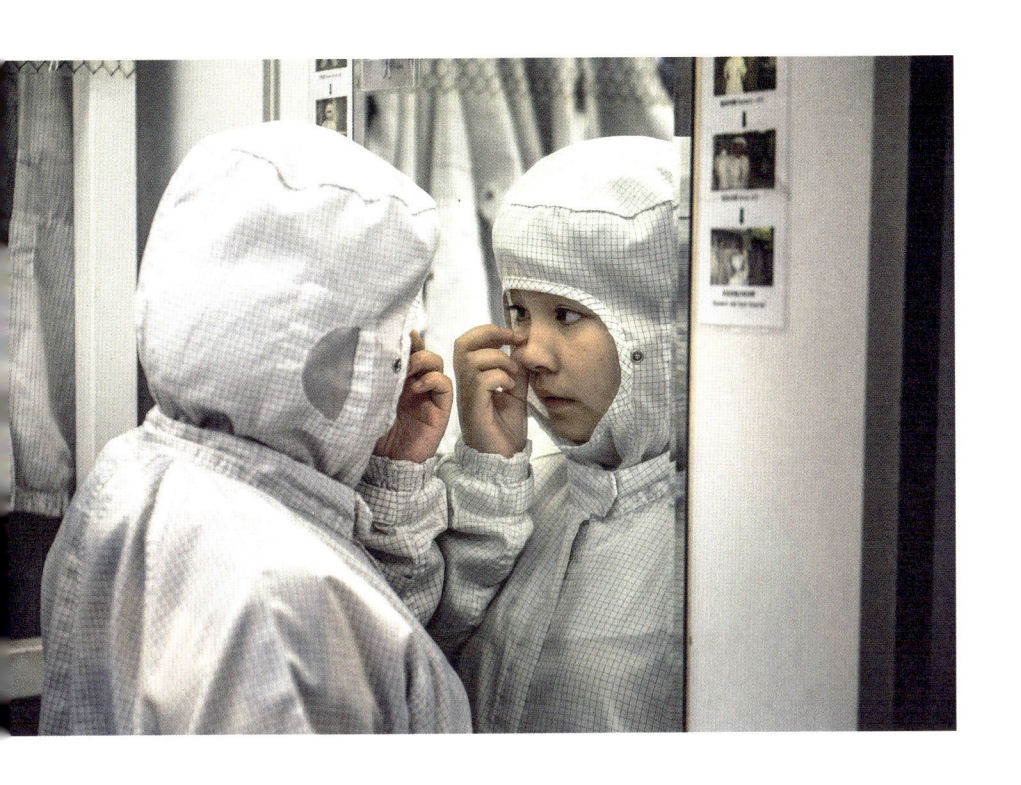

（左）2012 年 12 月 21 日，广东东莞某电线厂打工人的手。他在这个厂待了很多年，大拇指的指甲已经被磨掉了。
（右）2014 年 12 月 5 日，广东东莞，在更衣室照镜子的打工人。

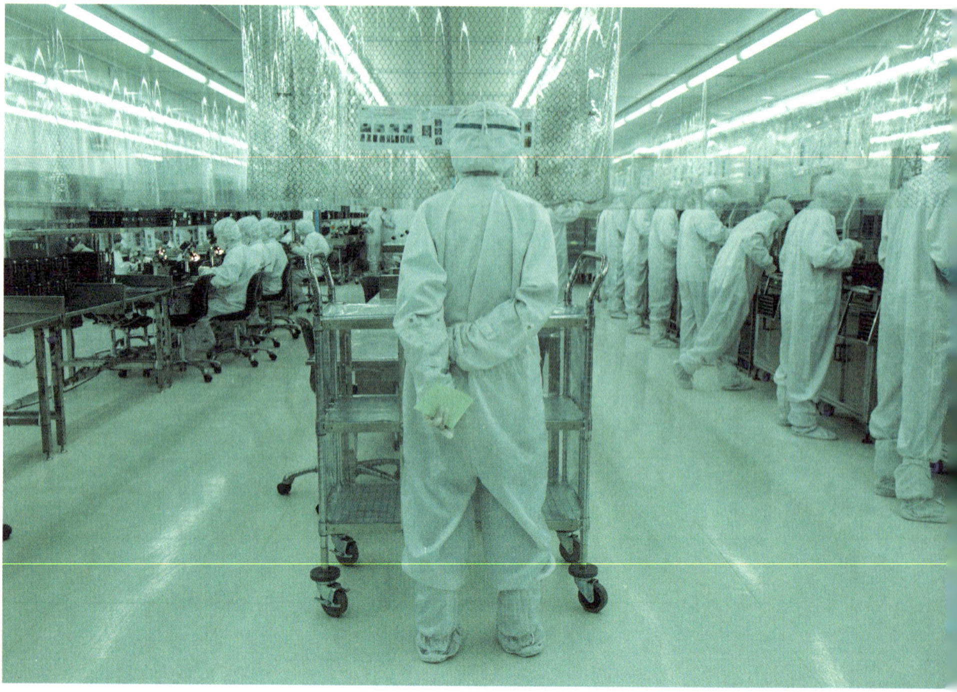

（左）2014 年 12 月 5 日，广东东莞，某工厂无尘室的打工人们正在工作。
（右）2016 年 8 月 25 日，广东东莞，某鞋厂的员工与广告板合影。

321 | 第四章 人为什么活着

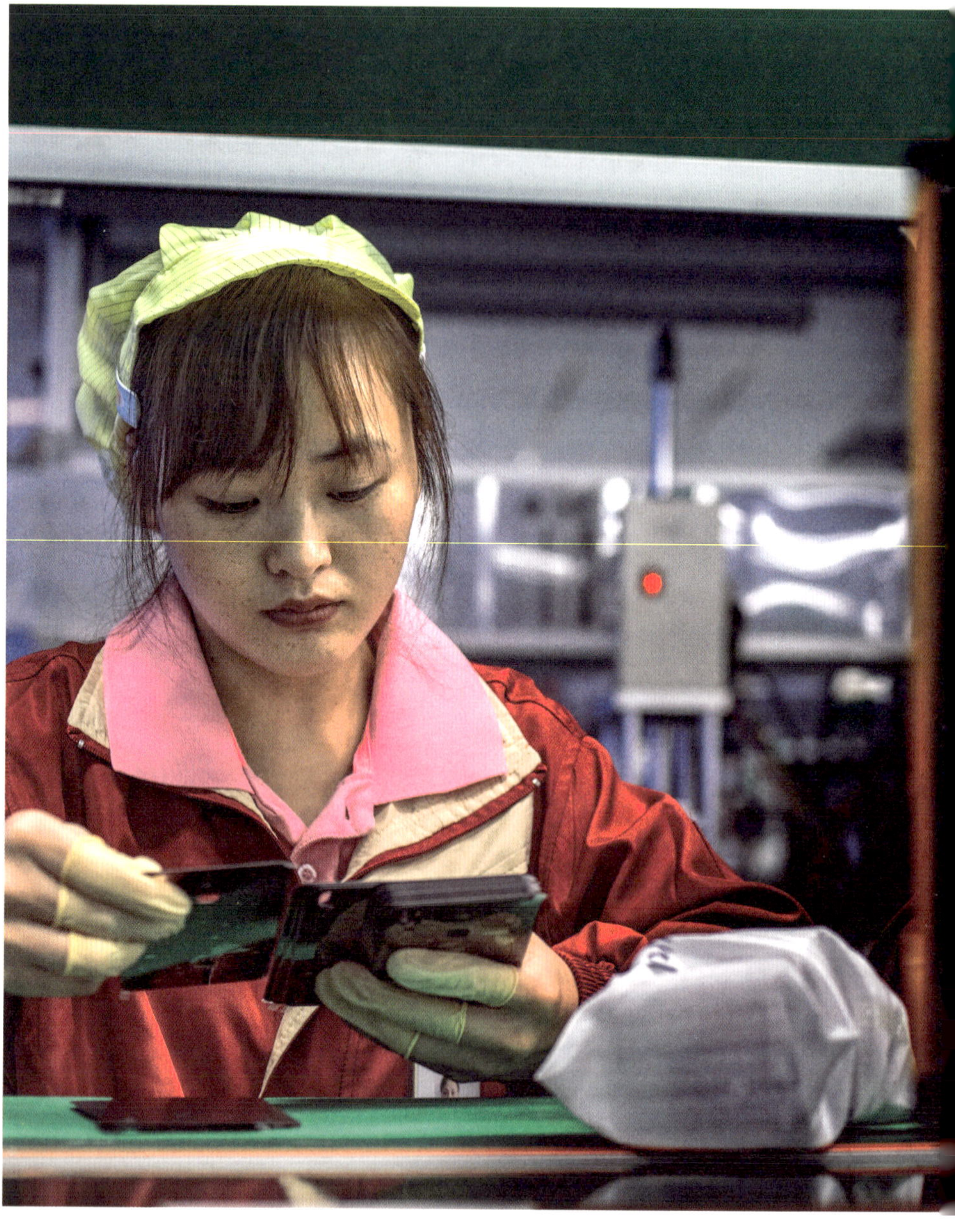

2019 年 12 月 28 日，广东东莞某手机配件厂生产线上的女工。